집놀이

그 여자 그 남자의

김진애 지음

반비

休에게

더 재미있게 더 신선하게 덜 싸우며
하는 '집 놀이'

'집 놀이'는 여자와 남자 그리고 온 가족이 함께 할 수 있는 최고의 놀이다. 어떻게 하면 집 놀이의 가능성을 무궁무진하게 살릴 수 있을까? 이것이 이 책의 주제다.

집 놀이가 최고의 놀이가 될 수 있는 것은 그것이 일상의 놀이이기 때문이다. 24시간, 365일 할 수 있는 놀이다. 언제 어디서 놀 잇거리가 튀어나올지 모른다는 점이 매력적이다. 일상에서는 수없는 사건들이 벌어지면서 새로운 상황을 만들어내기 때문이다. 그런가 하면 예측 가능하다는 이점도 있다. 문을 열면 그 자리에 앉아 있을 사람, 손을 뻗으면 잡히는 그 무엇, 고개를 돌리면 나를 바라봐 줄 눈길, 힘을 쓰면 움직일 수 있다는 믿음, 그 무엇을 기대하게 하는 움직임, 색깔, 냄새, 소리 등 일상의 예측 가능함은 깊은 안정감을 준다. 뿌리 깊은 안정감은 역동적인 불안감을 견디게 해주는 강력한 보루가 된다.

집 놀이는 행복감을 높여준다. 행복이란 크기의 문제가 아니라 빈도의 문제다. 엄청난 행복감을 느끼는 것보다는 얼마나 자주 행복감을 느끼느냐에 따라 우리의 행복이 좌우되는 것이다. 재산이 많다고 해서, 엄청난 사회적 성공을 거두었다고 해서, 세상이 놀랄 그 무엇을 성취했다고 해서 행복감이 커지는 것은 아님을 우리 모두 잘 알고 있다. 소소한 일상에서 우러나는 흐뭇한 웃음, 유머러스한 티격태격 싸움, 때로는 멍청할 수도 있는 작은 궁리들, 반짝반짝 빛나는 아이디어가 솟아나는 순간, 쓸쓸함을 자아내는 안개가 걷히는 듯한 느낌, 먹구름 사이로 찬란한 햇빛이 비추는 것 같은 느낌, 자기 자신을 슬며시 로맨틱하게 느끼는 순간, 자기 자신을 코믹하게 느끼는 순간, 뭔가 훌쩍 큰 것같이 느끼는 순간 등 나도 모르게 떠오르는 미소가 우리의 행복감을 올려준다. 행복감을 자아내는 수많은 순간들이 집에 있다. 얼마나 고맙고 아름답고 또 귀한가?

'집 놀이'의 조건

'집 놀이'가 일어나는 기본 조건은 딱 세 가지라고 나는 생각한다. "첫째, 스스로 한다. 둘째, 같이 한다. 셋째, 자기 식으로 한다."

조금 길게 말하자면 이렇다. 첫째, 집안일을 남에게 맡기는 집에서는 집 놀이가 일어나기 어렵다. 그러니까 너무 큰 집, 너무 화려한 집, 너무 팬시한 집은 집다운 집으로 존재하기 쉽지 않다. 그 집에 사는 사람이 스스로 집안일을 하는 집이 진짜 집이 된다.

둘째, 여자 남자는 물론 가족 모두가 집안일에 참여하는 집에서 집 놀이가 일어난다. 같이 하는 기쁨은 나누는 기쁨, 토닥토닥하는 기쁨, '쓰담쓰담' 하는 기쁨이다. 소외감, 불안감, 좌절감, 분노, 화병을 치유하는 힘이다.

셋째, 남의 눈치 보고, 체면 차리고, 남들 사는 방식에 신경을 쓰면 집이 집다워지기 어렵다. 당신의 '개성'을 진짜 마음껏 드러낼 수 있는 공간이 집이다. 자기 식으로 사는 것에 두려움을 갖지 말자. 떳떳해지자, 당당해지자, 뻔뻔해지기조차 하자.

'집 놀이'의 세 가지 조건을 이렇게 정의하는 것은 나의 성향의 발로이기도 하지만 내가 어릴 적에 가졌던 불만, 자라면서 계속 원했던 느낌, 어른이 되어 우리 집에서 해봤던 수많은 시도들로부터 나온 것이다. 어릴 때부터 가졌던 가치관이 크면서 더 확실해지는 건지 아니면 살아오면서 지금의 가치관이 형성되었는지는 잘 모르겠지만, 이제는 조목조목 말할 정도로 뚜렷해진 가치관이다. '집 놀이'를 재미나게 하려면 스스로 하고, 같이 하고, 자기 식으로 살면 된다. 다양한 방식으로 행복감을 느끼는 더 많은 순간들을 위하여.

건축가가 아니라 생활인으로서

나는 이 책을 '건축가'로서가 아니라 하나의 '생활인'으로서 쓰고자 한다. 건축가라 해서 삶에 대해서 특별히 더 잘 아는 것은 아니다. 공간에 대한 훈련을 받았고 견문이 넓은 만큼 건축가란 집에 대한 생각이 좀 더 깊을 수는 있다. 하지만 자칫하면 모범 답안 또는 기성 답안에 치우치는 우를 범하기도 쉽다. 게다가 건축가가 아무리 정교하게 삶의 공간을 설계하더라도 기껏해야 기본 바탕만 갖춰놓을 수 있을 뿐이다. 인테리어 건축가, 공간 디자이너, 장식가, 조경가의 작업도 마찬가지다. 남이 만든 집을 고대로 사용하는 집주인은 없다. 자기 뜻대로, 자기 마음 가는 대로, 자기 스타일대로,

자기 취향대로 집을 바꾸며 사는 것은 그 집에 사는 사람들에게 달려 있다.

이 책을 쓰는 나는 생활인으로서의 이점이 적지 않다. 주부이자 아내이자 엄마이니 아무래도 집에 대한 관심뿐 아니라 집에서의 역할이 각별하다. 전문가로서 받은 훈련도 내가 사는 집에 들어오면 생활인으로서 쌓은 온갖 훈련을 당해내지 못한다. 평생에 걸친 훈련이라고 할까? 머릿속에 있는 지식이 아니라 몸속에 녹아 있는 노하우라고 할까?

나는 끊임없이 관찰한다. 장면을 관찰하고 행위를 관찰하고 느낌을 관찰한다. 나는 삶의 순간에 담긴 비밀을 포착하고 싶다. 나는 가족의 갈등에 담긴 심리를 포착하고 싶다. 나는 공간의 미묘한 작용을 관찰하곤 한다. 나는 공간의 변화가 자아내는 감정의 변화, 행동의 변화, 삶의 변화를 예의 관찰하곤 한다. 무엇이 나를 행복하게 하는지, 같이 있는 우리를 행복하게 하는지 예의 관찰하곤 한다. 무엇이 나를 짜증나게 만드는지, 같이 있는 우리들이 서로에게 불만을 갖게 되는지 예의 관찰하곤 한다. 호기심 어린 관찰 습관은 나의 일상이다.

'집 놀이'의 네 가지 작은 주제

'집 놀이'라는 큰 주제하에 다음 네 가지 작은 주제를 따라 책을 전개하려 한다.

첫째. 어떻게 하면, 이 집에서 여자 남자가 덜 싸우며 살까?
둘째. 어떻게 하면, 이 집에서 아이들이 스스로 자랄 수 있을까?
셋째. 어떻게 하면, 이 집에서 집이 작다고 불평하지 않으며 살까?
넷째. 어떻게 하면, 이 집에서 좀 '집같이' 살아볼까?

이 네 가지 주제들은 삶에 대한 나의 철학 또는 원칙이다. 나는 우리 사회의 여자 남자가 훨씬 더 사랑해야 한다고 주장하곤 한다. 우리 사회가 경제적 성과에 비해서 그리 행복해하지 않는 이유 중 하나가 남녀가 충분히 사랑하지 않기 때문이라고 본다. 나는 집이란 어디까지나 커플이 우선해야 한다고 생각하며, 지나치게 아이들 중심으로 돌아가는 집을 바람직하지 않게 본다. 아이들은 어디까지나 스스로 자란다고 생각하고, 어른들이 스스로 자라는 아이들을 방해하면 안 된다고 생각한다.

　　나는 우리 사회 곳곳에서 지나치게 부추겨지는 허영심이 오히려 집의 행복감을 깎아먹는 것을 안타까워한다. 집은 물리적인 크기가 아니라 그 안에 담은 심리적, 감성적 크기에 따라 의미가 무한하게 확장될 수 있다고 본다. 그리고 집에서 집같이 산다는 것은 그 안에 얼마나 다양한 이야기를 담느냐에 달려 있다고 보며 집에 담을 수 있는 삶의 이야기가 무한할 수 있음을 믿는다.

이 네 가지 주제들이 좋은 것은 발상만 살짝 바꾸면 엄청난 효과를 낼 수 있는 주제라는 점이다. 어떻게 대하느냐에 따라서 아주 유쾌하게, 아주 창의적으로 풀어낼 수 있는 주제들이기도 하다. 무엇보다도 이들은 모두 '실천할 수 있는 주제'들이다. 얼마나 신선하게 바라보느냐에 따라 재미나게 풀어낼 수 있는 방법들은 무궁무진하다.

중요한 원칙이 있다면, 바로 '이 집에서'라는 것이다. 살맛 나야 하는 곳은 바로 지금 사는 이 집이다. 집이 되어야 하는 집은 바로 지금 사는 이 집이다. 행복감을 자주 느끼며 살아야 하는 곳은 지금 사는 바로 이 집이다. '내 집을 갖게 되면 하지, 좀 더 돈을 벌면 하지, 집이 좀 더 커지면 하지, 내 집을 짓게 되면 하지, 애들이 크면 하지, 좀 더 시간 여유가 생기면 하지!' 같은 생각은 핑계에 불과하다. 바로 지금 사는 이 집에서 요모조모 궁리하고 이모저모 실행해보는 자체가 '집 놀이'다. 지금 바로 이 집에서 여자와 남자뿐 아니라 온 가족이 두루 할 수 있는 최고의 놀이, '집 놀이'를 즐겨보자.

'집 놀이'를 잘하는 자세

집 놀이를 잘하려면 어떤 자세가 필요할까? 내가 이 책을 쓰면서 강조하고 싶은 자세로 네 가지를 들어보자.

첫째, '공간의 모습'보다는 '삶의 순간'을 먼저 떠올려라! 공간의 모습에는 '시각적'인 변수가 너무 크게 작동한다. 착각을 불러일으키고 환상을 작동시키기 쉽다. 그런가 하면 삶의 순간에는 시각뿐 아니라 청각, 미각, 후각, 촉각 등 오감이 작용하고 심리가 작동하며 생각과 지능이 작동하고 무엇보다도 느낌과 감성이 작동한다. 사람의 변수가 가장 중요한 것이다. 나와 너 사이에 이어져 있는 '보이지 않는 선線'이 작동하는 것이다. 삶의 순간을 그려본 후에야 우리는 공간의 모습을 풍성하게 그려볼 수 있다.

둘째, 정답은 없고 모범 답안도 없고, 베스트도 없고 퍼펙트도 없다는 것을 잊지 말자. 이것이 '디자인'의 묘미다. 삶의 디자인에서도 공간의 디자인에서도 마찬가지다. 집은 언제나 이딘가 모자란다. 우리가 항상 어딘가 모자라는 것처럼 말이다. 그렇게 모자라서 뭔가 더 해보고 뭔가 더 달리 해보고 싶어지는 것이, 살아가는 묘미다.

셋째, 답은 스스로 결정하는 게 최고다. 건축가도 디자이너도 업자도 업체도 당신을 대신해줄 수 없다. 당신보다 더 당신의 삶을 잘 아는 사람은 없다. 당신보다 더 당신의 로망을 잘 아는 사람은 없다. 당신보다 더 당신의 비밀을 아는 사람은 없다. 필요한 것은 자신이 하는 선택에 대한 당당함, 뿌듯함, 시행착오의 인정, 또 다른 궁리일 뿐이다. 전문가의 조언은 그저 조언일 뿐이다. 광고의 유혹은 그저 유혹일 뿐이다. 유명세, 브랜드, 명품에 주눅들지 말자. 물론 이 책에 쓰는 나의 조언도 하나의 조언일 뿐이다.

넷째, 집도 당신도 함께 자란다는 사실을 잊지 말자. 아이들만 자라는 것이 아니라 우리도 자라고 집도 자란다. 집 역시 성장하고 진화한다. 10년 전에는 전혀 안 맞았던 것이 지금은 기막히게 잘 맞아떨어질 수도 있다. 지금의 모습이 10년 뒤에도 같으리라는 법은 없다. 진화와 변화는 삶의 본연적인 속성이다. 돌연변이가 필요해질지도 모른다. 지금은 전혀 아니지만 언제 어떤 삶의 모습이 우리에게 찾아올지 모르기 때문이다. 그래서 두근두근 더 설레지 않는가?

책을 읽고 나서 하는 집 놀이

혹시 독자들은 집에 대한 책을 쓰기 쉬울 거라 여길지도 모르겠지만, 나로서는 아주 쓰기 힘든 주제다. 이 책을 지난 5년 동안 곁에 두고 만지작댔다. 『이 집은 누구인가』를 낸 이후에 다시 한 번 오랜 시간 동안 쓰고 또다시 고쳐 쓴 글이다. 왜 이렇게 쓰기 힘들어 할까? 집이란 너무도 일상적이고 너무도 쉬워 보이지만, 집은 너무도 다양한 방식으로 우리의 삶에 영향을 미치는 공간이자 너무도 큰 세계가 집 속에 있기 때문이다. 이 책에 담은 것은 그 큰 세계의 아주 작은 부분일 뿐이다. 내가 빠뜨린 부분은 독자들이 스스로 채워주실 것으로 믿는다.

이 책을 읽으면서 자신의 집이 자연스럽게 떠오르고, 집이 '집같이' 느껴지는 순간이 떠오르기 바란다. 집 놀이에 대한 상상으로 날개가 돋는 것 같고, 새로운 궁리가 떠오르고, 나도 한번 해보고 싶어서 근질근질해지기를 바란다. 온갖 상상을 하는 당신은 이상하지 않다. 자기만의 방식으로 사는 당신은 결코 이상하지 않다. 당신의 집 놀이는 무궁무진하게 펼쳐질 것이다.

이 책 곳곳에 숨어 있는 그 어떤 이야기기 당신의 상상력을 불러일으키기를 바란다. 책을 읽으면서 떠오른 아이디어를 당신의 방식으로 당장 실천해보기를 바란다. 무엇보다도, 별거 아닌 것 같던 집에 그렇게 수많은 이야기가 숨어 있음에 행복해하기를 바란다. 기쁜 마음으로 다시 한 번 자신의 집을 돌아보기를 바란다.

재미있고 신선하고 독창적인 집 놀이가 일어나는 집에서 우리는 훨씬 덜 싸우며 살 것이다. 쑥쑥 잘 자랄 것이다. 온갖 궁리로 설레고 온갖 느낌으로 설레는 순간들이 더 자주 찾아올 것이다. 수많은 부족함에도 불구하고 자신의 인생이 '의외로' 멋질 수 있음을 느끼게 될 것이다. 행복감을 느끼는 순간들이 훨씬 더 자주 다가올 것이다. 집 놀이의 다채로운 가능성을 넓혀 보자. ⌂

차례

집이란 남녀의 싸움이 벌어지는 가장 치열한
전쟁터다. 밖에서 벌어지는 전쟁은 어차피
그 전장을 떠나면 머릿속에서 지워버릴
수도 있다. 하지만 집이라는 전쟁터는 항상
거기에 있으니 쉽게 지울 수도 없다.
그런데 이왕이면 남녀가 싸우면서 새록새록
정이 드는 집이 될 수는 없을까?

chapter
01

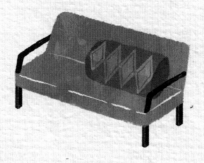

싸우며 정드는 집

여자 1 · 남자 1

그 여자 그 남자는
어떤 집에서 살까?

"여자 사람과 남자 사람이 한집에 산다는 것은 ○○이다." 당신은 '○○이다'에 어떤 말을 대입하겠는가? '행복이다, 축복이다, 천국이다, 기적이다, 사랑이다' 같은 말이 금방 떠오른다면 엄청나게 운 좋은 사람이거나 아직 세상 물정을 잘 모르는 사람일 것이다. '고생이다, 고해다, 징글징글하다, 전쟁이다' 같은 말이 떠오르는 사람들이라면 산전수전 겪어본 사람일 것임에 틀림없다. 더 나아가서 '못할 짓이다, 지옥이다, 불행이다, 시베리아다, 사막이다, 저주다' 같은 말을 떠올리는 사람들이라면 갈 데까지 가본 사람들일 것이다.

사실인즉슨, 모든 사람은 누구나 일생을 통해서 이 세 가지 유형을 거칠 가능성이 농후하다. 아직 겪어보지 않은 사람이라면 뭐가 뭔지 잘 모르면서도 기대에 부푼 '환상형' 단계일 것이다. 막상 겪어본 후에는 이게 보통 일이 아니라는 것을 깨닫고 '현실형'이 될 가능성이 높다. 그런가 하면 오랜 시간 동안 온갖 살벌한 전쟁을 치르고 나서는 아예 '초현실형(?)'으로 넘어갈지도 모른다.

진실이라면, 대부분의 사람들은 이 세 가지 유형에 동시에 빠져 극과 극을 오가면서 사는 것 아닐까? 하루는 지옥, 하루는 천국, 하루는 현실 하는 식으로, 더욱 극단적으로는 아침에는 지옥, 낮에는 현실, 밤에는 천국 하는 식으로 말이다. 이만하면 괜찮지 싶다가도 금방 어딘가 삐걱대고 어쩐지 못마땅해지다가 불현듯 도망치고 싶어진다. 그런가 하면 순식간에 눈 녹듯이 온갖 시름이 사라지고 모든 게 다 근사해 보이는 지경에 이르기도 한다. 여자와 남자가 같이 산다는 것은 그 자체로 변화무쌍한 날씨와 다름없다.

많은 집들이 여자와 남자가 같이 사는 집이다. 비혼 또는 이별 후 독신 등 '독거獨居'가 엄청나게 늘고 있어서 최근엔 40여 퍼센트에 이르고 있다고 하지만, 여전히 일생에 어느 기간 동안은 여자와 남자가 한집에서 살 가능성이 높다. 여자와 남자가 같이 살아서 좋은 점을 끝없이 꼽을 수도 있지만 같이 살아서 나쁜 점도 끝없이 꼽을 수 있다는 것 또한 진실이다.

게다가 대한민국의 남녀는 근본적으로 피곤하다. 굳이 '피로 사회'라는 말을 끄집어내지 않더라도 우리 사회의 스트레스 지수

가 만만치 않음은 누구도 인정하는 사실이다. '불안사회'라는 말
이 나올 정도로 삶의 안정성이 마구 흔들리고 있다. 점점 치열해지
는 '경쟁사회'에서 먹고사는 문제가 끊임없이 우리의 삶을 흔들어
댄다.

2016년 한 통계에 의하면 맞벌이 부부가 514만 가구로 전체
부부의 약 44퍼센트다. 밖에서도 피곤하고 집에서도 피곤하게 되
어버린 것이다. 맞벌이 부부가 각기 집안일을 하는 시간은 얼마나
될까? 남자는 하루 평균 40분이고 여자는 하루 평균 3시간 14분이
란다. 여자의 짐이 무겁다는 사실을 통계가 말해준다. 흥미로운 것
은 외벌이 남편이 오히려 하루 평균 47분 동안 집안일을 한다니 믿
을 수 있는 조사인지 잘 모르겠다. 그렇다면 전업 주부는 얼마나 될
까? 평균 6시간 16분이란다. 나는 이것도 잘 못 믿겠다. 전업주부의
일이란 24시간 일이나 다름없는데, 전업주부들은 자신의 일을 너
무 좁게 정의하는 것이 아닐까?

이른바 선진사회라 일컫는 OECD에 속한 나라들의 남자
들은 집안일을 얼마나 할까? 하루 평균 139분이라니 무려 2시간
19분이다. 우리 사회의 맞벌이 부부들에게 적용한다면, 남자가
2시간 19분 집안일을 한다면 여자는 1시간 35분만 일하면 되는 셈
이다. 남자가 집안일을 더 많이 하는 셈이니 여자들의 짐이 좀 더

가벼워진다고 할까?

여하튼 집안일이란 애물단지다. '남자가 좀 더 도와주면 돼!' 라고? 그런 말을 여자들이 얼마나 싫어하는지 아는가? 자기 할 일을 하는 건데 왜 도와준다고 하느냐 말이다. '도와준다'라고 하는 남자의 심리를 모르는 바 아니지만, 이 말 자체가 담고 있는 불공평에 대한 여자의 좌절감을 알아채야 근본적인 문제 해결의 실마리가 잡힐 것이다.

어떤 커플이든 간에 한집에 살게 되면 수많은 고민들에 부딪힌다. '어떻게 덜 부딪치고 살지? 어떻게 덜 힘들게 살지? 어떻게 덜 신경 쓰고 살지? 어떻게 성의를 보여주지? 어떻게 조금이라도 더 편해지지? 어떻게 덜 싸우지?' 싸움거리는 곳곳에 있다. 시간 싸움, 공간 싸움, 스타일 싸움, 취향 싸움, 주도권 싸움, 경제권 싸움, 경영권 싸움 등. 눈에 보이게 안 보이게 이런 싸움은 일상 곳곳에서 일어나며 긴장을 자아낸다.

커플 간의 싸움을 화목하지 않고 화평하지 않은 집안의 신호라고 여기는 편견이 있다. 뜨거운 사랑이 이미 끝났다거나 사랑이 식어버렸다고 보는 편견도 있다. 하물며 혹시 곧 헤어지는 것 아닌가 하는 우려까지 한다. 딸 여섯의 사연 많은 결혼 생활을 목격해온 우리 엄마가 우리 커플을 제일 걱정했었단다. "그렇게 싸우니

이혼하지나 않을까 싶어서." 엄마의 고백이었다. 나의 답은 이랬다.

"엄마, 싸워야 정이 들어요!"

그렇다. 여자 남자는 싸우며 정든다. 남녀 간의 싸움은 지극히 정상이다. 아주 건강한 긴장감을 유지할 수 있기까지 하다. 싸우지 않는 남녀야말로 어딘가 문제가 있을 소지가 크다. 당장 문제가 아니더라도 큰 문제가 불거질 소지를 안고 있을지도 모른다.

싸우지 말자고? 싸워도 교양 있게 싸우자고? 싸울 필요가 없다고? 속속들이 삶의 맛을 모르는 사람들이나 이런 얘기를 한다. 사랑에 빠져보지 않은 사람들이나 이런 얘기를 한다. 자존감이 높지 않은 사람이나 이런 얘기를 한다. 아이들이 싸우면서 크듯이, 남녀는 싸우면서 정든다. 긴장감을 거듭하면서 감정이 깊어진다. 사람살이의 오묘한 이치다.

집이란 남녀의 싸움이 벌어지는 가장 치열한 전쟁터다. 밖에서 벌어지는 전쟁은 어차피 그 전장을 떠나면 머릿속에서 지워버릴 수도 있다. 하지만 집이라는 전쟁터는 항상 거기에 있으니 쉽게 지울 수도 없다. 만약 당신 커플이 현명하다면 집안일 때문에 싸움을 더 악화시키거나 잦은 전투로 에너지를 소모하거나 분쟁거리를 늘리면서 전쟁을 키우지 않는 집을 만들려 할 것이다. 교전을 피하고 정전과 휴전을 꾀하면서 이왕이면 평화 상태를 유지하는 조건들을 지켜보려고 노력하는 것이 인지상정일 것이다.

그런데 이왕이면 남녀가 싸우면서 새록새록 정이 드는 집이 될 수는 없을까? 진짜 전쟁에서는 불가능하겠지만 집안에서 일어나는 전쟁에는 이런 효과를 기대해볼 만도 하다. 남녀 간의 교전이란 때로 스트레스를 날려버리고 긴장감을 풀어주는 효과가 지대할 뿐 아니라 자칫 지루해질 수도 있는 일상에 흥미로운 파장을 던져주기도 한다. 그 충돌을 어떻게 풀어내느냐에 따라 웃음거리도 생기는가 하면 동지애도 우러난다.

특히 집안일 때문에 일어나는 온갖 분쟁은 평생 새로운 국면으로 전개되기 십상이므로 아무리 교전을 반복하는 한이 있더라도 이왕이면 흥미롭게 풀어볼 필요가 있다. 집이란 전쟁터이기도 하지만 서로 지켜주어야 할 공동의 '성城'이기도 하다는 점을 '든든한 뒷배'로 믿어보자.

물론 집이 남녀 간의 문제를 다 풀어줄 수는 없다. 사람과 사람과의 관계란 사람과 공간과의 관계보다 훨씬 더 크기 때문이다. 하지만 적어도 싸우면서 정들게 만드는 집이 될 수는 있음을 믿어보자. 너무 이상적이라고? 그렇지만 남녀가 같이 사는 집에 대해서 이상을 키우지 못한다면 어떻게 같이 살아볼 엄두를 내랴? ▪

여자 남자가 같이 하는 건,
모두 놀이

집 놀이

우리 커플은 결혼 몇 주년이나 되는지 기억하지 않고 산다. 결혼일을 기념하는 법도 없다. 나는 "결혼식 날이 내 인생 최악의 날이었다!"는 말을 곧잘 하고, 하물며 사돈 될 분들 앞에서 "다시 태어나면 절대 결혼 안 할 거예요!"라고 말하며 찬물을 끼얹는 푼수 짓을 하기도 한다. 그래도 우리는 여전히 커플이다. 남자의 깊은 속마음은 알 길이 없으나 나는 이 남자를 지금도 꽤 괜찮게 여긴다.

'결혼 안 했을 것 같고, 아이 없을 것 같고, 이혼했을 것 같다.'는 평을 종종 듣는 내가 어떤 비결을 가졌는지 사람들은 묻는다. 남자가 괜찮아서? 어림도 없다. 나는 이 남자의 흉을 천 가지라도 볼 수 있다. 이 남자와 살지 말아야 할 이유를 백 가지도 들 수 있다. 그렇다면 내가 괜찮아서? 그런 측면은 좀 있을 것이다. 나는 '좋아하는 능력'이 있다고 자부한다. 내가 먼저 좋아하고 내가 더 많이 좋아해도 오케이다. '칭찬하는 능력, 고마워하는 능력'도 열심히 키운 편이다. 비판과 긍정이 같이 간다는 뜻이다. 무엇보다도 나에게는 '놀 줄 아는 능력'이 있다. 열심히 익힌 능력이다.

연애와 결혼의 차이를 단순하게 구분하자면, 연애 때는 온통 놀 생각만 하고 또 그래도 되지만 결혼하고 나면 왜 이리 할 일이 많으냐 상태가 된다는 것이다. 연애는 놀이, 결혼은 일이라고나 할까? 연애 적에 미루어두었던 가족, 친구, 친척, 학업, 커리어까지 다 돌아온다. 하나같이 일이다. 두 배로 는다. 내 일만이 아니라 우리 일이 되어버리기 십상이다. 아이가 생기면 일은 세 배가 아니라 열 배로 는다.

결혼이란 일과 놀이에 대해서 새로운 정의를 내리고 실천해야 하는 상태다. 우리는 종종 '일을 놀이로 만들어야 한다'는 말을 한다. '일을 잘하는 사람도 일을 즐기는 사람에게는 못 당한다'라는 말도 자주 한다. 은근히 일중독을 부추기는 말이기도 하지만, 그 안에 진실은 있다. 노는 듯 일하면 일이 더 이상 스트레스만은 아니게 되는 것이다.

결혼에서 가장 바람직한 태도는 둘이 같이 하는 모든 짓을 놀이로 대하는 태도다. 섹스나 스킨십만이 놀이가 아니다. 해외여행, 주말여행이나 특별한 저녁 같은 이벤트만 놀이가 아니다. 오히려 그런 이벤트가 또 다른 일감, 또 다른 스트레스의 원인이 되기도 한다. 그보다는 일상의 공간과 시간 속에서 둘이 함께하는 모든 짓은 발상만 살짝 바꾸면 놀이가 될 수 있다. TV를 보건 요리를 하건 청소를 하건 책을 읽건 아이들과 놀건 명절 봉사를 하건 토론을 하건 열렬한 부부 싸움을 하건 다 놀이로 만들어보라.

우리 커플의 일 놀이에는 종류가 많지만 한 가지만 예로 들어보자. '배추김치 담그기'다. "사 먹지, 왜 일을 만들어?"가 물론 이 남자의 초기 반응이었다. 하지만 "아무리 바빠도 직접 담근 김치를 먹어야만 살겠다!"는 나의 간절함을 어떻게 꺾으랴.

배추김치란 김치 중에서 가장 손이 많이 가고 시간도 제일 많이 든다. 수없는 시행착오를 해본 끝에 우리 집에서 '무 채썰기와 양념 채워 통에 담기'는 남자 몫이다. 팔 힘이 필요하고 은근히 시간이 많이 들고 그런가 하면 상대적으로 기계적인 작업이니 완전히 믿고 맡길 수 있어서 좋다. 게다가 첫 시작과 마지막을 장식하니, 상징적인 의미도 있고 자랑하기도 좋다. 이 남자의 성격에 잘 들어맞는 것이다.

이 공동의 일 놀이 프로젝트를 수행하는 사이사이에 오가는 말, 눈짓, 몸짓은 다채롭다. 끝내고 나면 뿌듯하고 꽉 담긴 김치 통을 보면 괜히 부자 된 느낌이 좋다. 몇 달에 한 번씩 하는 이 일 놀이가 우리 커플의 관계를 지탱해주고 있는 건지도 모른다.

내가 이런 얘기를 하면 주위에서는 "세상에 그런 남자가 어디 있어? 니네 남자가 워낙 괜찮아서 그런 거야!" 하거나, 한 걸음 더 나아가서 "일하는 여자가 어디 집에서 배추김치를 담그니? 너 살림 잘한다고 자랑질 하니?" 하고 핀잔주는 친구들도 있다. 이런 속단이나 핀잔을 주는 의미를 모르지는 않는다. 그렇다고 내가 자세히 해명하기도 쉽지 않다.

이 책을 빌려서 해명해본다면, 이 배추김치 담그기 역할 분담이 우리 커플의 일 놀이로 자리 잡기까지 거의 15년이 걸렸다. 훨씬 쉽게 보이는 청소는 우리 커플에게 끝나지 않는 분쟁거리라서 청소를 일 놀이로 만들 수 있는 방식을 여전히 요모조모 구상한다. '같이 해볼까? 차례차례 나눠서 해볼까? 아예 안 하고 살까? 참을 수 없는 사람이 나설 때까지 기다려볼까?' 등 청소를 놀이로 만드는 것은 여전히 풀리지 않는 과제다.

요점이라면 어떤 커플에게나 약점, 단점, 강점, 장점이 있다는 것이다. 그 성격을 잘 파악해서 어디서 일 놀이를 착안해낼지는 온전하게 커플에게 달려 있다.

한번 당신 커플만의 특별한 일 놀이를 구상하고 또 실천해보

라. 결혼이라는 끝없는 일의 쳇바퀴 속에서 일 놀이가 당신 커플을 구원해줄지도 모른다. 일상은 가장 특별해질 수 있다. 🔊

집안일에 대해 세우는 우리의 원칙들. '니가 할 일, 내가 할 일'을 나누고 그 일을 해낼 것을 믿어준다! 젊은 세대, 중년 세대를 가릴 것 없이 이 방법을 가장 많이 쓴다. 분류와 책임지기의 원칙이다.

'똑 부러지는 일'은 남자가 맡고 '아우르는 일'은 여자가 맡는다. 이것도 자주 쓰는 방법이다. 남자의 주장. '그 일을 했으니 내 할 일은 다 해냈다. 근데 뭔 불만?' 여자의 주장. '여전히 더 많은 일들이 있다. 마치 빙산처럼, 집에서 눈에 보이는 일은 10퍼센트일 뿐 90퍼센트가 숨어 있는 일이다. 왜 일이 안 보여?' 쳇바퀴처럼 도는 쟁점이다.

그러니까 나누는 것만으로는 충분치 않다. 같이 해서 즐거운 일을 열심히 찾아라. '왜 혼자 하면 그리 소외감이 드는데, 왜 같이 하면 노는 것 같을 까?' 만고의 진리다.

우리 집의 피스메이커는
뭘까?

피스메이커

사랑을 묘사하는 수많은 말 중에서 어떤 말이 가장 와닿는가? '전쟁 같은 사랑'이라는 말이 나에게는 각별하다. 가수 임재범의 「너를 위해」 중에 나오는 가사다. 뜨끔하지만 완벽하게 공감되는 표현이다. 남녀관계란 정말 전쟁과도 같아서 무수한 전투와 무수한 휴전과 무수한 평화협정과 무수한 재교전이 벌어진다. 남녀의 주 전쟁터인 집에서는 그래서 꼭 '피스메이커peacemaker'가 필요하다. 꽃, 외식, 선물, 여행과는 다른, 평화를 만드는 도구 말이다.

자동차에 내비게이션 기능이 생긴 다음 나와 남편 사이에 끊임없이 벌어지던 운전 중 전쟁은 드디어 끝이 났다. 통념적인 남녀 특성괴ㄴ 달리, 안전 긴치인 남편과 동서남북 방향통인 내가 벌이던 그 무수한 전쟁들이 이리 쉽게 해결될 줄이야? 그래서 나는 내

비게이션을 우리 커플의 피스메이커라 부른다. 간단하지만 놀라운 효과를 가져와야 피스메이커로 불릴 만한 것이다.

그렇다면 집에서는 어떤 피스메이커가 필요할까? 전쟁의 성질에 따라 다르긴 하다. 어떨 때 분쟁의 분위기가 감지되는가? 어떤할 때 평화 무드가 조성되는가? 이마가 찌푸려지고 입술 끝이 내려오고 침묵이 내려앉고 긴장이 서서히 고조될 때 그 원인은 무엇인가? 남녀의 전쟁 역시 국가 간에 벌어지는 여느 전쟁과 그리 다르지 않다. 영토 전쟁(공간), 경제 전쟁(소비와 저축), 문화 전쟁(취향), 역사 전쟁(인정과 보상, 과거 묻기) 등이 작용하는 것이다.

두 가지 종류의 피스메이커를 생각해보자. 하나는 '예방적 피스메이커'다. 시간을 아껴주고, 힘을 덜 들게 만들고, 매일매일 반복되는 지루하고도 짜증나는 일상의 짐을 덜어주는 것들이다. 한마디로, 덜 찡그리게 만드는 것들이다. 그런가 하면 '치유적 피스메이커'도 필요하다. 한마디로, 눈매가 순해지고 입가가 올라가게 만드는 것들이다. 스스로 나서게 만들고, 보람차게 느껴지고, 그게 있어서 괜시리 평화뿐 아니라 행복감까지도 만드는 것들이다.

우리 집의 예방적 피스메이커로는 '식기세척기'가 대표적이다. 해도 해도 또 쌓이는 설거지가 완전 없어지는 것은 결코 아니지만, 적어도 믿을 데가 생기니 미리 긴장할 소지를 줄여준다. 이른바

어쩐지 기댈 수 있을 것,
어쩐지 뿌듯해질 것이
피스메이커의 자격이다.

첨단 부엌에 식기세척기를 맞춤으로 매달아놓고도 '우리 식 그릇에는 안 맞는다, 깨끗이 안 씻긴다, 찜찜하다.'라면서 잘 쓰지 않는 친구들에게는 발상을 전환해보라고 열심히 권한다.

치유적 피스메이커는 단연 '바깥 부엌'이다. 남자도 여자도 밖으로 나가면 왜 이리 너그러워지는가? 왜 스스로 일을 찾아 할까? 왜 일이 놀이로 느껴지는 걸까? 왜 한가롭게 느껴질까? 적어도 일주일에 한 번은 밖에서 밥을 해 먹어야 평화가 찾아온다. 파트너임을 느낀다. 일과 놀이와 삶과 대화를 같이할 수 있는 나의 파트너!

한번 찾아보라. 무엇이 우리 집의 피스메이커인지? 과연 그 피스메이커에 충분히 투자하고 있는지? 혹시 엄청나게 큰 TV를 피스메이커로 꼽는 남녀라면 스스로 좀 문제로 느껴야 할 것이다. 아예 '따로 TV'로 채널 전쟁을 피하는 피스메이커로 여기고 있다면, 그것도 하나의 해결책이기는 하지만, 썩 지혜로운 선택은 아닐 것이다. 아이들을 위한 피스메이커라고 본다면 문제는 더 심각하다. 잠시 세상을 잊게 해주는 것은 피스메이커로서 자격 부족이다. 어쩐지 기댈 수 있을 것, 어쩐지 뿌듯해질 것이 피스메이커의 자격이다.

'피스메이커'란 '조정자, 중재자'라는 뜻으로 주로 쓰이지만 때로는 조정 중재 도구를 일컫기도 한다. 흥미롭게도 온갖 무기, 즉 권총이나 군함 같은 것도 피스메이커로 불린다. 평화를 유지하려면 전쟁을 치를 무기도 갖추라는 뜻일까? 전쟁을 치를 각오가 있으면 평화도 유지할 수 있다는 뜻일까? 여하튼 남녀의 전쟁과 평화를 위해서도 '피스메이커 도구'가 필요하기는 하다. 단 '군비 경쟁'을 지나치게 하지는 않으면 좋겠다.

최근 우리 집에 '짠' 하고 등장한 새로운 피스메이커는 단연 '무선청소기'다. 왜 진즉 장만을 안 했을까? 아무 때 아무 데서나 아무나 무선청소기를 들이대면 온 세상이 편해진다. 하물며 우리 두 강아지 녀석들까지도 털갈이 구박을 덜 받는다. 왜 진즉 생각지 못했단 말인가? 전쟁이 일어날 위험은 항상 잠재하며 평화란 끊임없이 노력해야 유지할 수 있음을 잊지 말자! 📱

모든 기기들은 사실 '피스메이커'라는 명분으로 등장한다. '시간을 아껴줄 거야, 편해질 거야, 분위기를 살려줄 거야, 심심하지 않게 해줄 거야, 가족 모두 쓰게 될 거야.' 등 여러 이유를 대면서 들여놓게 되는 것이다. 그런데 기대와는 달리 그것들이 얼마나 거추장스러워지는지, 얼마나 번잡스럽게 만드는지, 오히려 가족들을 뿔뿔이 흩어져버리게 만드는지 모두들 한 번쯤은 경험해봤을 것이다. 피스메이커인 줄 알았더니 트러블메이커가 되어버리는 온갖 기기들의 홍수 속에서 자신의 선택 기준을 세우는 것이 우리의 삶을 지키는 중요한 원칙이 되는 시대다. '실험적이되 휘둘리지는 말라. 둘 이상의 사람이 쓰면 최고다. 활용은 하되 집착하지는 말라.' 당신의 기준은 무엇인가?

부엌을
집 한가운데로 끌어내라!

부엌

"집을 다시 짓는다면, 부엌을 집 한가운데에 놓을 거예요!" 한번은 탤런트 양희경이 이런 말을 한 적이 있다. 인생을 살아본 사람, 산전수전을 다 겪고도 자신의 삶을 사랑하는 사람이 이루고 싶은 소원이다. 더 젊었을 때 이 소원이 진즉 떠올랐더라면 얼마나 좋았을까? 버킷리스트라 하기엔 너무도 아까운 소원이다. 남녀노소 모두의 소원이 될 법하다. '집 한가운데 있는 부엌', 부엌에 바치는 최고의 예우다.

부엌은 물과 불로 황홀한 장난을 하는 놀이터다. 물장난이 얼마나 재미있는가? 불장난보다 더 재미있는 장난이 있는가? 장난은 칠수록 더 치고 싶어지는 법이다. 놀이는 하면 할수록 새록새록 더 아이디어가 떠오르는 법이다. 놀이를 하면서 우리의 상상력은 커진다.

부엌은 순간 예술이 펼쳐지는 찬란한 무대다. 아름다우면서도 영양가 있기란 얼마나 어려운가? 그 공존이 가능한 예술이 요리다. 게다가 순식간에 만들고 순식간에 없어진다. 사라지는 것이야말로 더 아름답다고 했던가? 요리는 사라져서 더 아름답다. 눈과 손과 혀와 코를 발동시키면서 부엌이라는 무대 위에서 매일매일 순간 예술 퍼포먼스가 펼쳐진다.

부엌은 최고의 과학이 펼쳐지는 실험장이다. 온갖 기기들은 휴먼 사이언스에 통달한 발명품들이다. 발효, 숙성, 익힘, 썩힘 등 화학 작용과 생명 순환의 이치들이 부엌에서 펼쳐진다. 썰기, 갈기, 짜기, 섞기, 뒤집기, 채우기 등의 물리적 작동이 현란한 손놀림과 몸동작을 동원해서 이루어진다. 부엌은 몸의 과학, 자연의 과학을 마스터하는 배움의 공간이 되는 것이다. 손을 쓰고 머리를 쓰면서 뇌도 따라서 커진다.

부엌은 언제나 가장 풍성한 곳이다. 아무리 절약을 강조하는 집이라 하더라도 부엌만큼은 그중 가장 풍요롭다. 온갖 음식 재료만 풍성한 게 아니라 기기들도 풍성하다. 마치 미래 영화로부터 날아온 것 같은 '수퍼 리치super rich'의 부엌이 아니더라도 부엌은 그 어떤 집에서도 그나마 빈부 격차가 덜해서 마음 편하다. 부엌은 빈貧

중에도 부^富한 공간이 된다. 물과 불과 냉장 기기와 요리 기기를 갖추고 각종 식자재를 들여놓는 자체만으로도 이미 풍성해지는 것이다.

'집밥'에, '요리하는 섹시남'에 바야흐로 '먹방, 요리, 미식' 열풍이 불고 있다. 반갑기도 하지만 이런 열풍에 혹시 주부들은 더 골치가 아플지도 모른다. 은근히 집밥을 요구하는 눈초리도 감당하기 어렵거니와 아마추어들이 부엌에서 설치다 어떤 말썽을 피울지모르니 말이다. 하지만 누구에게나 새삼 찾아온 요리 열풍이 반갑다면, 여자여, 부엌의 독점 구조를 스스로 깨라! 남자여, 부엌을 오픈해라! 가족이여, 부엌을 집 한가운데로 끌어내라!

부엌은 '들어가는' 곳이 되어서는 안 된다. 들어가야 하면 일단 들어가기 싫어지는 게 사람 심리다. 들어가야 하는 사람을 정하자고 든다. 들어가야 하는 사람은 대신에 자기만 편하고 익숙한 공간으로 만들고 독점하려 든다. 봉사는 어느새 착취가 되고 어느덧권력이 된다. 권력은 결국 독점이 되고, 착취는 결국 화병의 원인이된다. 부엌을 봉사와 착취와 권력과 독점으로부터 해방시키면, 놀이터, 무대, 배움터, 풍요의 공간으로서 부엌의 역할은 훨씬 더 소중해질 것이다.

부엌이 한가운데 있는 집을 지을 수 있는 여유가 어디 있느냐고? 물론 집을 직접 지을 수 있는 사람은 극소수이지만 우리 대부분은 일생에 몇 번은 집을 고치면서 산다. 부엌을 집 한가운데로 끌어낼 수 있는 무궁무진한 묘수를 궁리해보라. 공간적으로 딱 한가운데가 아니더라도 생활 동선 한가운데에 포석할 수 있는 묘수를 궁리해보라. 부엌에서의 삶의 순간이 우리 마음 한가운데 자리할 수 있도록.■

집 한가운데 있는 것 같은 부엌을 만드는 열쇠 세 가지라면, '식탁, 작업대 그리고 조명'이다. 식탁이 얼마나 근사한 '라운드테이블'인지는 다음 장 「아이가 쑥쑥 자라는 집」에서 강조할 것이지만, 식탁은 남녀관계에 있어서도 가장 중요한 공간이다. 같이 먹는 행위에 담긴 감정이란 가장 원초적인 감정 중 하나이기 때문이다. '작업대'를 벽면에만 붙이지 말고 둘이 마주볼 수 있게 하라. '아일랜드' 식 부엌이 되건, 이동식 작업대를 놓건 마주보게 만들어놓으면 마주보게 될 계제가 자연스럽게 늘어난다. 마주보게 되면 그 어떤 터치가 일어날 기회도 늘어난다. 햇볕 가득한 부엌이 되면 최고겠지만 해가 잘 들지 않아도 조명은 훌륭한 분위기 메이커가 된다. 집에서 가장 밝아야 할 공간을 꼽는다면 바로 부엌이다. 자연 재료의 화려한 색깔을 누릴 수 있게, 불로써 색깔이 변하는 그 마술의 순간을 하나하나 기억하게 하라.

싱크대 높이를
남자 키에 맞춰라!

작업대

'악마는 디테일에 있다.'라는 말은 진리이다. 작은 것 하나, 소소한 것 하나로 얼마나 큰 차이를 만들어내는지 모른다. 집에서도 적지 않은 디테일이 삶의 질을 좌우한다. 방은 한 자 차이로 쓸모가 달라진다. 온전한 한 평의 발코니가 생기면 아파트가 달라진다. 복도를 10센티미터만 넓히면 뭔가 중간중간 놓고 싶어진다.

그중 가장 중요한 디테일이 싱크대 높이다. 책상 높이, 의자 높이, 모니터 눈높이, TV 눈높이, 침대 높이도 하나하나 중요하지만 대개 개인적으로 조절할 수 있는 것들이다. 반면 싱크대란 온 가족이 쓰고 게다가 높이 조절이 불가능하니(높이를 조절할 수 있는 싱크대가 있지만 활용하기가 쉽지 않다.), 신중의 신중을 기해야 하는 게 싱크대 높이다.

작년 봄에 집을 리모델링하면서 가장 큰 논쟁거리는 싱크대 높이였다. 강화에 있는 주말 주택인데 몇 년 전 어쩌다 우리 가족에게 넝쿨째 굴러들어온 복덩어리다. 구석에 틀어박혀버린 부엌을 마루로 끌어내는 것에 대해서는 환영 일색이었는데, 싱크대와 작업대 높이에서 싸움이 붙은 것이다. 나보다 15센티미터 더 큰 남편은 "더 높여!"를 외쳤고, 남편보다 키가 더 큰 남친을 데려와 요리를 해 먹곤 하는 나보다 키 큰 딸은 "왕창 높여!"를 부르짖었다.

솔직히 지난 몇 년 동안 나조차도 쓰기 싫은 부엌이었다. 들어가기 싫은 것은 물론이고 조금 일하다 보면 허리 아프고, 설거지하다 보면 사방에 물이 튀는 게 고역이었다. 그러니 남편은 오죽했으랴. 허리를 구부리고 서서 일하는 모습을 보는 것 자체가 더 큰 고역이었다. 알다시피 남자가 힘들어하는 걸 알면 여자가 더 나서서 일하게 된다. '차라리 내가 힘들고 말지.'라는 심리는 나 같은 여자에게조차 작용하는 것이다.

해도 너무했지, 어떻게 82센티미터로 싱크대를 만들어놨을까? 지은 지 그리 오래된 집도 아닌데 말이다. 그런데 얼마로 올리지? 몇 달 동안 우리 가족들은 각기 마음속에 줄자를 들고 다닌 것 같다. 다른 집들의 부엌은 물론, 카페, 스탠딩 식당 등 가는 데마다 높이를 재며 팔을 올려 씻는 시늉, 써는 시늉, 반죽하는 시늉을 해봤다. 마지막 회의에서 나는 88센티미터, 남편은 90~92센티미터, 딸은 95센티미터를 주장하다가 결국 남편이 오케이하는 쪽으로 결론을 봤다. 딸은 가끔 올 뿐이지만 남편은 주구장창 쓸 것 아닌가?

싱크대를 높여라. 남자 키에 맞춘 싱크대가 옳다. 높으면 굽 달린 실내화를 신으면 되지만, 낮으면 허리를 구부릴 수밖에 없지 않은가? 싱크대를 높이기 정 어렵다면 작업대라도 높여라. 부엌에는 싱크대 외에 따로 작업대를 마련해놓는 것이 좋다. 오래가는 남녀관계를 위해서 부엌은 남성 중심 시대가 되는 것이 옳다. 남자의 키와 남자의 미숙함을 배려해주는 부엌의 디테일은 무궁무진하다.

집에서 남자의 직업은 배려받아 마땅하다. 정확하게 표현하자면 모든 집안일에서 남자는 배려받아 마땅하다. 큰 키와 덩치, 둔한 움직임과 미숙한 손놀림의 남자들이 집안일을 어색해하고 당황해하는 것은 어쩌면 당연하지 않은가? 그런데 이런 남자들도 혼자 살게 되면 또 아주 잘 살아낸다. 미숙하건 어색하건 당황스럽건 자기 식으로 살기 때문에 그럴 것이다. 여자와 가족 앞에서도 그런 미숙함과 어색함과 당황스러움은 자연스럽게 표현되어야 마땅하다. 그런 과정을 거쳐서 스스로 훈련하면서 자신만의 익숙함을 찾아내게 될 터이다. 그런 남자의 입장을 기꺼이 고려해주자.

분명한 사실은, 우리네 집은 대부분 지나치게 여성 중심적이라는 점이다. '일상의 삶'을 풍부하게 만든다는 관점에서 보면 집의 이런 여성 중심성은 그 자체로 바람직하지 않다. 이 시대에 남자를 배려해주는 집은 과연 어떤 것일까? 미지의 영역, 아직 실현되지 않은 세계다. 무한 실험과 무한 도전이 필요한 영역이다. 🏠

싱크대와 작업대의 키를 높이고 나니 재미있는 장면이 속출한다. 나는 남편이 부엌에서 당연히 편할 것으로 여기고 하루 한 끼 책임지라고 거리낌 없이 요구한다. 딸의 구시렁대는 소리가 완전 조용해지고 요리에만 몰두한다. 키 큰 친구들이 놀러오면 작업대 편하다고 부엌에서 놀려고 든다. 키 작은 친구들은 작업대가 가슴에 올라붙는다고 재밌어한다. 이럴 때는 아주 쉬운 해결책이 있다. 굽 높은 실내화를 내주면 되는 것이다.

'바깥 부엌'은
최고의 피스메이커

물과 불

물과 불은 일상의 평범한 순간을 아주 특별하고 비상하게 만들어
준다. 오행五行의 다섯 요소 중에서도 인간에게 각별하다. 흙土은 문
을 나서면 있고, 나무木와 금속金은 갖은 물건의 형태로 우리 주변
에 존재하고 있으며, 물水과 불火은 인간의 생명 유지에 직결된다.

'집의 역사'는 집에서 물과 불을 어떻게 자유자재로 쓰느냐,
그런가 하면 물과 불의 위험으로부터 어떻게 보호하느냐라는 절대
적 과제에 의해 발달해왔다고 해도 과언이 아니다. 필요할 때 깨끗
한 물을 쓰고 안전한 불을 쓸 수 있는 것, 집을 비와 눈의 피해와 홍
수와 침수에서 보호하고, 무엇보다도 모여 살면서 더 무서워진 화
마에서 보호하는 것은 집의 가장 본질적인 기술적 과업이다. 그런
데 이 과업이 성공한 지가 불과 100여 년도 안 된다는 것은 흥미로

운 사실이다. 상수도와 하수도가 들어오고 수세식 변소가 일상화되는 혁명이 일어나고, 언제나 위험하기 짝이 없었던 불을 자유롭게 켜고 끌 수 있게 되면서 완성된 것이 지금 우리가 보편적으로 쓰는 부엌과 욕실이다.

현대의 집은 점점 더 물과 불을 컨트롤하려 든다. 물은 싱크대, 세면대와 욕조 안에만 머물러야 하고, 불은 이제 오븐과 레인지 위에서만 타올라야 한다. 더 새로워진 트렌드는 바닥에 물방울이 떨어지지 않는 인테리어를 만들고, 불꽃 없는 불을 부엌의 새로운 불로 바꾸려들고 있다. 그런데, 물방울이 떨어질까, 불똥이 튈까라는 문제에 열중하는 사이에 어느새 우리 집 안에서는 물과 불의 존재감이 확 줄어들었다. 물과 불로 세상을 변신시키는 신나는 마법적인 순간도 부쩍 줄어들었다. 아쉽다.

우리의 집에서 새삼 다시 찾아야 할 공간이라면, '바깥 부엌'이다. 하늘을 보고 시원한 바람을 쐬고 빗방울도 맞을 수 있는 곳, 바닥에 물을 쏟고 음식을 흘려도 괜찮은 곳, 아무리 어지러워져도 호스로 물을 쫙 뿌리기만 하면 깨끗해지는 곳. 한 걸음 더 나아가 불꽃이 활활 피어오르는 지옥처럼 시뻘건 불을 사용할 수 있는 곳이리면 최고다. 물론 이런 공간은 부엌과 더불어 식당 노릇도 하게 된다.

남자들이 해방감을 느끼며 잠재했던
자신의 본능을 확인하는 곳,
아이들이 신나게 물장난,
불장난을 할 수 있는 곳,
요리를 같이 하다가 길 가는 객을
불러서 함께 먹을 수 있는 곳,
남자 여자의 역할이 스스럼없이
깨지는 곳.

바깥 부엌에서는 남자가 더 신나한다. 캠핑 온 느낌으로 나서서 할 일을 찾는다. 바깥이라는 자체가 마음의 여유, 동작의 여유를 주는 모양이다. 먼 옛날 수렵시대의 유전자가 다시 발동하는 건지도 모른다. 여기저기 살피고 이것저것 들쑤신다. 몸을 움직이려드는 게 신기하거니와 움직일 바에야 또 완벽하게 일 처리를 해내고 싶다는 욕구가 남자의 수렵 유전자 속에 들어 있는 모양이다. 신기하고 기특한 변신이 아닐 수 없다.

바야흐로 '옥상 마당'이 일상에 등장하면서 우리 집의 삶은 많이 달라졌다. 어쩐지 여유가 생겼다. 주말에 한 끼는 바깥 부엌에서 해결한다. 배달 음식을 시켜 먹어도 분위기는 제법 난다. 물론 시시때때로 강아지들과 함께 논다. 남자가 갑자기 없어졌다 싶으면 밖에 나가 있다. 책을 읽든 멍하니 있든 아무 상관없다.

물과 불을 자유자재로 쓰는 공간에서는 아이들이 제일 신이 난다. 마음대로 물장난하는 기쁨을 만끽한다. 아이들은 아궁이 앞에서만 지내려 든다. 불꽃 붙은 나무가 그리 신기하던가? 내 어릴 적 시골 할머니 댁에 가서 부엌 아궁이 앞에 쪼그리고 앉아서 끝없이 나무 잔가지 넣으면서 신나했던 추억이 떠오른다. 조카들, 조카 손주들이 왔다가 못 잊고 가는 곳이 바로 이곳이다.

옥상에라도 마당을 두어 물과 불을 마음대로 쓰는 축복을 받은 우리 집 같은 경우는 그렇다 치고, 마당도 없고 옥상도 없는 아파트는 어떻게 하느냐 질문을 받곤 한다. 불행 중 다행으로 아파트에는 발코니가 있다. 최고의 바깥 부엌으로 쓰일 수 있는 공간이다. 그런데 불행히도 우리 아파트의 발코니는 좁고 길어서 사람들이 모일 수 있는 형태가 아니다. 발코니는 전용면적에 포함되지 않고 일종의 보너스 면적인지라 설치는 꼭 하지만, 실제 이용에서는 '불법 개조'를 하는 한이 있더라도 방과 거실의 면적을 키우면서 발코니 자체가 없어져버리기도 한다.

아파트에서 마당처럼 쓸 수 있는 발코니를 만드는 것은 불가능할까? 물론 불가능하지는 않다. 이른바 '테라스'라는 이름으로 등장한 '쓸모 있는 발코니'가 딸린 아파트도 가끔씩 나온다. 하지만 아직은 희귀한 사례이고 주로 대형 아파트에서만 채택된다.

작은 마당 같은 발코니가 아파트에서 보편화될 수 있는 조건은 두 가지다. 한 가지는 그 공간을 좋아하는 사람들이 많아지는 것, 또 한 가지는 발코니에 대한 법적인 규정의 변화(지금은 1.5미터 폭의 발코니만 전용면적에 들어가지 않는다.)이다. 주방 옆에 딸린 발코니에 만드는 '제2부엌'이 이제 자연스러워진 것처럼, 분명 변화가 생기긴 생길 것이다.

발코니마다 바깥 부엌을 못 만든다면 아파트 단지에라도 공동으로 쓸 수 있는 바깥 부엌이 공용 시설로 등장했으면 좋겠다. 내가 이런 제안을 하면 실무자들은 심드렁해한다. 절레절레 고개를 젓는다. '그런 것 별로 안 좋아한다, 예쁜 조경을 해주는 것을 더 좋아한다, 관리하기 힘들다.' 등 이유를 댄다. 그러나 이것도 변하지 않을까? 한번 해봐서 효과가 난다면 널리 쓰일 것이다. 남자들이 해방감을 느끼며 잠재했던 자신의 본능을 확인하는 곳, 아이들이 신나게 물장난, 불장난을 할 수 있는 곳, 요리를 같이 하다가 길 가는 객을 불러서 함께 먹을 수 있는 곳, 남자 여자의 역할이 스스럼 없이 깨지는 곳, 그런 공간이 생기기를 꿈꿔본다. ▪

바깥 부엌이 요긴한 것은 우리 식문화의 특성과도 관련이 있다. 오랜 시간 끓이기, 직화 굽기 과정이 많은 우리 요리는 자극적인 냄새를 피운다. 집 안의 작은 부엌에 갇혀서 시도하기 어려운 요리를 바깥 부엌에서는 쉽게 할 수 있다. 아파트의 제2부엌을 여자들이 반기는 이유이기도 하다. 여자들뿐일까? 남자들도 큰 꿈을 꿀 수 있다. '홈 맥주'를 만들어봐? '바비큐 파티'를 해봐? 바깥 부엌은 피스메이커이자 드림메이커다.

어지르면
더 멋지게

청소 궁합

남녀 궁합에는 섹스 궁합, 스킨십 궁합, 말 궁합, 음식 궁합, 일 궁합, 놀이 궁합 등 수많은 조합이 필요하지만 그중에서도 '깔끔 궁합'은 일상생활에서 가장 중차대한 것일 게다. '깔끔함을 얼마나 좋아하는가?'라는 질문보다는 '어지러움을 얼마나 참아낼 수 있는가?'라는 질문이 더 적합하다.

깔끔 궁합은 같이 살아보기 전까지는 진짜로 알기 어렵다. 연애 시절에는 아무리 가까워져도 차릴 건 차리고 가릴 건 가리며 깔끔을 떨게 마련이기 때문이다. 동거를 해도 어느 만큼은 서로 신경을 쓰게 된다. 그러다가 결혼 후에는 깔끔 궁합이 아주 심각한 난제가 된다. 이건 눈에 거슬리고 신경을 건드리고 자존심을 건드리고 어린 시절을 건드리고 거의 본능까지도 건드리는 이슈다. 밥은 외식도 할 수 있고 빨래는 세탁소를 이용하면 되지만 청소란 남에게 완전히 맡기기도 어렵거니와 1년 12달 365일 계속되는 과제다.

남자는 어지르고 여자는 깔끔을 떤다는 구분이 꼭 맞을까? 마치 허물 벗듯 현관엔 코트, 소파 등엔 상의, 의자 위엔 바지, 침대 위엔 셔츠, 바닥엔 양말을 벗어 던져놓은 광경을 어떻게 견딜 수 있느냐, 몸만 살짝 빠져나온 어지러운 침대를 어떻게 견딜 수 있느냐 하는 말은 여성 전용 멘트이기만 할까? 여자는 어지르고 남자가 치우는 경우가 없을까? 깔끔하지 않은 여자 때문에 스트레스 받는 남자는 없을까? 그렇다면 깔끔 떠는 남자들 때문에 스트레스에 젖어 사는 여자는 또 얼마나 많을까?

영화 「김종욱 찾기」에서 첫사랑 찾기를 의뢰한 여주인공 서지우(임수정 분)는 천방지축이다. 직업이 뮤지컬 무대감독이라 그런지 온갖 잡다한 물건을 끼고 살고 머리는 부스스하고 옷도 대충 걸쳐 입고 가방 속은 잡탕이다. 의뢰를 맡은 첫사랑연구소 소장 한기준(공유 분)은 외모도 주변도 마치 파일 정리를 끝낸 것처럼 완벽하게 깔끔하다. 결국 달콤한 키스로 맺어진 이 커플이 같이 사는 집은 어떤 모습이 되었을까? 모르긴 몰라도 여자는 온 사방에 흘리고 다니고 남자는 주섬주섬 걷어주는 모습 아니었을까? 맨날 콩닥콩닥, 티격태격은 기본이고 그러면서도 알콩달콩 살지 않았을까? 서로 상대의 '깔끔 강박, 대충 강박'을 비판하면서 말이다.

누구랑 같이 산다는 것은 '깔끔 기준에 서로 익숙해진다'는 뜻이다. 어떻게 맞출까? 나의 지론이라 한다면, 첫째 원칙은 '깔끔은 스스로 떨어라!'는 것이다. 떨고 싶은 만큼 스스로 청소 정돈 관리하라는, '자율의 원칙'이다. 둘째 원칙은 '언제 어디서나 항상 깔끔 떠는 버릇은 열심히 버리라!'는 것이다. 스스로 피곤해지고 남까지도 피곤하게 만드는 민폐의 버릇이기 때문이다.

그래서 더욱이 셋째 원칙이 중요하다. '어질러도 근사해 보이게 하라!'는 원칙이다. 이왕이면 어질러져 있어 더 편하게, 더 멋지게 느껴지는 집이 되면 더욱 좋다. 대충 어질러져 있어도 신경 덜 쓰이는 구성을 고민하라. 구조가 단순하면 디테일이 덜 신경 쓰인다! 먼지가 올라붙어도 눈에 덜 뜨이는 재료를 골라보라. 손때가 타면 더 근사해 보이는 재료들이면 금상첨화다. 당신의 흔적으로 집의 여기저기 공간을 어떻게 어질러볼까를 상상하라!

온 세상의 깔끔 떠는 집들이 우리를 괴롭힌다. 광고에 나오는 집, 잡지에 나오는 집, 드라마에 나오는 집은 완벽하게 깔끔하다. 그런데 그들은 절대로 일상의 집이 아니다. 삶이 담긴 집이 아니다. 어질러서 있는 것이 집의 본모습이다. 삶의 흔적이 여기저기 묻어 있고, 사는 사람의 성격을 추리할 수 있는 집이 진짜 집이다.

깔끔 콤플렉스에서 벗어나라! 깔끔 콤플렉스는 체면 콤플렉스와 통한다. 청소 중독증은 여자를 길들이는 아주 고약한 수법이다. 단언하건대, 남자들이 청소를 직접 해야 했다면 끊임없이 치우고 쓸고 닦고 털고 광내는 청소를 매일매일의 의식으로 만들지는 않았을 것이다. 모르긴 몰라도, 지금도 깔끔 떠는 남자들은 자기 스스로 청소하는 법이 없는 사람들이기 십상이다. 자기가 직접 해야 한다면, 강박적인 기준을 해체하려고 들지 않았을까?

현대인들이 겪는 정신적 불안을 다룬 노희경 작가의 드라마 「괜찮아, 사랑이야」에서 끊임없이 걸레질하는 엄마 모습이 나왔다. 아버지로부터 어린 시절에 당했던 폭력 때문에 화장실에서만 잠들 수 있는 막내아들 그리고 폭력으로 치달은 큰아들을 둔 엄마가 걸레를 손에서 못 놓는 것은 마음속 치욕감과 깊은 죄책감을 닦아내려는 무의식적인 몸부림이었을지도 모른다. 혹시 우리가 하는 걸레질에도 그런 심리가 숨어 있는 걸까?

부디 매일매일의 청소에서 벗어나라! 그 시간이 아깝고 그 깔끔 강박증이 너무도 억울하다. 내가 수시로 여성들에게 하는 말이다. 친정 엄마에게는 내가 먼저 선수를 쳐서 걸레질하라는 엄마의 잔소리를 미리 막아버리곤 했다. 틈만 나면 바닥을 걸레로 훔치는 강박증 대신, 어떻게 어질러져도 괜찮아 보일까를 고심해보자.

그 궁리를 남자에게 맡겨봐도 좋지 않을까? 분명 여자보다 한 수 위의 아이디어를 내놓을 듯싶다. 🔊

사진가가 사진을 찍는 모습을 보면 아주 흥미롭다. 어떤 유형의 사진가이냐에 따라 참 다르다. 건축 전문 사진가, 인물 전문 사진가, 장면 전문 사진가 등, 각기 어디에 중점을 두느냐가 다르다.

건축 사진에서 사람은 방해물이다. 완벽히 제거하거나 슬쩍 흐려버린다. 인물 사진가에게 건축 공간은 그저 배경일 뿐이다. 배경으로서 가만히 거기 있으라고 한다. 장면 사진가에게는 어떤 순간을 포착하느냐가 중요하다. 사람과 배경 사이의 관계를 어떻게 포착할지가 관건이 된다.

이들 모두에게 한 가지 공통점이 있다. 사진을 찍을 때 이들은 공간을 정리하면서도 꼭 무엇인가 어지러뜨리는 그 무엇을 활용한다. 상징이자 이미지이자 메신저로서. 예컨대, 흐트러진 침대보, 뒹구는 연필, 구겨진 종이, 마구 쌓아올린 책들, 떨어진 스카프, 무심히 열려 있는 문 같은 것들이다. 이 어지러뜨림이 평범한 일상의 순간에 그 어떤 캐릭터를 부여한다. 당신은 무엇을 어지러뜨려 당신의 캐릭터를 드러낼 것인가?

물건 찾다가 불붙는
싸움은 그만!

오거나이즈 퍼스트!

이 시대의 여자 남자 사이에는 사실 청소와 물걸레질보다 더 중요한 문제가 있다. 물건 찾는 일이다. 물건을 찾는 과정에서 못 찾아서 신경전을 하다가 화를 내고 싸움으로 이어지기 십상인 것이다. "어디 놨어?" "거기." "거기 어디?" "찾아봐!" "거기 놨는데." 그러다가 결국 "왜 같은 자리에 안 놔?" "왜 정리를 안 해놔?"로 불똥이 튀고, 그러다가 "그게 내 거야?" "그럼 내 거야?" "그게 왜 내 일이야?" "그럼 내 일이야?"로 비화한다.

　사소한 것 같아 보이지만 이건 아주 심각한 문제다. 마치 단어 하나가 안 떠오르면 안절부절못하고 서류 하나를 못 찾으면 하루 종일 안절부절못하게 되는 것처럼 일하다가 필요한 물건을 못 찾으면 온 신경이 곤두선다. 예전에는 사랑 섞인 '투닥투닥'이었을지 몰라도, 이런 일들이 잦아지면 서로 못 믿게 되고 물어보기 싫어지고 대화하기 싫어지고 일하기 싫어진다.

이런 싸움이 여자 남자가 집안일에 다양하게 참여할수록 더 자주 일어난다는 것은 아이러니다. 마주칠 계제가 많아지고 공유하는 물건들이 많아지니 당연한 현상이다. 서로 도와주고 짐을 덜어주고 나누려고 하다가 사달이 나는 것이니 더 안타까운 상황이다. 맘먹고 무언가 하려다가 좌초하고 실망하고 좌절하는 상황이 쌓이면 위기로 치달을지도 모른다.

이런 상황에 대해서 내가 절대적으로 권하는 해법은 딱 한 가지다. 집 안의 물건 시스템을 서로 모르는 남들이 만나서 일해야 하는 작업장에 버금가는 분류 시스템으로 만들라는 것이다.

사무 직종이든 생산 직종이든 유통 직종이든 간에 모든 작업장에서는 온갖 도구, 자재, 서류에 분류 시스템이 따라다닌다. 철저히 목록을 만들고 관리자를 배치하고 부족분을 체크하고 수행 효과를 분석한다. 집을 작업장처럼 업무적으로 대하는 게 너무 지나치지 않느냐고? 그런데 집은 그야말로 온갖 것들의 작업장이나 다름이 없다. 식당이자 주방이고, 공장이자 세탁소이고, 사무소이자 학교이고, 호텔이자 기숙사다.

그러니 온갖 장비와 필요 물건들이 얼마나 많겠는가? 의식주에 관련된 물품의 가짓수, 도구의 가짓수는 놀라울 정도로 많다. 그러니 그 분류 시스템이 어찌 필요하지 않겠는가?

소박하게 시작하지만 끝은 창대해지는 것이 집이라고나 할까? 얼마 동안은 찾아내기를 걱정할 필요도 없이 미미했던 가짓수가 시간이 지나고 식구가 늘면서 기하급수적으로 늘어난다. 이때쯤이면 집안일은 집안일대로 늘어나고 바깥일은 바깥일대로 늘어나는 인생 사이클이기 십상인 데다가, 각기 맡은 일을 추스르는 것만도 피곤해하는 남녀는 감정 관계도 미지근해져 있기 십상이다. 그래서 악순환이 시작된다.

그러니 복잡해지기 전에 분류 시스템을 만들자. 기본 분류를 잘해놓으면 그것에 가짓수만 추가해도 된다. 관리의 책임을 정해놓자. 부엌살림이라고 해서 다 여자 것, 공구라 해서 다 남자 것이 될 이유가 없다. 어디까지나 공동의 살림이고 어디까지나 서로 챙겨줄 수 있는 최후의 보루가 여자 남자이니 말이다.

분류의 최고 수준은 내가 잘 찾을 수 있을 뿐 아니라 남도 잘 찾을 수 있는 것임을 잊지 말자. 공동으로 쓰는 것은 말할 것도 없이 가족 모두 분류 시스템을 잘 숙지해야 한다. 설령 온갖 가재도구에 '포스트잇'을 붙여놓아야 한다 하더라도 익숙해질 때까지 반복하자. 살림이 아내의 영역, 엄마의 영역이라는 평계 아닌 평계로 존

집 안의 시스템을 서로 모르는
남들이 만나서 일해야 하는 작업장에
버금가는 분류 시스템으로 만들라.

중해주는 척하다가 낭패를 보지 말자. 살림이 나의 책임이자 나의 권한이라는 명분 아닌 명분으로 독점하면서 나만 아는 살림으로 만들어 주도권을 행사하려고 들지 말라.

우리 커플은 아마 성향 때문이기도 하겠으나 '찾기'에서부터 출발해서 만만찮은 싸움으로 비화된 적이 적지 않다. 각기 나름대로 체계가 있다고 자부하는 망상증(?)과 일을 잘해내려고 하는 강박증(?)이 있는 캐릭터 둘이 만난 커플이라 더할 것이다. 수많은 시행착오 끝에 분류 시스템에 각별히 신경을 쓰고 서로 익숙해질 때까지 적어도 삼세번은 알려주기로 한다.

그래서 불과 네 칸밖에 없는 우리 집 김치냉장고에마저 시스템이 있다. 위, 아래, 좌, 우 칸별로 내용물을 분류해놓는 식이다. 이래야 여자 남자간의 분쟁은 물론이고 아이들과의 분쟁도 덜 생긴다.

커플이건, 친구이건, 부부이건 간에 서로 다른 성향을 가진 남남이 평화적으로 같이 살려면 절대적으로 필요한 원칙이 '오거나이즈 퍼스트Organize first!'다. 집안일과 물건 찾기에 대해서는 가족이라고 해서 남남보다 하등 다를 이유가 없다.

무엇보다도 먼저 체계를 세우라. 물론 청소 강박증처럼 정리 강박증도 심각한 신경증이다. 관건은, 보기에 완벽하게 깔끔한 정

리가 아니라 찾기 쉬운 합리적 정리 체계다. 나도 또 당신도 쉽게 찾을 수 있는 체계를 세워보자. ▪

풍요로운 물건들에 포위된 이 시대는 '오거나이즈'에 대한 대발견의 시대가 아닐까 싶다. 시스템 부엌이 당연시되고, 냉장고에도 각종 수납 시스템이 유행이고, 아예 다 들여다보이는 냉장고가 나오기도 하고, 냉장고도 김치냉장고, 일반 냉장고, 음료 냉장고로 분류하고, 맞춤 장에 과감히 옷 종류별로 수납공간을 할애하는 디자인도 늘었고, 장보다 아예 드레스룸을 선호하는 사람들도 늘었다. 작은 아파트나 원룸, 오피스텔 공간에서도 의외로 수납공간에 과감히 투자하는 디자인이 나오는 것을 보면 '오거나이즈'에 대한 의식이 그만큼 커진 것 같다.

그런데 수납공간이 다양해지는 만큼 찾기도 수월해지는 것만은 아니라는 점은 아이러니다. 필요할 때 바로 손에 딱 쥐어지는 것, 우리 모두가 부리고 싶은 마술 아닌가? 이런 마술까지 부리진 못하더라도, 싸움으로까지 비화하는 일은 피해보자.

우리 집의 룰은
뭘까?

법치

집에도 법치가 필요하다. 여자 남자가 같이 산다는 것은 서로 모르는 사람과 같이 사는 것이다. 위험하기 짝이 없다. 아무리 눈에 콩깍지가 씌었다고는 하나 여자 남자는 뭘 믿고 같이 살기를 결단하는지 알다가도 모를 일이다. 여자 남자는 DNA를 나눈 가족이 아니다. 뜨거울 때는 용광로처럼 녹아 있지만 식으면 살얼음처럼 아슬아슬하게 깨지기 십상인 관계인 것이다. 모르는 사람과의 삶에서 그나마 갈등을 줄이고 살게 하는 것이 바로 '법'의 역할이다. 집에도 법이 필요한 것이다.

물론 집의 법이란 성문법은 아니다. 물론 결혼이라는 제도는 명백히 성문법이다. 법으로 보장하고 보호하고 서로의 책임과 의무에 대해서 규정하고 갈등 조정에 대한 세세한 규정까지 만들어놓았지만 여전히 깨지는 게 결혼이다. 집에서 어떻게 살아갈지에 대해서는 성문을 안 해놓으니 관습법이 막강한 힘을 발휘한다. 세상의 통념이라는 이유로, 오래된 문화 전통이라는 이유로, 깨뜨리기에 너무 피곤하다는 이유로, 바꾸기에는 너무 시간이 걸린다는 이유로, 관습법은 집으로 들어와 눌러앉아서는 꼼짝도 하려 들지 않기 십상이다. 유교적인 위계, 가부장제의 본질적 불균형, 남녀 차별과 남녀 구분 등 관습의 힘은 질기다.

관습법을 어떻게 깨뜨릴 수 있을까? 그래서 필요한 것이 성문법이다. 자신들을 위하여 여자 남자 스스로 만드는 법이다. 말은 거창하게 하지만 사실은 아주 간단하게 할 수 있다. 이른바 '가족서약서'가 바로 그것이다. 요즘에는 서약서를 스스로 써서 결혼식에서 낭독하고 서로 주고받는 의식을 하곤 하는데 정말 좋아 보이는 장면이다. '결혼서약서'로 하든 '남녀서약서'로 하든 '사랑의 서약서'라고 하든 그냥 '서약서'로 하든, 약속은 약속이라는 점이 핵심이다.

설마 '검은 머리 파뿌리 되도록, 아프거나 슬프거나, 눈이 오나 비가 오나, 힘들 때도 고달플 때도' 같은 식으로 쓰지는 않겠지? 어찌다 인터넷에서 발견한 혼인서약서의 첫 대목에서 나는 그만 빵 터지고 말았다. 첫 번째 남자 대목은 '동업하거나 보증을 서지 않는다., 두 번째 여자 대목은 '언제나 아침밥을 해준다.'는 것이었다. 이 대목을 결혼식에서 큰 소리로 읽었을 상상을 하면서 웃음을 터뜨렸다.

그런데 이것도 나쁘지 않다. 구체적이기 때문이다. 아마도 남자는 친구에게 잘 넘어가는 연약한 심성을 스스로 자각하는 남자이자 아침밥을 꼭 먹어야겠다고 주장하는 남자일지도 모르겠다. 여자는 남자의 단점을 알면서도 용납하고 기꺼이 아침밥은 해주되 동업과 보증을 억제하려 들었을 지도 모른다. 그 절실함이 나타난 구체적 서약서라면 웃음으로 축복해주런다.

서약의 내용은 심플한 게 최고다. 구체적이면 아주 좋다. 함축적이라면 더욱 좋다. 그 안에 너와 나의 본질적인 특징을 담을 수 있다면 더더욱 좋다. 너와 나의 끌림이 어떻게 시작되었는지, 그 마법의 순간을 앞으로의 긴 시간 속에 어떻게 살려갈 수 있을지, 일상을 같이하는 그 어떤 약속이 우리다운 시간을 이어가게 할지, 마치한 편의 시를 쓰는 마음이 될 것 같다.

서구 영화에서 '결혼 서약wedding vow'에 쓸 말이 생각 안 난다고 정말 사랑하기는 하는 건가, 결혼을 해야 하기는 하는 건가 갈등하면서 망설이는 장면이 곧잘 나오는데, 우리 문화에서도 결혼서약이 보편화되면 그런 장면이 연출될 법도 하다. 결혼 안으로 들어간다는 두려움과 글쓰기의 두려움이 겹쳐져서 자칫 공황 상태가 되어버릴 수 있는 것이다. 그래도 그런 고민스러운 숙의의 과정을 거치는 것이 돌이킬 수 없는 실수를 저지르는 것보다는 백배 낫지 않겠는가.

내가 결혼했을 시절에는 그런 서약을 한다는 개념조차 없었다. 지나보면 인생의 귀중한 한 챕터를 속절없이 놓쳐버린 것처럼 아쉽다. 하지만 우리 커플 역시 '묵계'가 있었다. 사랑은 당연했지만 변하지 않는다는 약속을 할 정도로 순진하지는 않았다. 각자의 일을 존중한다는 묵계는 강력했다. 각자의 커리어에 방해가 되지 않겠다는 생각은 각기 했다. 다만, 같은 집에서 어떻게 살아갈지에 대해서는 구체적으로 생각해본 적이 없다. 그런데 같이 살아보니 나서서 일하기 꽤 좋아하는 나에게도 불만이 쌓이고 꽤 쿨하고 성실한 이 남자에게도 불만이 쌓였다.

살아갈수록 알겠다. 서약은 필요하다. 일종의 '생활서약서' 또는 '공동생활서약서'라고 해도 좋겠다. 그 안에 담을 것은 '최대한으로 원하는 것'이 아니라 '최소한으로 원하는 것'이 좋다는 것도 알게 됐다. '최소한'은 지키기 쉽고 지키지 않으면 마음 상하게 만들기 때문이고, '최대한'이란 기대 안 할수록 더 기쁘게 만들어주고 그 상한치란 결코 없기 때문이다.

물론 서약은 한 번으로 그치지 않는다. 우리의 생활 패턴도 달라지고 우리의 몸과 마음도 끊임없이 변하기 때문이다. 건강에 따라 다르고, 아이들이 있느냐 없느냐에 따라 다르고, 직업 상황에 따라 다르고, 출퇴근 상황에 따라서도 다르다. 어떤 룰을 어떻게 만드느냐에 대해서 여자 남자는 끊임없이 싸우게 된다. 아마도 국회에서 여야가 싸우는 이상으로 싸울지도 모른다. 그런데 그 과정은 즐거울 수도 있다. 적어도 정치권과는 달리 우호적인 협상이 가능하고 말문이 막히도록 억지를 피울 위험은 덜하지 않을까? 다만 너무 관습법이거나 너무 엄하거나 또는 상벌 체계를 상정한 룰은 바람직하지 않겠다. '하지 말라'는 네거티브보다는 '한다'라는 포지티브가 더 좋을 것임은 말할 것도 없다.

가능한 한 자기 집에서 정한 룰은 오픈하는 것이 좋다. 생활 서약이니만큼 오픈해야 다른 사람들도 그 룰을 존중해주고 지키기를 독려할 수 있기 때문이다. 어느 시점에는 아이들도 자연스럽게 룰 만들기와 지키기에 참여할 것이다. 공언 없이 기대 섞인 룰이 있다고 여기다 공연히 아차 하지 말고, 입 밖으로 내면 서로에 대한 믿음도 커질 것이다.

우리 집의 룰은 뭘까? 물론 여자 남자가 맺는 룰은 근본적으로 감정으로 엮이는 룰이다. 하지만 살아갈수록 알겠다. 말 한마디로 천 냥 빚을 갚을 수 있다는 것을. 더욱이나 말보다는 행동에 그 사람의 진심이 담겨 있다는 것을. 약속하기보다는 약속 지키기가 훨씬 더 어렵고 훨씬 더 중요하다는 것을.▲

"대한민국의 주권은 국민에게 있고, 모든 권력은 국민으로부터 나온다." 헌법 1조다. 여자와 남자가 맺는 서약서는 그 커플에게 헌법의 위상을 가질 것이다. 헌법의 정신을 실생활에서 구현하기 위해서 우리는 수없이 많은 법체계와 규정이 필요하다. 커플에게도 그들의 헌법 정신에 걸맞는 수없이 많은 법체계와 규정이 필요하다. 처음부터 다 만들지는 못한다. 살아가면서, 시간을 같이해가면서, 갈등을 거듭해가면서, 전쟁과 냉전을 거듭해가면서 약속의 체계를 쌓아보자.

우리 커플만의 특별한
놀이 한 가지

가치

다시 강조하지만, 행복감이란 얼마나 크냐의 문제가 아니라 얼마나 자주 느끼느냐의 문제다. '집 놀이'를 강조하는 이유는 바로 그 빈도를 높이는 좋은 방식이기 때문이다. 소소하지만 자주 느끼는 흐뭇함, 뿌듯함, 유쾌함, 잔잔한 웃음, 터지는 웃음 등 행복감은 작은 표정 하나에도 작은 몸짓 하나에도 나타난다.

놀이가 공간을 달리 만들까, 공간이 놀이를 더 만들까? 굳이 따질 필요는 없을 것이다. 놀이와 공간은 서로 자극해주고 서로 거들어주기 때문이다. 그런데 커플이라면, 자기들만의 특별한 놀이 한 가지 정도는 가지는 게 좋다. 서약서와는 다른 종류의 특별한 느낌을 자아내주기 때문이다.

그 특별한 놀이 덕분에 자신들의 공간도 쓰임새도 달라질지도 모른다. 특별하다고 해서 특별히 화려하다거나 평상시와 완벽히 다르다거나 옷까지 갈아입고 화장을 특별하게 해야 할 이유도 없다. 자신들의 성향과 본질이 잘 드러나는 일상의 행위면 더 말할 나위 없이 좋다.

앞에서 언급했던 우리 커플의 특별 행사는 단연 김치 담그기, 그중에서도 배추김치 담그기다. 김장은 물론이거니와 두어 달에 한 번씩 하는 김치 담그기는 서로의 손과 서로의 시간이 얼마나 소중한지 새삼 느끼게 되는 행사다. 기분이 좋으면 좋은 대로 기분이 안 좋으면 안 좋은 대로 그 행사를 하는 것만으로도 그냥 좋다.

김치 담그기 덕분에 우리 집 욕실은 재탄생했다. 배추김치를 하다 보면 아무리 조심해도 빨간 고춧물이 튀기 마련이다. 그래서 양념 채우기는 욕실에서 한다. 우리 집에 본격 발코니가 없기 때문이고, 옥상까지 가기엔 번거롭고, 욕실이 부엌 옆에 바로 붙어 있어서 안성맞춤이고, 화장실과 분리되어 있어서 연상되는 게 없고, 창문 환기가 쉽기 때문이다.

내가 처음에 욕실과 화장실을 분리할 때는 전혀 생각지 못한 용도가 생긴 것이다. 남자가 앉아서 절인 배추에 차곡차곡 양념을 채워서 통에 담는 모습이 욕실 안의 큰 거울에 비치는데, 바로 그 장면이 내 머릿속에 남아 있는 강력한 이미지라는 것을 이 남자는 꿈에도 모를 거다. 아이들이랑 놀던 시간들, 홀로 욕조에 몸을 담그고 책을 읽는 시간들과 함께 이 김치 담그는 욕실의 모습은 나를 평화롭고 흐뭇하게 해주는 장면 중 하나다.

우리 커플의 아주 오래된 놀이는 내가 애칭으로 붙인 '새벽 정상회담'이다. 둘이 각기 워커홀릭인 편이고 주중에 만나는 시간이 워낙 거의 없는 편이라 고안해낸 만남의 방식이다. 전형적인 새벽형인 나는 4~5시가 되면 일어나 설치는데 이 남자는 6시경 일어나서 내가 있는 공간으로 온다. 둘이 신문을 읽고 커피를 마시면서 서로의 스트레스를 털어놓기도 하고 둘이 입을 맞추어 세상에 욕도 하는 이 30여 분은 우리만의 행사다.

사실 특별하다고 볼 것도 없다. 매일 일어나는 일이고 무슨 사건이 특별하게 생기는 것도 아니다. 다만 만나기 어려운 두 사람이 만나는 것이니 정상회담의 예우를 받아 마땅하지 않은가? 우리 집을 이끄는 두 정상이기도 하니 말이다. '정상회담'이라 말을 붙이니 더 각별하게 느껴지는 것도 사실이다.

여러 공간에서 정상회담을 했다. 집과 사무실이 같은 건물에 있는지라 새벽의 내 사무실에서도 했고, 작은 옥탑방에 살 때는 천창이 있는 발코니에서, 본채와 별채가 나눠져 있던 오래된 집에서는 별채에서, 강화의 주말 주택에서는 마루 또는 포치에서, 지금 사

어떤 커플에게도 자신들만의
특별한 행사가 필요하다.

는 집의 마루에서 새벽 정상회담 시간을 낸다. 10여 년 전부터는 종이 신문을 더 이상 읽지 않게 되어서 아쉽지만 대신 인터넷 검색은 언제나 쉽다. 커피와 약식 아침 대신에 이젠 정식 아침 식사가 다시 등장하기도 하였다.

새벽 정상회담이 우리 커플의 당연한 행사가 되면서 내 컴퓨터 공간과 식탁은 항상 같이 다니게 되었다. 새벽에 주로 글을 쓰는 내가 글 사이사이로 일감을 나누기도 좋고 쉴 시간에 대한 기대감이 좋고, 정상회담이라는 자체가 놀이로 느껴져서 좋다. 아마도 어디엘 가도 우리 커플은 이런 배치를 유지할 거라는 그 안정감도 좋다.

어떤 커플에게도 자신들만의 특별한 행사가 필요하다. 충분히 놀이로 느껴질 만한 행사가 좋다. 이왕이면 일상에서 일어나는 것이면 더욱 좋을 것이다. 집으로 오는 길, 버스 정류장에 함께 걸어가는 일, 산책하는 일, 금연의 인내를 한 후에 밤에 같이 피우는 담배 한 대, 포장마차의 소주 한 병, 지하철역 앞 단골 식당의 저녁, 꼭 같이하는 마트 쇼핑, 두 강아지와의 산책?

물론 우리는 몇 주씩, 몇 달씩, 몇 년씩 준비해서 인생을 사로잡을 만한 특별한 순간을 맞이할 수도 있을 것이다. 하지만 그것이 일상의 행위가 된다면, 일상의 고마움을 느낄 수 있게 한다면 더욱 특별한 특별함이 아닐까? 몸의 기억에 남아서 잊히지 않을 것이므로. 일상의 특별한 놀이를 둘만이 공유하게 되는 단계에 이르면 그 커플은 드디어 건강한 커플이 되는 건지도 모른다. 그 놀이에 담겨 있는 가치란 남들은 모르는 둘만의 특별함이 될 것이다.

커플이 같이하는 놀이가 더 특별해지는 것은 여자 남자가 각기 자신의 시간과 공간을 갖고 있기 때문이 아닐까? 떨어져 있으므로 같이하는 시간이 더욱 귀해진다. 여자 남자가 한집에 살면서 싸우는 수많은 사연들이 있겠으나, 독립된 인간으로서 각자에 대한 충분한 거리감을 유지하지 못하기 때문이 아닐까? 따로 또 같이 하는 공간이 여자 남자가 같이 사는 집이다.

여자의 집인가
남자의 집인가?

평등·민주·독립

딸 커플이 꾸며놓은 집의 구성이 아주 신선하다. 방 두 개, 마루 두 개, 옷장 두 개, 책상 두 개 모두가 두 개씩이다. 하물며 소파도 긴 카우치 두 개가 딸린 네 개 유닛 소파다. 쉴 때든 TV를 볼 때든 책을 볼 때든 대화를 할 때든 둘이 똑같은 포즈를 취할 수 있어서 불평등할 일이 없다는 해석을 붙인다. 여러 달 동안 어떤 소파를 고를까 고심하더니만 나까지도 탄복하게 만든 선택이었다. 그야말로 민주적이고 독립적이고 평등한 구성의 집이다. 아이가 생긴다면 마루 한 개는 방으로 바뀔 텐데, 그때는 어떤 역학이 벌어질지 벌써부터 궁금해진다.

　이 집의 부엌 마스터는 남자다. 부엌 시간의 80퍼센트를 남자가 쓴단다. 식단을 관장하는 것은 남자고 먹거리 쇼핑도 주로 남자가 한다. 요리를 재미있는 놀이로 여기는 남자를 만나다니, 딸의 행운인가 현명한 선택인가? 나름대로 요리에 꽤 익숙한 딸이 혹시 부엌을 다시 찾겠다고 쟁탈전을 벌일 때도 올까? 나는 부러움 반, 호기심 반으로 예의 주시하고 있다.

부엌은 집의 정 가운데에 현관 바로 앞에 있다. 현관문을 열자마자 정면으로 훤히 보이는 구조다. "현관 한쪽을 막아서 부엌을 가리는 게 좋지 않을까?" 하고 제안했더니, 이 젊은 커플은 나를 이상하다는 눈초리로 보면서 "왜요?" 하고 동시에 반문해서 너무 신선했다. 이것은 세대 문화의 차이일까? 아니면 '부엌이 집의 중심'이라 부르짖는 나도 뼛속까지 그렇지는 못한 걸까? 부엌의 마스터인 남자가 훤히 드러나는 걸 더 선호하고 여자도 그것을 당연하게 생각하게 된 걸까? 흥미로운 발견이었다.

이 집에서는 '여자의 집인가 남자의 집인가'라는 의문 자체가 생기지 않는다. 스타일 경쟁도 없는 것 같다. 색깔의 경쟁도 없는 것 같다. 데코레이션 경쟁도 없는 것 같다. 소품 경쟁도 없는 것 같다. 딸의 캐릭터가 중성적인가 양성적인가? 남자의 캐릭터가 중성적인가 양성적인가?

흥미로운 관찰 한 가지. 집에 들여놓을 온갖 가구들을 DIY로 만들었는데 우리 커플도 손을 보태느라 꽤 긴 시간을 같이 보내는 와중에 관찰한 것이다. 이 커플은 웬 토론이 이리 많으며, 이 커플은 어째 싸우는 법이 없는가? 이 커플은 일을 시작하기 전에 도란도란, 두런두런 긴 시간을 일의 순서에 대해서 토론한다. 잔소리를 최대한 참기는 하지만 일을 빨리 시작하기 원하는 우리 커플은 답답할 정도다. 이 커플은 일을 하는 와중에 종알종알 말이 많다. 나름 말 많은 편인 우리 커플과도 다르다. 아마추어들이 가구 목공을 하다 보면 온갖 실수들을 남발하게 마련인데, 우리 커플이 '누구 잘못인가'로 투닥투닥하는 것과 달리, 이 커플은 서로 '실수 조크'를 쏘면서 웃어댄다. 아, 아직 사랑에 빠져 있는 젊은 커플과 이제 힘 빠진 커플의 차이인가? 아직도 인생에서 배울 것은 너무도 많다. 여자 남자 따지지 않는 젊은 커플이여, 여자의 집과 남자의 집 구분이 불필요한 젊은 커플이여, 그대들의 평등성과 민주성과 독립성을 축복한다. 수많은 도전을 맞닥뜨리면서 그대들의 삶을 꾸려가기를! 🪑

여자 남자의 평등-민주-독립은 무엇에 기초하는 걸까? 비슷한 라이프스타일? 서로 존중하는 토론 습관? 맞벌이, 직업 스트레스라는 서로 같은 처지? 역지사지하는 태도? 공감할 줄 아는 마음? 연민의 마음? 돈독한 파트너십? 그리고 그 중요한, 사랑?

재정 분담에 대한
남녀 경제학

공정 경제

나는 반성하고 있다. 나름 공평하다고 자평했던 나 역시 제대로 공평하지는 못했구나 하는 반성이다. 구체적으로는 우리 집 커플의 재정 분담의 양성 평등에 대해서다. 남녀 경제학이라 할까.

사정은 이렇다. 우리 커플의 분담 원칙은 5 대 5다. 실질 가계 비용(식비, 관리비, 교통, 교육, 문화, 오락, 경조, 의료, 보험, 세금, 특별 등)을 반반씩 나누는 것이다. 둘이 나눠 쓰는 집 마련, 노후 자금 같은 투자 분담에 대해서도 마찬가지 원칙이다. 이 공동 비용 외에 각기 자신을 위해 얼마를 쓰든 자유이고, 얼마를 더 벌든 각기 딴 주머니를 차는 것은 물론이다. 이른바 '커플별산제'를 일찍부터 채택해왔던 것이다.

그런데 가만히 생각해보니 잘못되어도 한참 잘못됐다. 아무리 생각해도 내가 억울하다. 한번 따져보자. 첫째는 집 매니저로서 나의 시간 비용이 전혀 계산되지 않는다는 것. 아무리 남자가 분담해준다 해도 여전히 여자의 가사 부담은 훨씬 더 막중하지 않은가. 하다못해 가계부도 내가 쓴다. 먹을거리가 떨어지지 않는지, 빨래가 밀리진 않는지, 집 안이 너무 어지럽지는 않은지, 한번 고장 나면 애물단지가 되어버리는 온갖 기기들이 제대로 작동하고 있는지, 철마다 바뀔 것이 제대로 바뀌고 있는지, 온갖 소소한 집 관리에 얼마나 시간이 드는가. '시간 노동'의 개념이 필요하다.

둘째는 나의 경영 노하우 비용이 전혀 계산되지 않는다는 것. 집을 화기롭게 하기 위해 여자가 쓰는 시간과 노고를 어디 남자의 그것과 비교하랴. 명절 챙기기, 생일 챙기기, 경조사 챙기기, 가족 심리 살피기, 즐거운 이벤트 만들기 등 얼마나 노하우가 많은가. 게다가 며느리가 시집 관계에 들이는 수고는 사위가 처가에게 들이는 수고에 비할 수 없지 않은가. 아무리 후하게 봐주어도 9 대 1 아닐까? 이른바 '감정 노동'의 개념이 필요하다.

셋째, 여자로서 나는 아이 둘을 낳느라 보낸 시간에 대해 전혀 보상받지 못한다는 것. 설령 사회에서는 그렇지 못하더라도 집에서는 당연히 보충받아야 하는 것 아닌가. 아이 키우기에 쏟은 시간도 시간이려니와 아이 낳기 때문에 커리어 속도 조절도 해야 했으니 보통 일이 아니잖은가. 이른바 '육아 노동'의 개념이 절대적으로 필요하다.

넷째, 이건 전적으로 나 자신이 반성해야 할 일인데, 엔간한 것은 그냥 내가 써버리고 말았다는 것. 예컨대, 특별한 문화 활동에 관련된 항목은 거의 내가 지출한다. 같이 보는 우리 집 책의 90퍼센트는 내 지출이고, 우리 집 장식물의 거의 100퍼센트가 내 지출이다. 시쳇말로 '동산動産'은 나의 지출인 셈인데, "우리 이혼하면 계산은 편하겠구려." 할 정도다. 게다가 '부동산 관리'에 대해서도 전문가로서의 내 노하우가 동원되니, 이건 참 억울해도 한참 억울하다. 이것을 표현하자면 일종의 '눈치 대체 노동'이라고 해야 할까? 눈치 보느라 신경 쓰느니 그냥 내가 부담해버리고 만다는, '바보 같은' 짓이기도 하다.

그런데 왜 내가 그동안 별로 안 따졌을까? 게다가 실질적으로도 오히려 내가 더 쓰면 더 썼지, 세세한 항목까지 남자에게 청구할 생각조차 하지 않았을까. 전적으로 나의 잘못임에 틀림없다. 비슷한 처지에 있는 여자들, 대외 경제에 독립한 친구들에게 물어보니 남녀 경제학에 대해서는 단연 여자가 억울한 입장에 있었다. "그냥 내가 써버리고 말아요." "그거 따지려면 귀찮아요." "남자가 일정액을 내면 얼마가 더 들든 내가 꾸려요." "내가 알아서 하는 게 더 편해요." 억울하지 않느냐고 물으면, "억울하죠." "가끔 울화통이 터져요." "대충 접고 살아요."

젊은 커플은 좀 다르다. 연애 시절은 물론, 결혼 비용은 물론, 집 경영에서도 계산이 빠르다. 하다못해 '이번 외출엔 누구 차를 쓰느냐, 누가 기름값을 내느냐, 아이를 누가 어린이집에 데려다 주느냐 데려 오느냐, 쓰레기를 누가 버리느냐'를 따진단다. 그런데 과연 속속들이 그럴까? 깊이 물어보면 시간 비용, 노하우 비용까지는 따지지 않게 된다는 결론이다. "글쎄, '우리 여자가 없는 건 와이프 뿐'이라는 말이 맞다니까요." 아내들은 집 경영에서의 우리 공功을 적극 인정해야 한다. 실질적인 대외 수입이 없는 이른바 전업주부들이 당당하고 떳떳해야 하는 이유이기도 하다.

그런데 왜 내가 이렇게 갑자기 따지게 됐을까? 돈 얘기하자면 치사스러워지는데 말이다. 내가 반성하는 건 이거다. 밖의 활동이 많은 여자의 '죄의식' 같은 건 없다고 자처하던 나도 역시 '부채 의식'은 있었던 거다. 남자에 대해서, 시집에 대해서, 아이들에 대해서, 이른바 헌신적인 역할을 하지 못한다는 것에 대해서. 사회적 통념에 구애받지 않는다고 자처하던 나 역시 '미안해하라'는 통념에 은근히 영향을 받았던 거다. 그런 빚 의식을 나의 경제력으로 메운 거다. '자본주의적 방식'으로 부채 의식을 대체하면서도 사실은 하나하나 경제 비용을 따지는 철저한 자본주의를 실천하지는 못했던 거였다. 이 와중에서 기존 통념을 제대로 바꾸는 데 한계가 있었던 거고, 더군다나 아직 대외 경제적으로 독립하지 못한 여성들의 상황을 감안하면서 실천 가능한 변화를 도모하지 못했던 거다.

왜 나에게 새삼 이런 인식이 들었을까? 나의 부채 의식을 은근히 당연시하는 남자와 시집과 아이들이 새삼 괘씸하게 보인 동기도 물론 작용했다. 가장 큰 이유는 나의 딸들의 독립을 목격하고 있기 때문인 것 같다. 딸들을 앉혀놓고 나의 이런 재인식을 재교육했다. "엄마에게 은근히 부채 의식을 지우는 너희들은 나의 처지와 얼마나 다를 것 같으냐? 너희들은 또 얼마나 억울한 인생을 살 것 같으냐?" 막내의 농담, '내가 버는 건 내 거고, 남편 버는 것도 내 거'라고 해서 한바탕 웃다가, "그런데 그게 공평한 거니? 남자의 입장은 또 어떨 것 같으냐? 인생에서 가장 중요한, 사람과 사람 사이의 관계에서 서로의 심리를 어떻게 읽을 것인가, 서로 납득할 수 있는 기준을 어떻게 만들 것인가, 서로 마음 다치지 않고 살려면 어떻게 해야 할까?" 우리의 토론은 장장 길어졌다.

당장 나는 어떻게 할까? 나와 나의 남자는 시시때때로 논쟁을 벌이고 있는 중이다. 아무리 생각해도 3 대 7 비율은 되어야 한다고 나는 주장한다.(맘속으로는 2 대 8 정도라고 생각하지만.) 집 경영 구도에서 여자의 시간 비용과 노하우 비용을 감안해서 남자가 7을 부담하라고 주장하는 중이다. 어떻게 타협을 봤느냐고? 예상하다시피 타협은 잘 안 된다. 그러나 포기하지는 않는다. 딸들의 '건투'를 바라면서.🔲

이제는 말할 수 있다. 공평한 남녀 경제학이 집에서 자리 잡으려면 사회 전체에서 공평한 남녀 경제학이 자리 잡아야 한다는 것을. '일하겠다'는 여자의 의욕을 꺾는 노동 구조가 되어서는 안 된다는 것을. '가사 분담, 육아 분담'을 가능하게 하는 노동 문화가 되어야 한다는 것을. '동일 업무'에 대한 '동일 임금 구조'가 되어야 한다는 것을. '쉴 수 있는 권리'를 남자 여자 공히 가져야 한다는 것을. '일할 권리'를 남자 여자 공히 가져야 한다는 것을. '휴직의 권리'를 남자 여자 공히 가져야 한다는 것을. 집은 그 사회의 거울이다.

나의 공간과
너의 공간

집돌이 · 집순이

10여 년 전 우리 커플의 생활 패턴에 갑자기 변화가 찾아왔다. 남자가 '상대적으로 자유로운 시간 쓰기'가 가능한 직업으로 바꾼 것이다. 나름 괜찮은 커리어 변화라는 것은 인정할 만한데, 문제는 엉뚱한 데서 터졌다. 둘이 훤한 대낮에 얼굴을 마주하는 시간이 갑자기 늘어버린 것이다. 이 뜻밖의 상황을 어떻게 헤쳐가지?

두 워커홀릭이 사는 우리 집은 서로 마주칠 시간이 별로 없는 편이었다. 얼마나 자주 못 만나면 새벽의 만남을 '정상회담'이라고까지 이름 붙였겠는가? 사무실과 집이 한 건물 안에 있거니와 시간을 자유롭게 쓸 수 있는 위치에 있던 나는 그나마 집에서 보내는 시간이 꽤 있었지만, 남자는 줄곧 '출퇴근 정규직'이었던지라 내내 나가 있고 주말 하루는 출근할 정도로 워커홀릭이었다. 아예 일주일의 반은 서로에게 저녁 시간을 자유롭게 쓰라고 할애해줄 정도였다. "엄마 아빠 둘 중 한 사람만 집에 있으면 되잖아?" 딸들도 자연스럽게 받아들였다.

그런데 갑자기 아침 일찍 나가지도 않고, 대낮에도 얼굴 마주치고, 점심을 같이 먹을 때도 있고, 하루 종일 같이 있을 때도 생기니 어색해도 그렇게 어색할 수가 없었다. 어색해하는 우리 모습을 보면서 더 어색해지기도 했다. 이 상황에 적응하는 데 1년도 넘게 걸렸다. 이 상황을 어언 즐기게 되는 데에는 3년 넘게 걸렸다.

거의 집에 붙어 있지 않던 남자가 은퇴든 명퇴든 실직이든 간에 '집돌이'가 된 후에 커플이 겪는 갈등 스토리는 수없이 많다. 남자의 존재가 이미 '부담'으로 자리 잡던 집에서는 더욱 갈등이 심하다. 왜 그리 어색하며 왜 그리 서툴며 왜 그리 잔소리가 많아지느냐는 등 상대적으로 '집순이'에 익숙한 여자들의 불만은 끝도 없이 터져 나온다.

"우리 남자, 백수 됐어요!" 길거리에서 만난 젊은 커플이 친한 가게 주인과 시시덕대는 와중에 한 말이 귀에 꽂혔다. 둘이 까르르 웃더니만 팔짱을 끼고 걸어간다. 그저 같이 있기만 해도 좋기만 한 젊음이라서 그럴까? 구직난에 익숙한 젊은이들의 문화인가? '백수·백조'에 익숙해진 젊은 세대의 훈련된 여유일까? 그 환한 웃음이 아주 신선하게 다가왔다.

누구나 한때는 모두 '집돌이, 집순이'였다. 청소년기에 방에 틀어박히는 자발적 은둔기를 거치지 않은 청춘은 없다. 그런데 한집에 산다는 이유로 계속 붙어 있다면 어떤 일이 벌어지겠는가? 장담하건대, 누구도 24시간 같이 있으면 사달이 나게 되어 있다. '절친한 친구도 같이 여행을 떠나 종일 붙어 있다 보면, 게다가 한방에서 자다보면 꼭 깨져서 돌아온다'는 설이 있을 정도다. 그나마 남녀는 서로 눈 감아주고 접어주고 덮어주는 면이 있을지도 모른다. 성적 긴장감이나 스킨십과 섹스의 긴장 풀어주기가 도움이 될 수도 있는 관계가 남녀 사이이기도 하니 말이다.

그래서 필요한 것이 적절한 거리다. 집돌이, 집순이 성향을 갖고 있는 남녀가 한집에 살아야 할 때 어떻게 적절히 거리를 유지하는 것이 좋은가 하는 이슈다. 정말 풀기 쉽지 않은 과제다. 시간 총량제? 공간 분리제? 또는 시간과 공간 교차제?

'시간 총량제'라면 '같이 있는 시간의 범위를 대충 정해놓는 방식'이다. 최소한과 최대한을 정해놓기도 하고, 시간대를 정해놓을 수도 있다. 규칙적인 것보다 총량제가 좋은 것은 꽤 유연하게 대응할 수 있다는 점이다. 그런데, '총량'에 대해서 이견이 있으면 어떡한다?

'공간 분리제'는 꽤 유용하기는 하다. 남자의 공간, 여자의 공간을 따로 마련해놓고, 그 공간에 있으면 제 발로 걸어 나올 때까지 최대한 건드리지 않는 것이다. 하지만 따로 공간을 가질 여유를 부리기가 쉽지는 않다는 구조적인 문제가 있다. 양반댁처럼 안채, 사랑채를 구분할 수 있는 것도 아니고 따로따로 자기 작업방을 가지기도 쉽지 않으니 말이다. 자투리 공간을 이용해서 아빠만의 공간, 엄마만의 공간을 만들라는 온갖 지혜들에 귀를 쫑긋할 필요가 있다. 작은 책상 하나, 테이블 하나, 의자 하나로 만들어내는 영역 창조의 지혜다.

'시간·공간 교차제'라면 공간 여유가 없는 사람들이 지혜를 내야 할 방식이다. 백수건 백조건 일정 시간은 다른 파트너에게 공간을 비워줌으로써 홀로 시간을 갖게 해주는 거다. 나갈 이유는 만들기 나름이다. 정규 직장이 없다고 밖에 나갈 이유를 못 찾는 사람이라면, 다만 '산책하러 간다'고 나가주는 감각 정도는 장착해야 한다.

그런데 여러 방식을 시도해보고 나니 우리 커플은 가장 유용한 방식을 알게 됐다. 바로 '직장 동료처럼 지내기'다. 직장에서는 동료의 존재에 관계없이 자기 일을 하지 않는가, 동료의 공간과 시간을 존중하지 않는가, 문제가 생기면 동료의 도움을 받을 수 있다고 기대하지 않는가? 바로 그 상태다. 원룸에 살건, 책상을 마주하 건, 따로 방에 떨어져 있건 상하 관계로 생각하지 말고 동등한 동료 관계로 생각하는 게 기본 자세다.

우리 커플은 어떻게 됐을까? 서재가 없다고 불평이 대단하던 이 남자, 아이들이 집을 나가면 빈방 하나를 서재로 쓰겠다고 호언 장담하던 이 남자가 바뀌었다. 고개를 돌리면 나와 눈을 마주칠 수 있는 책상에 눌러앉은 것이다. 같이 있어도 같이 없는 듯, 각기 일 하며 마음이 내키면 노닥거리며 놀 수 있는 동료가 된 것이다.

같은 건물에 사시는 시부모님 커플의 갈등이 최고조에 달했을 때, 집을 반 으로 나눠서 쓰는 리모델링 아이디어를 냈던 적이 있다. 출입구 두 개, 벽으 로 나누면 눈에 보여서, 귀에 들려서, 냄새가 싫어서, 밥 먹는 것도 꼴 보기 싫어서 자꾸 더 싫어지는 악순환을 막을 수 있지 않을까? 이혼하기 전에 일 정 기간 별거하며 숙려 기간을 갖는 것도 이런 이유일 것이다. 눈에 안 보이 면 처음엔 시원하다가 어느새 섭섭해지는 마음도 들게 되니 쓸 수 있는 방법 아닌가? 발상은 바꾸고 볼 일이다. 커플의 삶에 정답은 없다.

헤어질 때 살림을
어떻게 나누지?

꼬리표

이혼을 못 해본 내가 궁금해하는 것 중의 하나가 "헤어질 때 어떻게 집을 나누지?" 하는 것이다. 정확히 말하자면 "어떻게 살림을 나누지?"라는 의문이다. 이론적으로는 이해가 가지만 정서적으로 무척 복잡해질 것 같아서 잘 가늠이 안 된다.

집 살림 하나하나에는 '금전적 가치' 외에도 '정서적 가치'가 짙게 배어 있다. 유수의 가문이 아니고 집안 대대로 내려오는 가보 같은 게 없다 하더라도 살림 하나하나에는 어떤 영혼이 깃들기 마련이다. 사연이 녹아 있고 웃음과 눈물이 스며들어 있으며 감정이 배어들어 있다.

살림마다 파랑 꼬리표, 빨강 꼬리표를 붙일 수도 없고 보면 헤어질 때 누가 어떤 살림을 가질 것인가에서 만만찮은 신경전이 벌어질 것 같다. 아마도 수많은 질문들을 하게 될 것이다. '누가 가져왔던 거지? 누가 샀지? 누가 돈을 냈지? 누가 고집해서 샀지? 누가 더 아꼈지? 누가 더 자주 썼지?' 등. 여러 가지 질문들 중에서 '평소에 누구 거라고 생각했지?'가 가장 좋은 기준일지도 모른다. 그런데 집 살림을 떠올려보라. 누구 거라는 게 그리 분명하던가? 더구나 '여자 살림, 남자 살림'이 분명한 집이 꼭 좋은 것일까? 난해한 의문이다.

옛적에는 여자 살림, 남자 살림이 아주 분명해서 가구도 여성 가구, 남성 가구를 구분할 수 있었고 가재도구도 마찬가지였다. 문방도구는 전형적으로 남성의 것으로 여겨졌고 이른바 사랑방 문화, 안방 문화, 규수방 문화의 차이는 아주 분명했다. 공간도 나누고 살림도 나눴던 그 시절이 차라리 현명했던 것은 아닐까? 그런데 그렇게 나누고 살 여유가 있는 집도 그리 많지는 않다.

헤어지고 보면 다 홀홀 털어버릴 만도 하건만 인간의 감정이란 그렇지만은 않다. "우리가 잤던 침대에 어떻게 다른 여자를 끌어들이지? 우리가 사랑을 나눴던 침대에서 어떻게 다른 남자와 사랑을 나누지?" 같은 의문은 살던 집을 뛰쳐나왔을 때 곧잘 생기는 모양이다. "당신 물건 가져갈 수 있게 정리해놨어!" 하는 대사도 심심찮게 들린다. 도대체 어떻게 당신 거, 내 거를 알아채는 걸까? 비단

옷이나 화장품, 세면도구 같은 개인 물품만 살림은 아닌데 말이다.

말을 아껴서 그렇지, 여자 남자의 살림에는 경제적 이슈를 무시할 수가 없다. 법적으로도 '경제공동체'로 인정받으나 그 한계가 정해져 있기도 하다. 맞벌이 부부이든 외벌이 부부이든 간에 결혼이라는 제도에 대해서, 집이라는 공간에 대해서 서로 얼마나 기여해왔고 기여하고 있는지를 명백히 하기가 쉽지 않은 이유다. 나눌 때는 정확하게 반반씩 나누자고? 그런데 같이 살고 있을 때는 무슨 수로 정확하게 반반씩 나눌 수 있을까? 게다가 셀 수 있는 경제적 가치 외에도 눈에 안 보이는 시간 가치, 감정 노동의 가치, 정서 가치가 개입하니 말이다. 커플마다 묘수의 묘수를 거듭하고 토론의 토론을 거듭하는 이유다. 좋은 일이다. 보편적인 원칙 이상으로 중요한 것이 그 커플이 스스로 세운 룰이자 약속이니 말이다.

우리 커플도 가끔씩 이 논쟁을 한다. 헤어지면 어떻게 살림을 나눌까 하고 말이다. "모든 '동산動産'은 다 내가 샀으니까 살림은 다 내 거야!"라고 나는 주장한다. "아니, 저건 내가 샀던 거 아닌가?" 하며 남자는 가물가물한 기억을 되살려보려 애를 쓴다. 이 남자는 어떤 살림에 정서적 가치를 느끼고 있을까? 그런데 부동산不動産인 집이 없다면 이 살림살이들이 다 무슨 소용인가? 그러니 집은 어떻게 나눈다? 여러 상상들이 꼬리에 꼬리를 물고 일어난다.

혹시 이 문제를 해결하지 못해서 우리 커플은 헤어지지 못하는 건가? 헤어짐을 막는 가장 좋은 비결은 집 살림을 어떻게 나눌 수 없게 '우리 거'로 만들어놓는 것일지도 모른다. 살림 하나하나에 둘의 정서적 가치가 녹아 있다면 어떻게 나눌 것인가? 헤어지느니 그냥 같이 살고 말지! ▪

수없는 헤어짐을 목격했지만 그중 가장 충격적이었던 사건은 80대 시부모님 커플이 별거에 들어가면서 시아버님이 장롱과 소파 세트를 들고 나가셨던 것이었다. 시어머님의 싸늘한 말씀인즉, "주는 게 낫다. 그래야 다시 못 돌아오지!" 이 무슨 비극인가? 그런데 더 흥미로웠던 것은 그다음 장면이었다. 시어머님은 작은 아파트에서 조촐한 새 살림들을 장만하셨는데 그 들뜬 모습이 마치 원룸에 처음으로 독립하게 된 젊은이들과 다르지 않아 보였던 것이었다. 정서적 가치라고? 차라리 다 청산해버리고 새로 살림을 장만하는 게 더 나은 건지도 모른다.

남자 1과
여자 1

역할

나는 이 집에서 어떤 모습으로 살 것인가? 여왕처럼, 공주처럼 살 거라는 건 판타지 정도가 아니라 아예 거짓말이라는 것쯤은 이제 다 안다. 한때 '손에 물 한 방울 안 묻히게 해준다'는 말이 유행했고 남자들이 이런 말을 하면 여자들은 감격하기도 했던 모양이지만, 이제 그런 허황된 립 서비스에 속을 사람도 없다. 물론 이 말은 앞으로도 다양한 버전으로 무수하게 반복될 것이다. 그 립 서비스에 담긴 남자의 마음만큼은 사주자.

마님처럼, 아씨처럼은커녕 여자들이 자조하는 말은, 압도적으로, '나는 무수리 과야!'이다. 언제나 뒤에서, 아래에서, 눈에 안 보이는 데에서 계속 움직여야 겨우 집이 돌아가는 상황을 자조하는 말이다. 다행이랄까, 요즘 남자들도 감히 '대감마님'처럼 사는 꿈은 꾸지조차 않는다. 대신 남자들이 자조하는 말은 단연 '난 머슴이야!'다. 자조와 함께 은근히 '자랑'을 담은 말이기도 하다. 내가 집에서 이 정도는 기여하며 살고 있다는 의미를 포함한 말이다.

여왕이나 공주는커녕 마님처럼 살고 싶다는 생각조차 나는 해본 적이 없다. '마름' 역할을 하겠다고 자처하기는 했었다. 서양의 집사보다도 단연 우리말의 마름이 좋아보였다. 집안의 대소사를 척척 해내는 기능이 맘에 들기도 했고, 나의 직업 훈련상 마름 역할이 어울리기도 할 것 같았기 때문이다. 그런데 살아보니, 여자가 마름 노릇까지 자처했다가는 무수리는 물론이고 머슴 역할까지 하게 된다는 것을 알게 되기도 했다.

이 시대의 집들은 머슴과 무수리가 함께 사는 집이 대부분이다. 그렇다면, 집은 모쪼록 머슴과 무수리가 일하기 좋은 집, 쓰기 좋은 집, 살기 좋은 집이 되어야 마땅하다. 게다가 이 시대의 머슴과 무수리는 절대로 숨어서 일하고 싶어 하지 않으며, 뒤에서, 아래서 일하기는 더욱 싫어한다. 게다가 남들 앞에서 자랑을 담아 무수리 과, 머슴 과임을 자처하더라도 보이기는 또 대감마님, 마님 모습이고 싶어 한다는 심리를 꿰뚫어봐야 한다.

당장 사는 이 집을 잘 돌아보라. 혹시 나는 매일 무수리 운명을 한탄하면서도 마님처럼 사는 집으로 보이게 하려고 기를 쓰는 건 아닌가, 혹시 나는 매일 머슴 운명을 한탄하면서도 대감마님처럼 사는 집으로 여기고 있는 것은 아닌가 하고 말이다.

제주올레 길을 만든 서명숙 이사장은 나를 보고 자주 놀린다. "선배의 끝없는 머슴 챙기기는 잘 부려먹으려는 마님 노릇이오?" 하고 말이다. 남편을 머슴처럼 잘 부려먹는 나의 기술이 부럽기도 하고 감탄스럽기도 하다는 얘기다. '머슴 같은 남편이 최고의 남편'이라는 요즘 분위기가 읽히는 멘트다.

글쎄다. 남편을 이모저모 챙기는 나의 행태의 동기는 무엇일까? 머슴이 자조감을 느끼게 하지 않으려는 작전인지, 머슴이 스스로 나서서 일하는 분위기를 조성하려는 술책인지는 잘 감이 안 선다. 정확히 말하자면, 무수리인 내가 머슴인 남자의 심정을 헤아려주는 유일한 방법인지도 모른다.

우리나라에 있는 2000여 만 호에 달하는 집들이 스스로 주인의 처지를 고대로 표현하는 집이 되었으면 좋겠다. 모두 무수리와 머슴이 사는 집들이기 마련인데, 모쪼록 그 처지에 솔직한 집이 되었으면 한다. 공연스레 마님처럼, 대감마님처럼 살고 있다는 연기를 할 필요가 없어지면 좋겠다.

여자 남자를 표현하는 수많은 말들 중에서 요즘은 여자 1, 남자 1이라는 표현이 가장 기껍게 들린다. 근사한 남자들, 근사한 여자들이 아무리 많으면 무엇할까? 남자 여자의 처지가 정직하게 표현된 집에서는 모두 남자 1, 여자 1이 될 수밖에 없는 것을! 나도 그 누구에게는 남자 1이고 나도 그 누구에게는 여자 1인 것을! ▪

**우리가 사는 이 집에서만큼은
어떤 여자도 어떤 남자도
여자 1, 남자 1이다.**

아이에게는 모든 것이 '첫 경험'이다.
그 새로움, 그 신기함, 그 미숙함, 그 설렘,
그 놀람, 그 신남, 그 두려움, 그 기쁨 등
모든 순간들이 생생하다. 그 생생한 체험을
같이할 수 있다는 것, 그 생생한 느낌을
같이할 수 있다는 것, 그 생생한 기쁨을
목격할 수 있다는 것이 아이와 같이 사는
인생의 축복이다.

chapter
02

아이가 쑥쑥 자라는 집

스스로, 스스로

자기의 일은,
스스로 하자!

아이란 여자와 남자가 같이 하는 수많은 프로젝트들 중에서 으뜸 프로젝트다. 번식이라는 생물체적 관심 때문이든, 생물학자 리처드 도킨스의 이론대로 자기 유전자를 확산시키려는 '이기적 유전자'의 파워 때문이든, 아이를 통해서 자신의 모습을 보는 신기함 때문이든, 남녀가 나눈 사랑의 결실을 확인하기 위한 것이든, 아이란 인생 최고의 선물이다.

경제 문제, 커리어 문제 등 각박한 현실 때문에 불가피하게 또는 인간 개체에 집중하는 인생철학에 의해 스스로 아이 없는 삶을 선택하는 남녀가 늘고 있다. 선택은 물론 개인의 재량이다. 다만 아이와의 관계를 통해 빛나는 순간을 빚어내는 인생 최고의 프로젝트를 놓치기는 아깝지 않을까? 이것은 내가 선택한 가치관이다.

1남 6녀의 집에서 우글거리는 아이들 속에서 자라면서 불만이 적지 않았음에도 불구하고 '내 아이를 키우고 싶다'는 욕구가 나에게 그렇게 강했다는 것은 신기한 일이다. '결혼은 안 하더라도 아이는 키워야겠다'는 과격한(?) 소신을 사춘기 시절부터 피력하곤 했으니 말이다.

가족이란 아이의 존재가 있어야 성립된다. 가족家族이라는 의미가 부모와 아이들을 포함한 집단을 말하고, 영어에서도 패밀리 family는 아이가 있어야 성립되는 개념이다. 아이는 가족을 성립하게 하는 존재이자 남녀 커플을 부모로 만드는 존재인 것이다. 어떻게 보면 집을 '가家로서의 집'으로 성립하게 만드는 존재가 아이인 것이다.

그런데 아이라는 변수란 집에서 아주 골치 아픈 존재다. 아이가 들어오면 집은 완전히 달라진다. 다른 동물들과 달리 사람의 아가는 완전 무기력하고 완전 무방비 상태로 등장해서 온 집안과 온 가족들의 보호를 요구한다. 그야말로 무한 에너지가 필요한 일이다. 자기 몸을 제대로 쓸 수 있게 되는 데 시간이 오래 걸리니 아가가 요람을 벗어나면 집은 장애물로 가득 찬 모험장이 되기 쑤다. 스스로의 힘을 기르는 과정에서 아이는 온갖 말썽을 피워댄다. 뒤집기, 앉기, 기기, 걷기, 배변하기, 마시기, 먹기 등 몸을 쓰는 학습만도 만만치 않거니와 이윽고 언어 학습, 공간 학습, 시간 학습, 정서 학습, 관계 학습, 학교 학습, 사회 학습이 벌어지게 되면 집은 아이와 어른 사이의 온갖 시소게임이 일어나는 공간이 된다. 한마디로, 집이란 아이의 길고도 복합적이고 흥미 만점의 성장이 일어나는 공간이다. 아이의 성장 과정에서 아이뿐 아니라 아이를 기르는 사람들의 성장도 함께 이루어짐은 물론이다.

아이 있는 집에서 아이가 집 공간을 결정하는 주요 변수가 되는 것은 자연스럽다. 그러나 아무리 아이가 중요하더라도 집이 온통 아이 중심으로 돌아가는 것은 문제다. 내가 우리 사회의 집에 대해 또한 가족관계에 대해 갖는 문제의식이다. 나의 소신이라 한다면, '아이보다 남녀관계가 훨씬 더 중요하고, 아이가 먼저가 되면 남녀관계가 흔들리게 되고, 남녀관계가 튼튼하지 못하면 아이가 행복할 수도 없고 견실하게 자라기 어렵다'는 것이다. 더 나아간다면, '아이가 스스로 쑥쑥 클 수 있게 하는 집이 가장 좋다'는 것이 나의 소신이기도 한다.

이런 관점에서 "자기의 일은, 스스로 하자."라는 동요가 참 마음에 든다. 아이의 독립심을 격려하기 위해서 만든 노래지만, 어린이들뿐 아니라 어른들에게도 의미 있는 노래다. 집이란 아이가 자기의 일을 스스로 하는 과정을 근사하고 즐겁게, 유쾌하면서 뜻깊게 익혀가는 공간이 되는 것이 최고다. 몸, 마음, 정신, 영혼적으로 말이다.

어떻게 하면 우리 아이가 최고의 아이가 될까, 어떻게 하면 스트레스를 받지 않고 클까, 어떻게 하면 내가 어렸을 적 느꼈던 아픔과 상처를 겪지 않게 할까 같은 고민은 사실 부질없다. 아이는 '어린 사람'으로서 자신의 역할을 찾아가는 뿌듯함을 느끼고, 온갖 스트레스를 스스로 이겨내면서, 아픔도 슬픔도 인생의 한 부분임을 자연스럽게 받아들이고, 난관과 역경을 헤쳐가는 근육을 키워가는 과정을 겪으면서 스스로 삶의 주체가 된다. 매 순간을 풍부하게 살아내면 미래는 스스로의 몫이 되는 것이다.

나는 아이를 위한 집으로 여섯 가지 원칙을 꼽곤 한다. 첫째, 온 집안 곳곳은 다 놀이터다. 둘째, 방에서 자꾸 나오고 싶게 만든다. 셋째, 잠 잘 자는 방이 최고다. 넷째, 어디에 뭐가 있는지 아이가 스스로 알게 만드는 묘수를 동원한다. 다섯째, 마구 쏘다니는 동네가 최고다. 여섯째, 아이가 어느 정도 크면 셰어하우스처럼 되도 괜찮다.

사실 이것보다 훨씬 더 많은 원칙이 있을 것이다. 한 아이의 성장에는 한 집이 필요할 뿐 아니라 한 동네, 한 도시, 한 사회가 온통 필요하다. 아이에게는 부모뿐 아니라 형제자매도 할머니 할아버지도, 친구도, 이웃도, 가게 주인도 필요하다. 집 밖에서 겪는 체험을 집으로 들고 와 아이가 이윽고 소화하면서 스스로 자라는 과정에 긍정적으로 작용하는 원칙들을 꼽자면 끝이 없을 것이다.

다만, 귀가 엷어지지는 말자. 우리 사회에는 '아이를 위한 집'에 대한 고정관념과 편견이 적지 않다. '아이를 위하는 방법'에 왜 이리 집착하는지 이상할 정도이다. 부모 세대들이 어렸을 때 받았던 상처가 그만큼 크기 때문일까? 교육, 출세, 성공과 같은 세속적인 문화적 압력이 그만큼 크기 때문일까? 여하튼 우리 대부분은 '위한다'는 은근한 압력 때문에 아이들에 대해서 오히려 심하게 압력을 가하는 이중적인 태도를 갖기 십상이다. 아이란 위해야 하는 존재가 아니라 살아가는 존재, 자라는 존재, 같이 사는 존재이다. 무엇보다도 아이란 같이 기뻐하는 존재, 같이 배워가는 존재, 같이 느끼는 존재이다.

아이에게는 모든 것이 '첫 경험'이다. 그 새로움, 그 신기함, 그 미숙함, 그 설렘, 그 놀람, 그 신남, 그 두려움, 그 기쁨 등 모든 순간들이 생생하다. 그 생생한 체험을 같이할 수 있다는 것, 그 생생한 느낌을 같이할 수 있다는 것, 그 생생한 기쁨을 목격할 수 있다는 것이 아이와 같이 사는 인생의 축복이다. 동요에서처럼 '자기의 일은, 스스로 하자!'로 가는 과정을 집에서부터 즐겨보자! 🔳

온 집 안은
놀이터

놀이

'집 놀이란 여자 남자가 같이 하는 최고의 놀이'라는 것이 이 책의 전체 주제지만, 사실 그 주인공은 아이일지도 모르겠다. 아이에게는 모든 것이 놀이이고 모든 공간이 놀이터이니 말이다. 아이에게는 일이라는 개념이 없다. 공부라는 개념도 없다. 하는 모든 짓이 놀이다. 놀면서 자라고 놀면서 배우고 놀면서 터득한다. 드디어 책을 보게 될 때, 드디어 책상에 앉게 될 때 부모는 뿌듯해하겠지만, 아이의 공부란 책이나 책상에서만 나오지 않는다.

　놀이의 속성이 뭘까? 호기심의 발동이다. 무엇이나 주제가 되고 소재가 된다. 직접 찾아낸다. 직접 해본다. 잘 안되면 다시 해본다. 요렇게도 해보고 저렇게도 해본다. 자꾸 해보면서 익숙해지면 또 다른 방식으로 해본다. 이 놀이는 다른 놀이로 이어진다. 완성은 없다. 과정이 있을 뿐이다. 이렇게 얘기하니 금방 '공부'가 연상되지 않는가? 놀이는 공부다. 그사이에 까르르 웃음과 흐뭇한 웃음, 몰입하는 눈동자, 번득이는 깨달음, 해냈다는 뿌듯함, 빛나는 기쁨의 순간이 녹아드는 것은 말할 것도 없다.

놀이터의 속성은 그럼 무엇일까? 정리될 필요가 없다는 것이 가장 큰 특성이다. 아이들은 어지러움 속에서 질서를 잘도 찾아낸다. 질서를 흐트러뜨리면서 자기만의 질서를 다시 만든다. 마치 '신'과 같이 혼돈 속에서 질서를 찾아낸다고나 할까? 복잡해 보이는 것도 단순하게 이해하고, 단순한 것도 복잡하게 만든다. 분류하는 방식도 제각각이고 조합하는 방식도 무한하다. 순식간에 어지러뜨리고 순식간에 뭔가 만들고 순식간에 사라지게 하고 순식간에 새로운 것을 또 만들어낸다. 끊임없이 움직인다. 몸 움직임이 동반되지 않으면 놀이가 아니다.

이런 놀이의 속성을 잘 담는 놀이터로서의 집은 어떻게 생긴 걸까? 놀이방이 그려지는가? 무지개 빛깔, 색동 색깔이 화려하고 장난감이 곳곳에 있는 큰 방? 강아지 카페와 같은 공간? 쇼핑몰에 있는 놀이방? 큰 책방의 어린이책 코너? 아가일 때, 아장아장 유아일 때, 종이를 접하는 소년 소녀일 때, 사춘기에 돌입하는 소년 소녀일 때, 도대체 어떤 집이 놀이터처럼 작동하는 걸까?

나는 흥미로운 놀이터로 다음의 속성을 꼽는다. 변신 가능할 것, 어지르는 게 당연하게 보일 것, 마구 쌓아놓기 쉬울 것, 쉽게 끄집어낼 수 있을 것, 여기저기 붙일 수 있을 것, 청소를 말끔히 해놓으면 외려 허전하게 보일 것, 쉽게 닦일 것, 몸을 구르기 쉬울 것, 오르고 내리고 입체적일 것, 큰 거울에 세상이 비치게 할 것 등. 더 많은 속성을 생각해볼 수도 있다. 바닥에만 시선이 고정되지 않을 것, 조합할 수 있는 거리가 많을 것, 재료가 다양할 것, 자연의 소재가 많을 것, 작업 도구들이 가까이 있을 것(가위, 풀, 테이프, 실, 고무 밴드, 플라스틱 칼, 종이, 말랑말랑한 고무나 진흙 등), 빈 벽이 있을 것, 물을 마음껏 쓸 수 있는 공간이 있을 것 등.

놀이터의 속성을 꼽은 것을 보면, 여자 남자가 싸우면서 정드는 집의 속성과 비슷한 데가 은근히 많지 않은가? 사실 놀이라는 자체가 어른이나 아이나 마찬가지일지도 모른다. '호기심을 불러일으킬 것, 스스로 하게 할 것, 같이하고 싶게 만들 것, 도란도란 얘기를 나누게 할 것, 궁리를 하게 만들 것, 다양한 방식으로 실험해보게 할 것' 같은 것들이다. 그렇게 해야 스스로 깨닫고 배우고 일하고 공부하고 궁리하고 상상을 하게 만든다는 점에서 그러하다.

요즘 업무 공간에서도 '놀이터 같은 일터' 개념이 새로운 트렌드로 떠오른다. 이른바 '나인 투 식스$^{9 \text{ to } 6}$'로 대변되는 꽉 짜인 업무, 먼지 한 톨 없이 정돈된 데스크, 반짝반짝한 무채색의 하드웨어들, 모니터와 키보드와 마우스로 꽉 찬 업무가 아니라 상상하고 놀이하고 작업하면서 창의성과 자발성을 자아내는 놀이터로서의 일터 개념이다. 그런 일터에서 일하기를 꿈꾸려면 진즉 놀이터로서의 집에 익숙해져야 하는 것 아닐까?

아이가 자라면서, 하나에서 둘이 되면서, 놀이터로서의 집은 진화하게 마련이다. 아가에서 아장아장 유아로, 까르르 잘 웃는 소년 소녀로, 심술 잘 부리는 소년 소녀로, 호기심 발랄한 소년 소녀로, 학교 공부를 가져오는 학생으로, 시험의 스트레스를 받는 학생으로, 연애의 감정에 설레는 사춘기로 커간다. 그 과정에서 놀이터로서의 집 역시 진화한다.

신나게 노는 집이 되어보자. 아이들은 놀면서 자라고, 싸우면서 큰다. 놀지 않는 아이가 문제다. 말썽을 피우지 않는 아이가 문제다. 어른이 만든 질서, 어른이 당연하게 여기는 세계에 끊임없이 혼돈을 만들어내는 존재가 아이다. 끊임없이 놀이를 찾아내지 않는 아이, 장난감이 없으면 놀지 않는 아이, 책장에서 책을 꺼내지 않는 아이, 서랍에서 물건을 끄집어내지 않는 아이, 선반의 물건을 내려뜨리지 않는 아이, 화분의 흙을 꺼내지 않는 아이, 두루마리 휴지에 열광하지 않는 아이, 샤워를 온 사방에 뿌려대지 않는 아이, 단

추를 보고도 누르지 않는 아이, 뭐든지 열어보려고 하지 않는 아이, 뭐든지 자기 몸에 걸쳐보려고 들지 않는 아이, 마구 달려보려고 들지 않는 아이가 오히려 문제다. 아이가 집을 놀이터로 여기면서 만드는 온갖 말썽들이 집에 이야기를 불어넣는다.

아이에 대한 추억 때문에 영향받은 부분이 나에게도 있다. 욕조를 절대 없애지 못하는 것이다. 요즘 욕실은 욕조를 없애고 샤워실만 설치하는 추세다. 괜히 공간만 많이 차지하는 욕조를 기껏해야 김장배추 절이기나 이불 빨래를 하는 데 쓸 바에야 아예 없애버리는 것이다. 나도 솔깃하다. 그런데도 나는 우리 집 욕조를 못 없애겠다. 큰딸과의 애틋한 추억 때문이다. 종일 유아원에 다녔던 딸의 저녁은 낮에 배운 것을 반복하면서 엄마 아빠에게 자랑하는 시간이었다. 하루는 딸이 유아원에서 낚시를 배운 모양이다. 같이 목욕을 하는데, 자기가 만든 낚싯대를 들고 들어와서 나보고 누우라더니 자기는 서서 낚싯대를 늘어뜨리고 "엄마, 입 벌려. 물어야지!" 하며 나에게 고기 역할을 하란다. 그때 딸의 의기양양했던 표정이 뇌리에 깊게 박혀 있다. 욕조 안에 물을 가득 담아놓고 엄마는 기꺼이 물고기 노릇을 하련다. 인어는 못 되더라도 물고기쯤이야!

집 안 곳곳은 이렇게 놀이터로 변신할 잠재력을 온통 안고 있다. 드럼세탁기는 아장아장 아가가 '야~호!'를 시험해보는 곳이다.

문을 열고 소리를 질러보면서 아가는 자신의 목소리를 확인하고 막힌 공간의 울림을 체험한다. 컴퓨터 책상은 마술의 공간이다. 아무거나 눌러보면서 새로운 세상이 펼쳐지는 것을 깨닫는다. TV 리모트컨트롤보다는 적어도 훨씬 더 적극적이다. 책장의 높은 칸, 작은 칸은 들어갔다 나왔다 하면서 자기 키와 몸 두께를 시험해보는 공간이다. 부엌은 이 세상에서 가장 신기하고 재미난 놀이터다.

"문명의 세계에서 야만의 세계로 돌아온 것 같아!" 아이들이 세 살, 아홉 살이었던 시절에 한 달간의 출장 업무를 끝내고 집에 돌아왔을 때 내 입에서 저절로 나온 말이다. 정말 말 그대로다. 엄마 만난 기쁨도 잠시, 다시 자기들의 놀이에 열중하며 온 사방을 어질러놓는다. 애들아, 너희들은 정말 야만적이다. 하지만 정말 부럽다. 어쩌면 세상이 그렇게 놀이투성이냐? 닮고 싶다. 잃어버린 놀이 본능을 다시 일깨우고 싶다. ●

아이들이 놀기 좋은 집은 어른들도 놀기 좋을까? 어른들이 좋아하는 집을 아이들은 좋아할까? 어른들이 좋아하는 집을 아이들이 좋아할 리는 만무하지만 아이들이 좋아하는 집은 어른들도 좋아할 확률이 높아질 것 같다. 캐주얼하고, 어질러도 된다고 느끼고, 떨어뜨릴까 봐 너무 조심스럽지 않아도 되고, 대충 치워도 큰 문제없을 것 같고, 언제 어디서 웃음 터지는 사건이 생길지 은근히 기대되는 집, 아이들의 놀이가 가져오는 축복이다.

숨바꼭질하고 싶은
집

숨바꼭질

아이들은 왜 숨바꼭질에 열광할까? 아가 때부터 '까꿍!'에 열광하는 것을 보면 참 웃긴다. '까꿍'만 하면 '까르르' 웃는 아가, 질리지도 지치지도 않고 또, 또, 또 한다. 없어졌다 나타났다 하는 시각의 자극일까, '까꿍'이라는 소리에 담겨 있는 그 유쾌한 놀라움 때문일까? 눈 가리기부터 얼굴 가리기 그리고 몸 감추기까지 마스터하고 나서도 여전히 '까꿍'은 즐겁다. 숨바꼭질은 '까꿍'의 연장이다.

'술래하기'가 좋은가, '숨기'가 좋은가? 이 의문에 대해서는 아예 심리학 분석까지 있는데 어른, 아이를 가리지 않고 숨기를 더 좋아한단다. 숨는다는 행위에 담겨 있는 아슬아슬한 심리 때문인 모양이다. 어디에 숨어볼까 열심히 찾는 그 탐험의 느낌으로부터 숨어 있는 공간에서 숨죽이며 귀를 쫑긋하고 있는 느낌, 그런가 하면 아무도 자기를 못 찾을까 봐 전전긍긍하는 마음, 그리고 드디어 들켰을 때 '아차!' 하는 심정과 은근히 안도되는 마음까지, 다 조마조마하고 아슬아슬하다. '아무도 나를 못 찾아주면 어떻게 하지?' 하는 걱정으로 우리는 숨으면서 꼬리를 남기고 힌트를 남기기도 한다. 과장해보자면 이런 숨바꼭질을 어릴 적부터 많이 해보아야 일생 동안 펼쳐지는 숨바꼭질을 잘해내게 되는 것 아닐까? 인생이란 숨바꼭질의 연속이니 말이다.

아이들이 모여서 어느 정도 시간이 지나면 여기저기 방문이 열리고 닫히는 소리, 벽장문이 열리고 닫히는 소리가 들린다. 숨바꼭질 놀이가 시작된 것이다. 이 소리가 들리면 나는 이윽고 안심이 된다. "드디어 아이들이 숨바꼭질 공간을 발견했구나!" 이 놀이에는 서로 나이 차이가 좀 나는 게 좋다. 감각이 비슷한 또래가 모이는 것보다도 나이 차가 나면 서로 다른 체험 때문에 더욱 흥미로운 역학이 생기기 때문이다.

아이들이 서넛 이상 모였는데 숨바꼭질을 하지 않으면 뭔가 잘못되었다고 봐도 좋다. 숨바꼭질 놀이를 유발하지 않는 집은 문제가 있다고 봐도 좋다. 공간이 문제일 수도 있고, 어른들의 직접적 또는 묵시적인 통제의 문제일 수도 있고, 그런 통제에 이미 길들여진 아이들의 문제일 수도 있다.

숨바꼭질은 일상 속에서도 일어난다. 숨고 또 찾는 끝없는 수레바퀴다. 아이들은 숨으면서 자기 정체성을 찾아간다. 수줍어서, 두려워서, 아늑해서, 쏙 끼는 느낌이 좋아서, 또는 도망치는 마음으로 숨는다. 무엇인가 하려고 숨기도 한다. 그러면서 엄마가 자기를 찾아주기를, 친구가 찾아주기를, 언니가 찾아주기를, 동생이 찾아주기를 은근히 기대한다. "너 뭐하니?" 하고 누가 물어봐주기를 바란다. "너 여기 있었구나!"하는 말을 듣기를 바란다. 그 순간의 안도감이 좋다. 세상에서 잊히지 않았다는 느낌, 누가 자신을 찾아준다는 느낌, 세상에 다시 나간다는 느낌이 좋다. 아이는 숨고 찾아지는 체험을 반복하면서 그 심리를 익힌다.

많이 숨어본 사람이 잘 찾아낼지도 모른다. 숨바꼭질 놀이를 하면서 아이들은 스스로 은둔하고 스스로 자폐도 하지만 스스로 찾아내는 능력도 키운다. 술래가 되어 탐험에 나서는 정신이다. 이런 단서, 저런 힌트를 가지고 애를 쓰다가 용케도 찾아내는 기쁨도 만만치 않다. 숨바꼭질 놀이에는 인간의 심리에 대한 수많은 단서들이 녹아 있고 인간을 성장시키는 수많은 계기들이 숨어 있는 것이다. 게다가 숨바꼭질은 아이들의 3차원적인 공간 감각을 높이는 데 절대적인 역할을 담당한다.

집에는 모쪼록 이렇게 숨바꼭질을 할 수 있는 공간들이 이곳저곳 있는 것이 좋다. 아이들의 심리를 자극해주는 것이다. 덩그마니 큰 공간만 있는 아파트가 안 좋은 것이 바로 이 지점이다. 숨바꼭질을 떠올리기에는 숨고 싶은 곳이 너무 적다. 어릴 적의 추억을 가볍게 여기지 말자. 책상 밑에 숨던 것, 소파 등 뒤에 숨어들던 것, 식탁 밑에 숨던 것, 옷장 속에 숨던 것, 문 뒤에 숨던 것, 담장 밑에 숨던 것, 벽 뒤에 숨던 것, 코너에 쏙 숨어들던 것, 가로등 뒤에 숨던 것, 나무 뒤에 숨던 것, 덤불 뒤에 숨던 것 등 그 기억들을 살려서 숨을 구석을 생각해보라.

아이들의 눈높이에 맞추고 아이들의 키 높이를 감안해보라. 기껏해야 두 자에서 넉 자 사이다. 다섯 자가 넘어가면 벌써 어른의 공간이다. 어린이의 눈으로 낮은 공간, 은밀한 공간, 비밀스런 공간을 찾아보라. 강아지의 시각으로, 고양이의 시각으로 찾아보는 것도 나쁘지 않겠다.

뭔가 더 있을 듯한 느낌도 아주 좋은 숨바꼭질거리다. 화장실, 문 뒤, 옷장 뒤, 거울 뒤 등 아이들은 거기 숨어서 자신만의 판타지를 꾸며낼지도 모른다. 『해리포터』일까, 『반지의 제왕』일까, 이상하고 아름다운 도깨비 나라일까, 『나니아 연대기』일까, 저 하늘 너머 무한한 우주일까? 영화 「닥터 지바고」에서 어린 지바고는 엄마 장례식에서 테이블 밑으로 숨는다. 하얀 레이스가 덮인 테이블 밑에서 반짝이던 그 눈은 시인의 눈, 혁명을 목격할 눈, 운명적 사랑에 빠질 눈이었다. 영화 「식스센스」에서는 아이의 유령이 자기가 놀던 작은 천막 안에 숨어서 자기를 알아봐줄 아이가 찾아오기를 기다린다. 자기 방도 모자라 그 안에 친 작은 천막을 애정하는 아이들, 그들의 눈은 맑고 밝다.

숨을 공간이 많으면 걱정도 된다. 혹시나 무슨 사고를 치지 않을까 하는 걱정이다. '개구쟁이'를 넘어 '개고기'라 불리던 나의 첫 조카 사내 녀석은 집에서 가능한 거의 최대치의 말썽을 보여주었다. 단독주택 2층에 전세로 살던 언니네 집에서 탐험할 곳, 숨을 곳은 쌔고 쌨다. 계단, 다락방, 발코니, 난간, 지붕, 지하실, 감나무 위, 개집, 창고 등, 없어졌다 하면 어딘가 탐험하고 있는 이 녀석 때문에 어른들이 식겁하는 순간들은 무수하게 많았다. 그 여섯 살 사고뭉치는 아주 씩씩하게 잘 컸다.🛋

어른들도 숨바꼭질을 한다. 다만 놀이라는 이름은 붙이지 못한, 일상의 심리적 게임이 되어버릴 뿐이다. 숨어버리고 싶고 도망치고 싶은 어른들은 집으로 숨어들고, 방으로 숨어들고, 의자로 숨어들고, 소파로 숨어든다. 다만 어른들은 그 감정을 숨기려 든다. 몸만 어른일 뿐, 마음속에는 숨고 또 찾아지기를 바라는 마음이 여전히 있는 것이다. 어른들도 아이들처럼 마음껏 숨고, 마음껏 울고, 마음껏 상상할 수 있다면 좋으련만.

방에서 나오고 싶은 유혹을
견뎌야 큰다

유혹과의 전쟁

아이 방의 디자인은 꽤 자주 거론되는 주제다. 어떤 위치, 어떤 구성, 어떤 색깔, 어떤 자재, 어떤 조명, 어떤 가구, 하물며 어떤 식물들을 놓아야 좋은지까지도 자세하게 일러주곤 한다. 거론되는 여러 방식들의 핵심을 보면 '어떻게 공부하게 만들까, 어떻게 집중하게 만들까'인데, 이 시대 부모의 대표적 고민거리를 보여준다. 그 방법은 대개 '유혹의 차단'이다. '조용할 것, 차분할 것.' 학교 복도에 붙어 있던 '정숙靜肅'이라는 말이 생각날 정도다.

그런데 그게 과연 좋을까? 나는 좀 다른 생각이다. 소신이라고 해도 좋고 철학이라 해도 좋다. 아이들에게는 '방에서 나오고 싶은 유혹을 느끼는 방'이 좋다고 나는 생각한다. 다른 말로 하면 '방 밖에 더 많은 유혹이 있는 집'이다. 방 안보다 방 밖이 더 재미있다고 느끼는 게 좋다고 생각하는 것이다.

아이의 방이 완벽한 천국이어서는 곤란하다. 어딘가 부족한 데가 있어야 한다. 그리고 그 부족함은 바깥의 유혹에서부터 채워질 수 있다면 좋다. 방 밖의 세계는 유혹으로 가득 차 있다. '가족들과 놀고 싶다, TV를 보고 싶다, 같이 먹고 싶다, 누가 왔는지 알고 싶다, 내가 좋아하는 게임도 있다, 요리하는 데 참견하고 싶다, 엄마가 하는 일에 참견하고 싶다, 엄마 아빠가 하는 이야기에 끼고 싶다, 언니는 왜 마루에 나가 있지? 동생은 마루에 나가 있는데 왜 나는 방에 있어야 하지? 목마르다고 하면서 나가볼까? 화장실에 가고 싶다고 나가볼까?' 등, 아이들의 머릿속에서는 별별 생각이 다 드나들 것이다. 우리도 마찬가지 아닌가? 뭔가 의무적으로 해야 하는 일이 생기면 외려 평소에는 피하려고 하는 일들까지 알뜰하게 챙기고 싶어지는 심리다.

'마시멜로 실험'이라는 것이 있다. 네 살 아이에게 마시멜로 한 개를 주고 20분을 안 먹고 참으면 한 개를 더 주겠다고 한다. 이 아이들이 열여덟 살이 될 때까지 이후 14년 동안을 관찰 추적했는데, 네 살 때 잘 참아서 마시멜로 한 개를 더 받을 수 있었던 아이가 훨씬 더 안정적이고 인간관계를 잘 다스리고 자기주장을 잘 밝히고 좌절에 꿋꿋하다는 결론이다. 이른바 '자기 컨트롤'의 중요성을 강조하는 마시멜로 이야기다. 참을 줄 아는 힘을 '만족 지연 능력'이라고 부른다.

일생에 걸쳐 우리는 유혹과의 전쟁을 벌인다. 인간의 숙명이다. 우리를 유혹하는 것은 너무도 많고 그 유혹을 견디는 힘은 너무도 약하다. '탐욕, 욕정, 식탐, 게으름, 질투, 오만, 분노'와 같은 일곱 가지 죄악을 거론하지 않더라도, '돈, 명예, 권력'이라는 3대 유혹을 거론하지 않더라도, 일상에서의 유혹거리는 차고 넘칠 정도다. 맛난 것, 달콤한 것, 재미있는 것, 볼거리, 들을 거리들이 차고 넘친다. 유혹을 차단한다고 해서 유혹이 없어지는 것은 아니다. 차단되면 유혹의 힘은 더 강해진다. 유혹을 견디는 힘은 스스로에게서 나올 수밖에 없다. 그런 힘은 단번의 의지로서 나오는 것은 아니다. 수많은 체험을 통해 힘이 붙는다. 그런 체험은 어릴 적부터 몸에 배는 것이 좋다.

"방에 들어가 있어!"라는 부모의 말이 더 이상 '벌'로 통하지 않는 나이가 될 때까지(상황에 따라 다르긴 하겠지만 적어도 두 자릿수의 나이가 되지 않을까? 사춘기에 돌입하는 시점이다.) 방은 들어가고 싶은 곳 이상으로 나오고 싶은 곳이 되는 게 좋다. 단절감을 느끼지 않기 위해서도 좋고, 밖의 유혹을 견디는 힘을 스스로 쌓는다는 점에서도 좋다.

'분리불안'은 어린아이가 필연적으로 겪는 과정이고 이윽고 단절감, 외로움, 소외감 역시 따라오는데, 어떻게 적응하느냐 하는 감정 숙성의 과정이 필요하다. 이때 오감五感의 발동은 절대적인 도움이 된다. 밖에서 들려오는 소리에 귀를 쫑긋하고, 코를 흠흠대고, 어른거리는 사람의 그림자를 느끼고, 무엇인가 그 존재감을 느끼는 육감까지 발동하면서 홀로 있을 때 찾아오는 느낌과 같이 살아가는 훈련이 자연적으로 이루어진다.

부모는 수없이 걱정한다. 아이가 문을 닫기 싫어해도 걱정, 문을 잠가도 걱정, 나오려 들지 않아도 걱정, 자꾸 나오면 그것대로 걱정이다. '방' 때문에 생기는 문제들인지라, 나는 아예 아이 방을 없애고 반쯤 오픈된 공간을 만들든지, 또는 둘 이상의 아이가 방을 같이 쓰기를 권하기도 한다. 가장 효과적인 최고의 원칙이라면 갖은 유혹거리는 아이들의 방 밖에 두는 것이다. 가장 신나는 장난감들, TV, 게임, 컴퓨터는 물론이다. 아예 TV를 없애는 집도 있지만, 유혹거리가 아예 집 안에 없는 것보다는 집에 두고서 절제력을 키우는 게 더 낫다는 것이 나의 생각이다.

이 유혹들에 죄책감 없이 빠지는 방법은 '같이하는 것'이다. '가족과 함께라면 뭐든 할 수 있다, 재미있는 것을 마음껏 할 수 있다.' 같은 믿음이 생기는 것도 좋다. 뭐든지 같이하고 싶어 하는 마음을 키우는 게 먼저다. 자기 방에 틀어박혀 흠뻑 빠지는 것은 때가 되면 한다. 자기 마음이 내키는 때가 오고, 자신을 완전히 스스로 컨트롤할 수 있는 때가 온다. 그때까지는 방 밖으로 자꾸 나오고 싶게 하자. 놀이를 기대하면서.

"침대가 자꾸 나를 유혹해!"라면서 밖에 나와서 공부하는 아이도 있다. "책상에 앉으면 졸려!"라면서 식탁에 나와서 공부하는 아이도 있다. 누가 나를 봐주기를 기대하고 누구의 눈이 나를 지켜주기를 바라는 심리다. 카페에 가서 공부하고 도서관에 가서야 공부하고, 학원에 가야만 공부한다고 생각하는 이치이기도 하다. 이런 현상도 나쁘지 않다. 방 밖으로 자꾸 나가고픈 유혹을 느끼면서도 스스로의 의지로 방에 있는 그날을 위하여 아이들을 위한 마시멜로는 방 밖에 두자. ♠

퍼스널컴퓨터, 스마트폰, 온라인게임, 웹 등 일상생활의 디지털이 온통 '개인화'하는 시대에 아이들의 방에서 유혹거리를 없애는 것은 참으로 쉽지 않다. 손가락 끝으로 뭐든지 할 수 있는 유혹에서부터 아이들을 어떻게 지키느냐가 이 시대 부모의 절체절명의 과제 중 하나라 해도 좋을 정도다. 원칙은 심플하다. '디지털보다 아날로그의 맛을 느끼게 할 것, 손가락 끝보다 신체 전체를 쓰는 게 더 재미있다고 느끼게 할 것.' 이 시대가 우리 아이들의 미래를 위해서 유념해야 할 원칙 아닐까?

식탁은
최고의 '라운드테이블'

토론

아이들이 어릴 적에 우리 집의 제야 행사는 아주 각별했다. 저녁을 근사하게 먹고 나서 둘러앉는다. 각기 서로에게 지적할 것 세 가지, 새해에 고쳐줬으면 하는 것 또는 바라는 것 세 가지를 꼽는 행사다. 한 사람이 세 사람에 대해 거론하니 총 서른여섯 가지가 되거니와 지적과 설명과 해명과 변명과 토론이 이어지다 보니 시간은 쏜살같이 흘러서 어느새 제야의 종소리를 맞게 된다. "이러다 밤을 홀딱 새겠는걸?" 농담을 할 정도로 아이들이 커갈수록 제야 행사 시간은 길어졌다.

아이들은 평소에 부모에게 못하던 직설 비판을 마음대로 쏟아놓을 수 있으니 얼마나 신났겠는가? 부모 입장에서는 평소 아끼려 노력했던 비판을 군말 걱정 없이 쏟아놓아도 되니 또 마음 편한 시간이다. 물론 '뜨끔'해지는 시간이기도 하다. 하지만 나만 아니라 다들 뜨끔해지는 것이니까 부담은 덜해진다. 속으로 아무리 뜨끔하더라도 뜨끔한 내색을 보이면 지는 거다. 그러니 얼굴에 철판을 까는 연습도 하게 되는 시간이고, 나름대로의 방어 논리를 발전시키는 시간이고, 비판적인 공격 논리를 개발하는 시간이기도 하다. 다른 사람들에게 비친 나의 모습에서 자기 자신을 더 잘 알게 되는 시간이 됨은 물론이다.

때로는 얼굴 붉히게 되는 순간도 생긴다. 한 사람을 두고 세 사람이 동시에 편을 먹고 비판하는 때다. 이럴 때는 적절하게 멈추는 기술도 개발해야 한다. 안 그랬다가는 가족들 사이에 마음의 벽이 생길 수도 있기 때문이다. 그런가 하면 이해와 양해의 시간이 되기도 한다. '아하, 그런 행동에는 이런 심리가 작동하고 있었구나!' 하고 깨달으면서 말이다. 네 사람을 돌아가다 보면 공통점도 떠오른다. '아하, 이래서 우리가 가족인가 보다!' 하는 동지 의식도 생기는 순간이다. 말 그대로 공동체가 된다는 느낌이 드는 것이다.

어디에서 이 시간을 가졌을까? 식탁이다. 이런 상황에서는 식탁이 최고의 공간이다. 소파에 편한 자세로 앉아서 이야기했다가는 자칫 나른해지기 십상이고, 바닥에 엉덩이를 붙이고 둘러앉으면 드러눕고 싶어져서 자칫 긴장감이 떨어진다. 의자에 등을 붙이고 앉는 식탁은 정확히 토론 테이블이 되어준다. 몸을 바로 해야 하고 중간에 자리를 뜨지도 않는다. 잠깐 자리에 없다가는 나 없는 사이에 무슨 이야기가 벌어져 아차 하게 될지도 모르니 말이다.

이렇게, 식탁은 공히 '라운드테이블roundtable'이 되어준다. 라운드테이블, 원탁이다. 마치 아서왕의 원탁에서처럼, 식탁에 둘러앉아 우리는 현명한 원탁의 기사가 되는 건지도 모른다. 우리 집에서처럼 일종의 '가족 고해성사 제야 행사'뿐 아니라, 뭔가 의논하고 결정을 해야 하는 일이 생기면 우리는 대개 식탁에 둘러앉게 된다. 말이 오가야 하고, 자료를 공유해야 하고, 골고루 말할 수 있는 식탁은 라운드테이블로서 이상적인 회의 공간이 되어주는 것이다.

이런 점에서 식탁은 가족 수보다 다소 더 큰 것이 좋다. 홀로 사는 집이라도 2인 식탁이 좋고(벽 쳐다보면서 먹지 말라는 뜻이다.), 두 명이 사는 집이면 4인 식탁, 네 명이 사는 집이면 6인 식탁을 마련하는 게 바람직하다. 둘러앉되 너무 딱 붙지 않아야 '소통의 공간'이 생기기 때문이다. '팔꿈치 거리'는 유지하되 팔꿈치가 부딪치지 않아야 자연스럽게 말도 오가고 생각도 오가고 정도 오간다. 약간의 공간적 거리감이 오히려 정신적 가까움을 불러일으키는 것이다.

공적인 세계에서 '라운드테이블'이 쓰이는 공간은 어떤 곳일까? 정상회담 같은 데에서는 잘 안 쓰인다. 협의보다는 보여주는 의

전이 강조되기 때문일 것이다. 우리의 청와대나 정부에서는 원형 테이블이라 하더라도 실질적인 '라운드테이블' 역할을 하기엔 역부족으로 보인다. 유엔 같은 세계회의에서는 라운드테이블이 자주 쓰인다. 큰 나라, 작은 나라 관계없이 동등한 발언권을 독려하기 위해서다. 비즈니스계에서도 마찬가지 이유로 자주 쓰이는데, 일방적인 의사 결정이 아니라 멤버 모두가 발언하고 참여해야 효과가 높아지기 때문이다. 안타깝게도 우리 사회에서는 전반적으로 라운드테이블이 자주 안 쓰이는데, 그만큼 위계와 서열이 강조되고 민주적인 참여가 부족하다는 뜻일 게다. 이 문제를 집에서부터 해결할 수 있을지도 모른다. '식탁-라운드테이블 민주주의'를 통해서.

집에서 가장 '다용도'가 되는 곳이 식탁 공간 아닐까? 끼니마다 식사, 식사 대화, 차 마시기, 간식 먹기, 콩나물 다듬기 등 온갖 요리 준비하기, 뷔페 테이블, 아이 그림 그리기, 아이의 공작 테이블, 가까운 손님과 티타임, 노트북으로 컴퓨터 작업하기, 아이 숙제하기, 글쓰기, 책 읽기, 상담하기, 의논하기 등. 식탁은 그야말로 무한한 변신의 공간이다.

그런데 식탁은 누구의 것일까? 온 가족이 둘러앉아 라운드테이블로 쓰지 않을 때의 식탁을 누구 것으로 생각하느냐라는 물음이다. 대개 주부의 것, 아내의 것, 엄마의 것으로 여기나? 문제는 아내의 영역, 엄마의 영역은 가족이 공유하는 영역으로 인식되어 자칫 침범되기 일쑤라는 점이다. 그래서 나는 여성들에게 식탁에서는 완벽하게 홀로 있을 수 있는 시간 외에는 그 누구와 같이할 수 있는 작업만 하라고 열심히 권한다. 집 어디에도 자기 공간이 없는 여자가 가족들이 다 잠들고 난 후에 홀로 식탁 앞에 앉아 공부하고 작업하는 장면이 상상되는가? 흐뭇하기도 하고 서러워지기도 하는 비밀스런 장면이다. 그런 외로운 홀로 시간 속에서 세상을 뒤흔든 작품들이 태어나기도 한다. 다만 완벽히 홀로 있을 때만 그렇게 하자.

마찬가지 맥락에서, 나는 식탁에서 아이들이 공부하는 것을 되도록 말리는 편이다. 아주 어릴 적에는 괜찮지만, 네 살 정도 넘어가면 아이들에게도 강한 영역 의식이 생기게 된다. 이럴 때 식탁을 자기의 영역으로 주장하게 되면서 엄마의 시간과 공간을 지배하려는 경우도 꽤 생긴다. 자기가 식탁을 어떤 용도로 쓸 때는 엄마에게 양보하려 들지 않거나 양보하면서도 투덜거리는 현상이 생기는 것이다. 성인들에 대해서는 더 말할 것도 없다. 남편이나 십 대 이상의 자녀들이 식탁에 자기 작업을 펼치면서 영역을 은근히 주장하면, 엄마들은 양보하는 입장에 빠지는 경우가 적지 않은 현상이 그것이다.

그래서 식탁에서는 누구와도 같이할 수 있는 일만 한다는 원칙을 세워보라. 차를 마시고 있으면 '같이 마실래?' 할 수 있게, 나물을 다듬고 있다면 '같이할래?' 할 수 있도록. 책을 읽고 있다면, '네 책도 가져 와!' 할 수 있게. 그리고 잊지 않을 것. 식탁을 우리 가족 최고의 라운드테이블로 귀하게 여겨보자! 🔔

라운드테이블로서의 식탁을 강조한다고 해서, 형태상 꼭 원형이 되어야 할 필요는 없다. 원형이 민주적이고 참여적인 공간 구조이기는 하지만, 다른 형태도 얼마든지 라운드테이블로 활용할 수 있다. 최근 가장 인기가 높은 것은 '긴 식탁'이다. 마치 회의 테이블처럼 생겼고, 그 긴 수평성으로 아주 근사한 공간감을 만든다. 이때 중요한 포인트는 자리에 위계를 정해놓지 않는 것이다. 앉는 자리를 바꾸면 맡는 역할들도 다양해질 수 있기 때문이다. 자리를 돌아가며 앉는 것만 해도 벌써 분위기는 획기적으로 달라진다.

집에서부터 시작하는
경제학 공부

돈 감각

아이들의 경제 공부는 집에서부터 시작한다. 아이들이 커서 취업 못 해 고생하건, 겨우 풀칠하며 살게 되건, 떼돈을 벌게 되건, 평생 직장인으로 살게 되건, 창업의 모험을 하게 되건 간에 '가장 기본이 되는 경제 감각만큼은 어릴 때부터 심어주고 싶다'는 것이 요즘의 깨인 부모들이 고민하는 과제 중 하나다. 아주 바람직한 현상이다.

끼니 걱정을 할 지경은 아니었지만 1남 6녀 아이들이 우글우글한 집에서 자라난 나는 어릴 적부터 유별나게 '경제적 독립'을 꿈꿨다. 자유의 꿈도 평등의 이상도 경제적인 것과 결부시키는 사고방식은 아주 어릴 적부터 몸에 익은 습관 중 하나다. 아이들 많은 집에서 생존경쟁이 만만찮기 때문이 아니었을까? 자영업에 종사하던 우리 집에서 나의 어릴 적 가장 큰 의문은 '왜 생활비를 계획해서 쓰지 않는가?'였고, 나의 큰 불만은 '왜 돈은 어른이 되어야 벌 수 있지?'였다. 내가 부모가 되었을 때 나는 어릴 적 가졌던 불만을 풀어보려고 열심히 궁리했다.

부모로서 내가 택한 작전은 '아이들 스스로 집안일하고 돈 벌기'다. '너희들이 집안일 찾아서 하나하나 단가를 매긴다, 일하고 싶을 때 나서서 한다, 한 일 리스트를 적어서 청구하면 우리는 지불한다.'는 심플한 원칙이다. 당연히 아이들의 기본 용돈은 있고 자기 방 청소는 집안일에 포함되지 않는다.

아이들이 고심해서 궁리한 것들을 보면 지금도 웃음이 나온다. '청소기 돌리기는 얼마, 물걸레질은 얼마, 신발장 정리는 얼마, 현관 정리는 얼마, 책장 정리는 얼마, 선반 정리는 얼마, 냉장고 정리는 얼마, 냉장고 청소는 얼마, 다용도실 정리는 얼마, 세면기 닦기는 얼마, 변기 청소는 얼마, 욕조 닦기는 얼마, 창문 털기는 얼마, 창문 닦기는 얼마, 계단 청소는 얼마, 옥상 청소는 얼마' 등 세세하기 짝이 없다. 이렇게 해놓으니 자기네들 용돈이 궁해질 때나 뭔가 장만하고 싶은 게 생길 때면 집 안이 반짝반짝해진다. 세뱃돈 두둑한 명절 즈음에는 일절 움직이지 않는 것은 물론이다.

이 방법의 좋은 점은 세 가지다. 첫째는 아이들이 집 안을 속속들이 알게 된다는 것이다. 집 안을 샅샅이 뒤져서 어떤 공간들이 있고, 어떤 가재도구가 있고, 어떤 물건들이 있으며 어디에 있는가, 정리가 필요한가 아닌가, 얼마나 자주 손길이 필요한가 등 완벽하게 파악한다. 이렇게 잘 파악하고 나면 부모가 만든 시스템에 꽤 잔소리를 해대는 게 흠이라면 흠이지만, 그렇게 하면서 아이들은 자기의 시스템에 대한 그림을 그려간다. 그림이 그려지면 자신감이 붙는다.

둘째는 물론 아이들의 경제 감각을 키우는 것이다. 가외 용돈을 벌 수 있는 좋은 방법에다가 '스스로 알바'이니 자신들의 노동과 소비의 균형을 맞추는 감각도 생긴다. 제일 유용한 것이 단가를 매기면서 시간 감각과 노동의 감각이 생기는 것이다. 힘들지만 짧은 시간에 끝낼 수 있는 일과 힘은 덜 들어도 시간이 걸리는 일의 차이에 어떻게 단가의 차이를 매길까, 무엇을 선택할까 같은 사소해 보이지만 절대로 사소하지 않은 질문에 대해서 자기 스스로 답을 찾는 것이다.

셋째는 아이들이 스스로 터프한 결단력과 추진력과 절제력을 키운다는 것이다. 아이들이라고 궂은 집안일을 나서서 하고 싶어 할 리가 없다. 아무리 돈이 좋아도 하기 싫은 일을 나서서 하기란 싫은 것이다. 의무로 해야 하는 일이 아니라 선택해서 하는 일이니 '해야지!' 결단하고, '해치우자!' 추진하면서 아이들은 자신의 절제력과 추진력을 키운다.

이런 과정을 거치면서 아이들은 경제학의 여러 기본을 익히게 된다. 수요와 공급 사이에 일어나는 자유 경제학, 노동의 가치를 분석하는 노동 경제학, 공간과 경제를 연결하는 공간 경제학, 경제 활동을 자극하는 경제 심리학, 무엇이 사람을 움직이게 하는지에 대한 행태 경제학, 그리고 부모의 경제력과의 균형을 고민하는 통제 경제학 등, 집에서부터 익히는 경제학의 종류가 그렇게 많다는 사실이 너무 흥미롭지 않은가?

이 방법은 아이들이 어느 정도 커야 쓸 수 있는 방법이다. 열 살은 넘어야 효과가 있다. 그런데 얼마 전 다섯 살이 된 손주에게 시도해봤다. 모든 과자를 독점하려 들어서 "내 돈으로 샀으니 내 거지. 넌 네 돈으로 사 먹어!" 했더니 "난 돈 없어요!" 하며 시무룩해 한다. 그래서 "너도 돈 벌 수 있어!" 했더니 갑자기 눈이 반짝반짝해진다. 한참 동안 집에서 돈 버는 방법에 대해서 토론을 했다.

내친 김에 『빨강머리 앤』 이야기 중 엄마가 된 앤의 큰아들 젬의 '진주 목걸이 사건' 대목을 읽어줬다. '엄마 생일에 진주 목걸이 선물을 해주겠다고 결심한 젬은 집에서 또 이웃들의 심부름과 작은 일을 해주고 아끼던 물건을 친구에게 팔기도 하며 푼돈을 모아 드디어 진주 목걸이를 사서 의기양양하게 선물한다. 그런데 그게 가짜 유리 목걸이라는 것을 우연히 알게 되고 엄마에게 거짓 선물을 했다는 실망과 자책감에 시달린다. 엄마 앤은 온 지혜를 모아 젬의 생각을 고쳐준다. 젬은 행복하게 잠든다.' 이 이야기를 들은 손주 녀석이 앞으로 자기가 세운 논리로 자기 엄마 아빠를 어떻게 괴롭힐지 또 어떻게 자기의 독립심을 키워갈 건지 아주 흥미롭게 지켜보고 있다.

　아이들의 머리가 어떻게 커가는지 우리가 모두 알 길은 없다. 뇌과학이 아무리 발달하더라도 이 신기한 생명체인 인간의 뇌를 속속들이 알기는 어려울 것이다. 다만 우리가 할 수 있는 것은, 아이들에게 끊임없이 새로운 자극을 주는 것이다. ▪

아이들이 집 안을 샅샅이 파악하는 데 좋은 또 한 가지 방법은 '집 그려보기'다. 아이들이 초등학교 고학년 때, 중학생 때 학교에서 나오는 숙제이기도 하니, 자연히 해볼 기회가 생긴다. 아이들이 줄자를 들고 이 방 저 방 길이를 재고 다니면 바로 이 숙제다. 아이들이 그린 그림을 냉장고에 붙여놓고 요모조모 개선 방법을 토론하기도 좋다.

'집 그리기'를 하면,
보인다

그림 효과

모든 아이들, 모든 엄마들은 학교에서 내준 이 '자기 집 그리기' 숙제에 맞닥트려봤을 것이다. 아이들은 줄자를 들고 끙끙대고, 잘 못그리겠다고 툴툴대던 바로 그 숙제다. 엄마라고 잘 그리나? 끙끙대기는 마찬가지다.

그림 실력이 별로인 막내 역시 나에게 도와달라고 했었다. 그렇지만 어디 해달란다고 해줄 녹록한 엄마인가? 줄자로 재는 방식을 가르쳐주고 어디서부터 시작해야 하는지 가르쳐주고 차근차근그리는 방식을 시범으로 보여주고는 곁눈질만 했다. 그렇게 시범을 보여주었어도 그려놓은 것을 보니 한심하기는 퍽 한심했다. "아무래도 우리 집 같지 않은데?" 아이 역시 자기 그림 실력의 한계를 인정했다.

"이런 숙제 왜 있는 거야?" 뜻을 헤아리지 못하는 아이는 툴툴댔다. 그러나 그려보고 나니 얻은 것도 많았다. 우리 집에서 자기 방이 가장 작다는 것을 실제 수치로 알아냈고, 그 덕분에 보다 더 근거 있는 불만을 제기할 수 있게 되었다. 큰아이 방보다 폭이 30센티미터만 좁은데도 방 쓰는 방식에 왜 그렇게 제약이 많은가를 깨닫고는 한 자 폭의 귀중함을 알게 되기도 했다. 그리고는 집에 대해서 이렇게 해보자 저렇게 해보자 하는 아이디어를 수시로, 그것도 아주 구체적으로 내놓게 되었다.

집을 그려보면 무엇이 좋을까? 학교에서 숙제를 내주는 것과 마찬가지 동기다. 첫째, 그리면 보인다. 자기 손으로 그려본다는 것은 참 흥미로운 체험이다. 다 아는 것 같던 것도 실제 손으로 그려보면 새로운 것이 보인다. 그리는 중에 새롭게 발견하는 것이 있고 그리고 나면 새롭게 깨닫는 것도 생긴다. 밑그림을 그릴 때와 마무리 그림을 그릴 때 또 다른 게 보인다.

둘째, 집은 가장 쉽게 그릴 수 있는 대상이다. 이른바 '그림'이라면 사람이든 풍경이든 선과 표정이 워낙 풍부해서 그리기가 영 쉽지 않다. 그렇지만 집이란, 특히 평면이란 상대적으로 선을 그리기가 쉽다. 자를 대고 할 수도 있다. 평소 익숙하게 알고 있는 공간이니 맘만 먹으면 언제나 그릴 수 있다.

셋째, 합리적인 생각을 키운다. 집이란 은근히 복잡한 공간이다. 단칸방만 해도 그리 간단치 않다. 여러 물건, 설비, 기능들이 있고 또 가족에 관련된 여러 이야기가 있다. 그러다 보면 이들에 대해 생각하게 되고 요모조모 생각거리가 나타날 뿐 아니라 어떻게 해볼까 궁리하게 된다.

넷째, 당신의 상상력을 자극한다. 사는 이야기라는 것이 얼마나 다양한가. 삶의 느낌이란 얼마나 미묘한가. 그런 이야기와 느낌에 대해서 상상하게 된다. '공간 상상력'이란 다른 어떤 상상력보다 다채롭기도 하거니와 또한 아주 기분 좋은 것이다. 공간 상상을 한다는 것은 그 자체로 기쁨일 뿐 아니라 특히 직접 그리면서 상상하면 그 기쁨은 더욱 커진다.

나의 전문적 작업을 사람들에게 강요하는 걸까? 그러나 집 그리기를 굳이 직업적 특기로 한정하는 고정관념을 깨고 싶다는 것이 나의 뜻이다. 자기 집 그리기란 특기가 아니라 일상의 취미가 될 수 있기 때문이다. 집을 설계할 때면 나는 집주인을 유혹하곤 한다. '같이 그려봅시다!' 하고. 전문가로서 나는 남들이 말로 또는 몸으로 표현하는 것을 잘 파악해서 그림으로 그려내는 사람이지만 살 사람의 마음 깊은 속, 심리 깊은 속까지 들어가기란 그리 쉽지 않다. 이럴 때 집주인이 뭔가 그려주면 훨씬 더 가깝게 짐작할 수 있다. 힌트가 풍성해지는 것이다.

집주인은 쑥스러워들 한다. "못 그려요." 그려보고 나서는 "그리기 만만치 않데." 하기도 한다. 내가 청하는 것은 건물의 형태나 전체의 구성은 아니다. 이것은 아무래도 전문적인 훈련이 필요한 작업이기 때문이다. 주로 집 내부의 가구 배치, 컴퓨터 배치, TV 배치, 식탁 배치 같은 것들을 권한다. 전문가인 나보다도 집주인이 훨씬 더 잘 아는 물품들, 습관들, 선호도가 나타나는 항목들이다.

일단 평면에 대해서 어느 정도 동의하는 때에 이르면 축척 1:100(1미터가 1센티미터인 축척)으로 평면을 뽑아서 주고 그려보는 시간을 충분히 갖도록 권한다. 이왕이면 가족과 함께하면 더 좋다는 조언도 잊지 않는다. 아이들이 쓰는 자로도 충분하고 연필과 지우개만 있으면 되니 모처럼 부부가 알콩달콩 의논하는 시간, 아이들과 의논하는 시간이 될지도 모르잖은가.

이렇게 그려보면 두 가지 이점이 있다. 안심되는 것이 그 첫째. 괜찮은지 아닌지 고민하다가도 실제 그려보면 확신이 들게 되는 심리다. 풍부하고 깊은 아이디어가 나오면서 섬세하게 안을 조정할 수 있게 되는 것이 그 둘째. '이렇게 바꾸면 이런 점이 좋겠다. 저렇게 바꾸면 저런 점이 좋겠다.' 하는 세밀한 아이디어들이 떠오르며 주문이 구체적이 된다.

자기 집을 그려보자. 내남 없이 비슷비슷한 아파트에 산다고 지레 생각하지 말자. 모든 집은 다 다르다. 모든 방은 다 다르다. 모든 공간은 다 다르다. 당신 삶의 힌트가 어떻게 녹아 들어가느냐에 따라서 다 다르다. 그려보면 힌트는 많아진다. 집을 그려보면 줏대도 생긴다. 새봄 맞이 단장을 하거나 가구나 조명 기구를 사겠다면 자기 집 평면 정도는 가지고 가자. 전문가가 이것저것 더 좋은 것이라 권하는 앞에서 꿋꿋하게 줏대를 지킬 수 있을지도 모른다. 지갑 속을 생각하면서. 자기 집에 대해서만큼은 사는 집주인이 가장 잘 안다. 가장 탁월한 전문가다. 이른바 전문가에게 무턱대고 기댈 이유가 없다. 전문가들을 너무 믿을 이유도 없다. 전문가를 자처하는 사람 앞에서 공연히 주눅들 이유도 없다.▪

나의 원대한 야망이라면 우리나라 사람 누구나 '자기 집 그리기'를 하는 것이다. 1년에 한 번씩은 자기 집을 그려보면 좋겠다. 이것이 너무 거창한 목표라면, 3년에 한 번도 좋다. 평균 3년마다 집을 바꾼다는 통계가 있고, 또 3년쯤이면 자기가 사는 공간에 대해 무언가 변화를 시도해볼 만한 시점이니 말이다.

잠을 잘 자야 공부를 잘한다

잠의 신

모처럼 만난 손주와 아주 진지한 대화를 나눴다. "세상에서 가장 중요한 게 뭐지?" 이 어린이의 답은 '잠 잘 자기'란다. "아니, 제일 중요한 건, 똥 잘 싸기야!" 했더니 까르르 너무 좋단다. 똥을 잘 싸려면, 잠을 잘 자려면 어떤 집이 좋은가? 이런 토론이 어디서나 일어날 수 있는 집, 아이가 사는 집이란 일상에서 하는 모든 짓의 의미를 새롭게 배우는 집이다.

이 어린 소년이 잘 아는 대로 제일 중요한 건, 잠 잘 자기다. 인간에게 가장 중요한 행위가 잠자기라는 것은 참으로 아이러니다. 우리에게 주어진 인생의 시간 중 무려 3분의 1을 잠자는 데에 투입한다는 사실을 생각하면 아까워 죽겠는데 말이다. 그런데 잠은 건강한 생리를 유지하는 데 절대적이다. 잠을 제대로 자지 않으면 신경이 곤두서고 호르몬 체계가 흔들리고 시간 감각이 없어지고 동작이 굼뜨게 되고 평형감각이 둔해지고 정신이 몽롱해지고 머리가 돌아가지 않는다. 게다가 지능이 자라는 데 있어 잠의 효과가 절대적이라는 사실은 뇌과학 분야의 증언이다. 잠을 제대로 자지 않으면 낮 동안의 체험들이 뇌에 잘 기록되지 않는다. 그러니 잠을 제대로 못 자면 공부가 아무 효과가 없다는 것과도 통한다.

이렇게 중요한 잠을 자는 곳이 집이다. 집의 가장 중요한 기능이다. 잘 때 떨어지는 체온조절 기능을 지켜주고 혹시 누가 또는 동물이 공격하는 걸 막아주려면 안전한 집이 절대적이다.(물론 안전한 짝짓기를 위해서도 절대적으로 필요하다.) 안심하고 잠들고 깊이 잘 수 있는 집. 집은 잠을 잘 자기 위해 만들었다고 해도 과언이 아니다.

그런데 잠은 종종 고민거리가 된다. '자고 싶다'와 '자기 싫다' 사이의 갈등, '자고 싶다'와 '자면 안 돼' 사이의 불화, '자고 싶다'와 '못 자겠다'와의 신경전이 그것이다. '자기 싫다'는 잠에 대한 어린아이의 두려움이다. 분리불안과도 통한다. 눈을 감으면 이 세상이 또는 내가 없어질지도 모른다는 막연한 두려움, 깜깜한 어둠에 대한 두려움, 온갖 괴물과 귀신에 대한 두려움, 악몽에 대한 두려움이 찾아들어서 잠에 굴복하기 싫어진다.

'자면 안 돼'는 아이에게 '공부'라는 절체절명의 과제가 등장하면서 생기는 부작용이다. 자고 싶은 만큼 충분히 못 자고, 자고 싶을 때 자지 못하고, 더 자고 싶은데 깨야 하는 괴로움이다. 대학 입시 정도가 아니라 상시적인 성적 경쟁에 아이들이 내몰리면서 점점 더 어린 나이에 이런 상황에 부대낀다.

'못 자겠다'는 전형적으로 어른들이 겪는 불면 증세다. 마음이 시끄럽고 머릿속이 뜨거워서 잠을 못 이루는 것이다. 그런데 불면증이 나타나는 나이가 점점 빨라진다니 아이의 어른화가 진행되고 있다는 증거가 아닐 수 없다. 불면은 겪어본 사람이라야 알 수 있는 괴로움이다. 아마 이 세상 괴로움 중 가장 큰 괴로움 아닐까?

'행복한 잠, 충만한 잠'을 어떻게 이룰까? 잠이 부족하고 잠의 질이 떨어지는 이 시대에 큰 과제 중 하나다. 매트리스와 베개의 인간공학적인 면까지 거론치 않더라도 어린이 때부터 어른이 될 때까지 잠 잘 자는 습관을 몸에 익히기 위해서 나는 세 가지를 유념해야 한다고 생각한다.

첫째, 잠은 혼자 자는 행위다. 꿈도 혼자 꾸고 잠도 혼자 들고 깨는 것도 혼자다. 이 혼자라는 개념에 자연스럽게 익숙해지는 것이 좋다. 그래서 한 이불 속에 부모와 아이가 같이 들어가거나 아이들이 같이 들어가는 것은 그리 바람직하지 않다. 옆 사람의 움직임에 반응하고 익숙해지는 습관이 인생 전체적으로 별 도움이 되지 않는다. 아이가 어릴 때 엄마가 끼고 자는 것은 바람직하지 않은 습관이다. 엄마 배 속에 있을 때도 아이는 혼자서 잘 잤다.(남녀가 한 이불 속에서 자는 것 역시 부자연스럽기는 마찬가지다. 인생의 아주 짧은 시기에만 적용되는 방식이다. 침대는 하나이더라도 이불은 두 개가 좋다는 생각이다.)

둘째, 잠들기 전 베드타임에 합당한 그럴듯한 맞춤형 의식을 마련한다. 누구도 '이제 자자.' 하고 불 끄고 눈 감고 잠들 수 있는 것은 아니다. 몸보다 머리를 더 많이 쓰는 대부분의 우리들에게는 잠의 세계에 들어가기 위해서 준비 시간, 기대의 시간, 몽상의 시간, 안기고 감기고 빠지는 시간이 차곡차곡 필요하다. 가장 좋은 방식은 잠자리를 스스로 만들고, 잠자리에 들어가서 혼자 이 짓 저 짓 하면서 놀다가, 부모가 들어와 책을 읽어주거나 이야기를 해주고 자장가와 함께 잠의 신에게 몸을 맡기면서, 이윽고 혼자서 잠에 빠지는 것이다.

잠이 찾아오기 바로 전은 온갖 상상이 가장 활발하고 또 기상천외한 생각이 떠오르는 시간이기도 하다. 무서운 생각이 들 때도 있지만 뭔가 더 선명하고 더 뚜렷하며 반짝반짝하는 생각이 떠오르기도 한다. 잠들기 전에 머리를 완전히 비우라고들 하지만 내 경우에는 자기 전에 몽상의 시간을 가지면 오히려 마음을 비우기 쉽다는 것을 깨달았다. 몽상이 현실을 이겨내며 평온한 잠을 불러

잠이 찾아오기 바로 전은
온갖 상상이 가장 활발하고 또 기상천외한 생각이 떠오르는
시간이기도 하다.

온다고 할까?

큰딸이 어릴 때는 잠들기 전 나와 한 시간씩 같이 시간을 보내는 습관이 들어서 꽤 힘들었다. 그 시간 속에서 나의 생체리듬도 같이 수면 사이클로 빠지기 십상이었다. 둘째를 키우다 보니 큰아이 때는 너무 이른 시간부터 베드타임을 같이했다는 사실을 알게 되었다. 둘째는 15분 정도로 충분했다. 혼자서 잠에 드는 습관을 스스로 만들고 있었고 부모의 포옹은 잠깐만으로도 충분했던 것이었다. 한 아이만 키우는 요즘의 젊은 부모들은 혹시 자신이 지나치게 긴 베드타임을 갖는 것은 아닌지 의문해볼 일이다.

셋째, 내리 여덟 시간을 잘 권리를 부여하라. 아홉 시간을 자겠다면 그것도 오케이다. 한마디로 자고 싶은 만큼 자게 하라는 것이다. '늦게 자고 일찍 일어나라.'는 절대로 불가능하다. 하루 네 시간밖에 안 잤다는 나폴레옹이나 처칠의 이야기를 믿지 말라. 그들은 낮에 수없이 토막잠을 잤다. 자기 공간에서 토막잠을 자도 괜찮은 위치에 있던 사람이었다. 우리 아이들은 그렇지 못하다. 밤의 시간에 충분히 잠을 자야 하고 그렇게 못 한다면 낮에 한 공부가 아무 소용이 없어진다.

최고의 잠자리는 어떤 것일까? 잠자리는 꼭 방 안에 있어야 할까? 침대란 최고의 잠자리일까? 깜깜해야 잘 잘 수 있을까? 소리가 없어야 푹 잘 수 있을까? 이런 의문들에 대해서는 단 하나의 정답만 있는 것은 아니다. 잠들기, 잠 깨기에도 체질적 유형이 있기 때문이다. '잠 잘 들고 금방 깨는 형'이 있는가 하면 '잠들기 오래 걸리고 깨는 데도 오래 걸리는 형'이 있다. 잘잘못이 아니라 체질적으로 차이가 나는 것이니 그에 합당한 잠자리가 필요하다. 대개 가족들끼리는 비슷한 체질을 갖는 경우가 많으니 다행이다. 오히려 문제는 남녀가 완전히 다른 체질을 가지고 있을 때일 것이다. 한 사람이 다른 사람에게 양보해야 할까? 글쎄다. 체질이 다른 만큼 서로 다른 잠자리로 평화를 찾아야 하는 게 아닐까?

내게 최고의 잠자리로 보였던 것은 영화 「아바타」에서 나비족들이 들어가서 자는 나무에 걸린 침대였다. 꽃인지 이파리인지 모르겠는데, 마치 해먹처럼 들어가서 누우면 몸을 싹 감싸주는 것이었다. 바람에 살랑살랑 흔들리는 느낌이 좋을 테고, 온 세계가 잠의 세계로 빠져들며 소리가 없어지는 느낌이 좋고, 나 혼자가 아니라 저 꽃잎에서도 저 이파리에서도 자는 생명체들과 한 세계를 공유한다는 느낌이 너무 근사해 보였다. 아바타가 되기 위해서 인간이 일부러 들어가는 '캡슐'과 비슷해 보이면서도 또 완전히 다르다는 게 이상적이었다.

유목민들이 만드는 천막집을 보면 큰 공간 하나가 거실이자 부엌이자 식당이다. 밤이 되면 낮에 의자로 쓰던 공간이 침대로 변신하고 커튼 하나가 침대를 가리며 방이 만들어진다. 이런 잠자리라면 아주 독특한 방식으로 행복한 잠이 이루어지지 않을까? 외로움도 없고 같이함이 가득한 공간이 될 것도 같다. 그러나 이미 독립방과 독립 침대에 익숙해진 우리가 그런 공간의 분위기에 익숙해질 수 있을지는 잘 모르겠다.

　'행복한 잠'이란 사실 잠 자체에서 나오는 것이 아니라 '활발한 하루'에서 나오는 것일 게다. 여행을 가면 하루 온종일 쏘다니다가 어떤 잠자리이든 그냥 곯아떨어지고 아침이면 상쾌하게 일어나는 것처럼 말이다. 적어도 아이들에 대해서는 이렇게 대해보자. 스스로 잠들 때 잠들고 스스로 깰 때까지는 깨울 필요가 없다. "왜 안 깨웠어?" "잠이 안 들어서 혼났어." "밤에 깼는데 잠이 안 오더라." 같은 말이 우리의 집에서 사라질 때까지. 잠 잘 자기 위한 우리의 집이 본연의 역할을 잘 할 때까지. 🏠

우리 집에서의 절대적인 불문율이라면, '자는 사람은 절대로 안 깨운다.'는 것이다. 밥 먹으라고 깨우는 건 더욱이 금기다. '잠이 보약'이라는 진리를 완전히 믿는다. 밥보다는 잠이다. 왜 엄마들은 그렇게 밥 먹으라고 잠을 깨웠을까? 하지만 이 말은 정말 좋았다. "밥 먹고 또 자!"

보이진 않지만
소리는 들리고

존재감

주인이 일하러 나가면 온 집 안을 뒤집어놓는 강아지들이 있다. 소파 물어뜯고 책장 다 망가뜨리고 문 긁어대고 휴지란 휴지는 다 찢어놓으면서 주인을 괴롭힌다. 그런데 그 강아지는 더 괴로울 것이다. 외로움에 지치고 두려움에 쫓겨서 자기가 할 수 있는 모든 짓을 하니 말이다. 그 행동은 '분리불안' 때문에 비롯된다. 딱 두 가지 믿음을 심어주면 이 분리불안은 해소된단다. '엄마 아빠는 시간이 되면 꼭 돌아온다.'는 믿음, 그리고 '내 공간에 있으면 안심'이라는 믿음이다. 집을 떠날 때와 돌아올 때의 차분한 만남, 떠나기 전 자신의 공간에 앉히기 등 세세한 비결은 여러 가지가 있지만 기본 원칙은 이 두 가지다.

사람도 강아지와 비슷할지 모른다. 어릴 적에 분리불안을 이

겨낼 수 있게 하려면 말이다. 아이를 집에 놓고 떠날 때, 어린이집에 데려다줄 때, 학교에 보낼 때, 아이가 집에 혼자 있을 때 부모는 강아지 대하듯 하면 많은 부분 불안증이 해소될지도 모른다. 가장 중요한 것은, 당연한 듯 대하는 차분한 태도다. 부모 자신이 먼저 미안함과 안쓰러움과 죄책감과 불안감에 휩싸이면 그 감정은 아이들에게 금방 전파된다.

물론 사람은 훨씬 더 복잡하다. 사람은 참으로 이중적인 존재이니 말이다. 한편으로는 혼자 있고 싶으면서도 다른 한편으로는 같이 있고 싶어 한다. 분리불안이란 어린아이만이 아니라 어른들도 마찬가지로 겪는 것이다. 가장 좋은 상태는, '혼자 있지만 같이 있다.'를 느끼게 해주는 것 아닐까? 그것이 '존재감'의 역할이다. '독립감'과 '존재감'을 어떻게 병존하게 할 것인가가 관건이다.

어떻게 아는지 모르겠으나 우리는 아무도 없다는 것을 금방 알아챈다. 기척이 없고, 온도가 안 느껴지고, 공기의 흐름이 느껴지지 않는다. 우리의 몸이란 의식적으로 느끼는 것보다 훨씬 더 민감하다는 증거다. 낮잠을 깨고 났을 때 느껴지는 그 적막감은 가끔 무서울 정도다. 내가 있는 시간도 모르겠고 공간도 모르겠다. 소리가 전혀 들리지 않는다. 차라리 무슨 기척 때문에 깼다면 금방 시공간을 알아채게 되지만 스스로 깼을 때는 이런 느낌이 안 든다. 어른이 되어서는 가끔씩 찾아오는 이 순간이 무척 신선하게 느껴지지만, 어릴 적 나는 이 느낌을 무척 두려워하곤 했다. 내가 모르는 어딘가에 홀로 내던져진 것 같은 그 무서운 느낌을 어떻게 없앨 수 없을까? 어릴 적의 내 트라우마 중 하나였다.

어릴 적의 트라우마는 커서도 영향을 미치는 모양이다. 완벽한 내 방을 가진 후에도 기쁨뿐 아니라 혼자라는 무서움을 느끼곤 했으니 말이다. 방음이 완벽히 된 방에서 틀어놓은 음악 소리가 충분히 커도, 방범 창이 굳건히 잠겨 있어도 적막한 무서움은 가끔씩 찾아들어 나를 괴롭히곤 했다. 이 느낌이 사라진 것은 같이 자는 파트너가 생긴 이후이고, 아이를 키운 후에는 완벽하게 사라졌다.

이 트라우마에 대한 나의 기억은 우리 집을 지을 때 두 딸의 방을 디자인하면서 등장했다. '방을 같이 쓰면 어떠냐?'라고 제안을 한 것이다. 물론 둘은 다 극력 반대였다. 자기만의 방을 갖고 싶은 그 마음을 이해한다. 그래서 나는 묘수 한 가지를 썼다. 문 따로 공간 따로 쓰는 각 방을 만들되 책장 위로 천장 사이의 공간을 튼 것이다. 서로 소리로 연결되라는 뜻이었다. 물론 몰래 그렇게 했다. 입주한 후에 한동안 두 딸은 불만을 토하고 시시때때로 막아달라는 요청도 했지만, 나는 꿋꿋이 버텼다.

딸들이 각기 책상 앞에 앉아서 책장 위 공간으로 던지는 말

그렇다면 다른 가족의 존재감을
느낄 수 있게 하는 장치들은 어떤 것일까?

소리를 들으며 나는 흐뭇해했다. 처음에는 "불 좀 꺼라, 노래 소리를 줄여라, 중얼중얼 혼잣말하지 마라, 부스럭대지 마라!" 등 불만들이 터져 나왔지만, 곧 익숙해지더니 흥미로운 역학이 등장했다. 종알종알, 조잘조잘 이어지는 이야기가 재미지고 둘이 같이 자고 같이 깨는 시간 습관도 비슷해졌다. 두 딸은 일생 동안 이 '보이진 않지만 소리는 들리던' 방에서 생겼던 에피소드들에 대해서 이야기하리라. 그 존재감과 소통 방식에 대해서 말이다. 아이가 둘 이상일 때는 서로의 존재감을 확인하는 장치만으로도 서로에게 안정감을 준다. 아웅다웅은 그것대로 하면서도 서로 기대고 같은 편을 먹기도 하면서 서로에게 감정적 쿠션 역할을 해주는 것이다.

그렇다면 다른 가족의 존재감을 느낄 수 있게 하는 장치들은 어떤 것일까? 아빠가 꼭 돌아온다고 믿고, 엄마가 당장은 없지만 꼭 돌아온다고 믿고, 엄마 아빠가 없어도 있는 듯 느끼게 하는 '존재감'의 방안은 무엇일까? 당장 없어도 있는 듯한 존재감, 기댈 수 있지만 나를 통제하지는 않는다는 믿음, 꼭 필요할 때면 언제든 있어주리라는 믿음, 힘든 일이 생기면 나를 도와줄 것이라는 믿음, 무슨 일이 벌어져도 끝까지 나를 믿어줄 것이라는 믿음 등, 그런 존재감을 만드는 것이 '집'의 존재 이유일 것이다.

어릴 적에 막내를 은근히 질투했던 큰딸은 크고 나서 말한다.

"엄마 아빠가 나에게 해준 가장 큰 선물은 동생이야!"라고. 같이 세계를 탐험하기에 가장 좋은 친구가 되었던 모양이다. '보이진 않지만 소리는 들리는' 두 방이 담당했던 역할도 컸다고 나는 믿는다. ♟

집에서 가족의 존재감이란 아주 중요한 요소다. 혼자 있더라도 어떤 존재를 느낄 수 있는 온갖 묘수를 고민해보자. 외동아이만 있는 집, 커플만 사는 집, 게다가 싱글로 사는 집이 늘어나니 더욱 중요해진다. 홀로 있어도 혼자만이 아니라는 느낌을 갖는 비결은 무엇일까? 친구들을 부르는 것도, 여친 남친과 함께 뒹굴거리는 것도, 주말의 저녁 모임을 여는 것도 사람의 존재감을 느끼기 위해서일 것이다. 강아지를 키우고 고양이를 키우는 것도 혼자가 아니라는 느낌을 위해서일 것이다. 내가 사는 집이 '빈집'이 아니라는 느낌을 위해 우리는 무엇이든 한다.

동네를 쏘다니는
아이의 미래는 밝다

탐험의 에너지

엄마는 아이와 함께 집에 고립된다. 뿔뿔이 사는 이 '작은 가족' 시
대가 낳은 불행한 장면이다. 아이와 함께하는 시간이 인생 최고의
축복 중 하나임은 두말할 나위가 없지만, 그 시간이 하염없이 길어
지면 엄마에게도 아이에게도 가족에게도 위기가 찾아온다.

집 밖은 너무도 위험하다. 길을 잃지나 않을까, 놀이터는 안전
할까, 혹시 유괴를 당하지나 않을까, 혹시 맞지나 않을까, 혹시 못
된 장난을 치고 다니지 않을까 등 걱정거리는 너무도 많다. 걱정에
휩싸인 부모는 점점 더 아이를 보호하려 들고 가장 안전한 집 안에
있으려 들고 그렇게 하면서 점점 더 고립되어간다.

젊은 엄마들이 '죄책감을 갖고 키즈카페에 간다'는 뉴스를
보면서 참으로 안쓰러웠다. 아이가 안전하기를 바라고 또래들과 신

나게 놀기를 바라고 엄마만 찾지 않기를 바라고 엄마도 하나의 사람으로서 숨 쉴 시간과 공간을 바라는 마음이 당연한데, 그 바람을 키즈카페에 가서 커피를 시켜놓고서야 풀 수 있다니 그 마음은 얼마나 찜찜하고 서러울 것인가? 그 고독감과 고립감 속에서 부모는 아이가 커서 어서 어린이집에 가기를, 유치원에 가기를, 학교에 다니기를 기다린다. 하지만 그때가 된다고 해서 온전하게 마음이 편해질까?

아이들이 얼마나 크면 자기네들끼리 밖에 나가서 놀아도 걱정할 필요가 없어질까? 해가 뉘엿뉘엿 저물고 땅거미가 내리기 시작하면 그제야 집에 돌아오는 아이들을 맞고 싶은데 말이다. 유학 중 학생 아파트에서 세 살부터 어린 시절을 보낸 큰딸은 지금도 그때를 즐겁게 추억한다. 하루 종일 밖에 나가서 놀다가 어둑어둑해지도록 들어오질 않아서 애태우면 드디어 들려오는 소리. "엄마 걱정 마. 들어가요!" 아직도 내 귀에 들려오는 소리다. 그리고 어린 딸의 그 의기양양해하던 표정이 떠오른다. '나는 이 세상 다 알아! 다 다녀봤어!' 하는 표정이다. 이 세상 모든 아이들에게서 보고 싶은 표정이다.

아파트 단지 안에서 살다가 작은 주택들이 빼곡하게 들어선 보통 동네에 이사 온 후에 딸들의 행동반경은 무척 넓어졌다. 아이들이 물어오는 동네 이야기는 떠들썩하다. 시장의 호떡 아줌마는 몇 시에 나오고, 계란집 아줌마는 저 언덕 위에 살고, 야채 가게 자매 할머니는 강아지 두 마리를 키우고, 새로 생긴 포장마차는 무엇을 팔고, 떡볶이는 어떤 집이 제일 맛있다, 슈퍼 아저씨가 '다람쥐를 닮았다'고 품평하는 등 종알종알 얘깃거리가 늘어났다. 큰길로도 진출하더니 어느새 버스를 타고 지하철을 타고 도시로 진출한다. 처음으로 둘만 영화관에 갔다 온 날은 시끌벅적했다. 이 과정이 그냥 물 흐르듯 자연스러웠다.

아이들은 무릇 동네를 쏘다니는 아이들이 되어야 마땅하다. 아직 어릴 적에는 집 앞에서, 놀이터에서, 골목에서, 복도에서, 좀 더 크면 이 놀이터에서 저 놀이터로, 이 골목에서 저 골목으로, 이 동에서 저 동으로, 좀 더 크면 가게로, 시장으로, 큰길가로, 더 크면 영화관으로 식당으로 버스정류장으로 지하철역으로 자기 세계를 넓히면서 아이는 모험심과 상상력을 키워나간다.

엄마 아빠 손을 잡고 다니는 것도 큰 체험이지만, 아이들끼리 다닌다는 것은 완전히 다른 차원의 체험이다. 아이가 몸을 잘 가누고 길을 찾을 줄 알고 말귀를 알아듣고 겁을 먹을 줄 아는 나이가 되면 모쪼록 아이는 밖으로 나가야 한다.

다양한 자극을 받고 자라야 상상력이 자란다는 것은 검증된 이론이다. 책이나 영상 같은 간접 체험보다도 스스로 발을 딛고 방향을 잡고 길을 찾고 움직이는 직접 체험의 자극이 훨씬 더 효과적이라는 것도 사실이다. 어디를 보나 똑같은 아파트 단지가 우려스러운 것도 이 때문이다.

단조롭고 획일적인 도시의 풍경은 어린이들의 상상력을 자극하지 못한다. 너무 쉽게 찾아낼 수 있는 공간, 너무 빤한 공간, 너무 똑같은 공간, 너무 반복되는 공간은 그 재미없음으로 아이들의 의욕을 지레 꺾는다.

쏘다니는 아이에게는 친구가 만들어진다. 언니와 오빠와 형을 졸랑졸랑 쫓아다니는 것은 자연스럽고, 동생을 대동하고 다니는 것도 좋고, 또래와 같이 다니면 최고이고, 터울 나는 친구들과 같이 다니면 경험의 폭이 더욱 넓어진다. '동네 친구'라는 말이 점점 더 희귀해진다는 것은 애석한 일이다.

우리 도시가 대부분 거주 밀도가 높은 것은 그나마 아주 다행이다. 주로 '교외 전원주택'으로 집을 공급해온 미국에서는 이 교외주택이 여성과 아이들을 소외시키는 주범으로 비판받는다. 차를 타지 않으면 어디에도 갈 수 없는 도시란 아이에게는 최악의 환경이다.

다행히 우리 도시는 아직도 가능성이 풍부하다. 아이들을 동네에 풀어놓아보자. 아이 하나 달랑 키우는 요즘 시대라면 어릴 때부터 동네 친구들의 가족과 엄마 네트워크, 아빠 네트워크를 만들어도 좋을 것이다. 만 여섯 살이 넘으면 이제 완전히 풀어놓을 때가 되었다. ●

집이 모여서 동네가 되고 동네가 모여서 도시가 된다. 집이 온전하게 작동하려면 온 동네가 필요하다. 동네가 온전하게 작동하려면 온 도시가 필요하다. 어떤 집이 모이면 좋은 동네가 될지, 어떤 동네가 모이면 좋은 도시가 될지, 우리의 아이들을 위해서 끊임없이 고민할 일이다.

방에 틀어박히는 재미를 축복한다

외로움의 힘

작가 버지니아 울프는 여자들에게 『자기만의 방』이 필요하다고 했다. 자기만의 방이 필요한 사람은 사실 여성만이 아니다. 아이도 자기만의 방이 필요하다.

내 방이 드디어 생겼을 때의 그 설렘을 기억하는가? 나는 고등학생이 되어서야 비로소 내 방이 생겼다. 아이들이 일곱이나 되는 터라 각방을 주려면 기숙사라도 운영해야 할 판이었다. 작은 집이었지만, 그래도 중학생이 되면서 2층으로 승격하여 (언니 오빠와 같이 쓰기는 했지만) 나름대로 우리들만의 공간을 만끽했다. 터울이 많은 언니와 오빠는 대학 생활을 즐기며 많은 시간을 바깥으로 돌았던지라 나름 홀로 공간을 즐길 시간을 가질 수 있었다. 그래도 역시 '내 방'을 갖고 싶었다.

언니가 결혼하고 오빠는 군대에 가고 아직 초등학생인 동생은 아래층에 머물렀던지라 나는 고등학생 시절 1년여 동안 2층을 거의 독차지했다. 이 시절은 말 그대로 나의 황금시대였다. 책과 음악과 그림과 뜨개질과 만화와 친구들과 함께하는 시간들이 이어졌고, 밤의 적막함과 새벽의 외로움과 오후의 나른함을 발견했고, 무엇보다도 몽상의 시간, 상상의 시간을 충분히 가질 수 있었다.

진즉 내 방이 있었더라면 나는 어떻게 자랐을까? 혹시 상상력을 더 크게 발휘하는 재능을 더 키웠을까? 어쩌면 혼자만의 비밀 독서를 더 많이 했을까? 나의 성격 자체가 달라졌을까? 가끔은 궁금해진다.

아이는 자기 공간이 필요하다. 비밀을 감추고, 자기 삶을 꾸미고, 자기 시간을 쓰고, 자기 공간을 바꿔보고, 외모를 가꾸고, 패션을 실험하고, 친구들과 속닥이면서 꿈을 꾸고 상상의 나래를 펴면서 자기가 고안한 프로젝트를 직접 실험해보는 시간이 절대적으로 필요하다. 무슨 짓을 하든 괘념치 말라. 무엇을 하든 오케이다.

"한 소녀가 공부를 하고 있을 겁니다. 고3이니까요." 인기 높던 드라마 「도깨비」에서 지은탁이 방문에 붙여놓은 팻말이다. 수능을 앞뒀지만 은탁이가 방에서 과연 공부만 했을까? 도깨비 가슴에 꽂힌 검을 뽑아주는 대신에 챙길 조건 다섯 문항이 담긴 계약서를 작성하던 당돌한 은탁이었으니 무슨 짓을 했을지 모른다. 내 방이 생긴 은탁이는 더 이상 이모 집에 얹혀살면서 혼자 있고 싶으면 길거리와 도서관을 떠돌던 그 소녀가 아니다.

영화 「러브 액추얼리」에서 재혼한 아내가 데려온 아들을 아내 사후에도 각별히 키우는 아빠의 모습은 무척 신선했다. 그 열 살 아들의 고민은 엄마가 떠난 슬픔이 아니라 맘에 든 여학생에게 말도 못 거는 짝사랑이었다. 의붓아빠가 안도하는 웃음을 짓자 그 소년은 진지한 표정으로 "세상에 사랑보다 심각한 게 있어요?"라고 반문한다. 그 소년에게는 우주적 고민이었던 것이다. 소녀에게 잘 보이려고 소년은 방문을 걸어 잠그고 드럼 연습을 하느라 바쁘다. "방해하지 마!"라는 팻말을 걸어놓고 온 집을 소음으로 채우면서 말이다.

모든 아이는, 이윽고, 자기 방에 틀어박힌다. 일찍 찾아온 사춘기이든, 미운 여섯 살이든, 구제불능의 중2병에 걸리든, 조숙한 사춘기이든, 방에 틀어박히는 시기는 조만간 찾아온다. 방 밖으로 나오라고 아무리 유혹을 해도 별무소용이다. 재미있는 놀이로 유혹해도, 맛있는 음식으로 유혹해도 소용이 없다. 밖에서 들어오자마자 방으로 들어가서 먹을 때만 나와서 후다닥 먹고 방으로 들어가서 낮이건 밤이건 가리지 않고 방에 틀어박힌다.

도대체 방에 틀어박혀서 무슨 짓을 하고 있을까? 귀에는 이어폰이 꽂혀 있을 것이고, 손에서 키보드와 마우스를 떼지 못하고 있을 것이고, 책은커녕 스마트폰에 빠져 있을 가능성도 크다. 할 것은 쌔고 쌨다. 게임질, 비디오 보기, SNS와 놀기, 여친 남친과 시시덕대기, 머리 스타일 바꿔보기, 옷 바꿔 입기 등, 그 사이사이에 숙제며 공부가 끼어들면 그나마 다행이다.

이렇게 방에 틀어박히다가 자칫 '은둔형, 은폐형'이 되어버리지나 않을까 걱정도 될 시점이다.

은둔 이력으로 보면 만만치 않았던 나도 돌아보면 그 많은 시간들을 방에 틀어박혀서 뭘 했던가 싶다. 대체 뭘 하려고 그렇게 혼자 있고 싶어 했을까? 물론 이때의 '혼자'란 '가족으로부터의 혼자'다. 아이가 혼자 있고 싶을 때 가족의 개념이란 족쇄이고 덫이며 털어내고 싶은 고루함이고 피하고 싶은 참견이자 간섭이고 자유롭고 싶은 통제를 상징한다.

그런데 이런 과정, 남들이 보기에는 당연한 과정이라 보일지 몰라도 자신에게는 고통스럽기 짝이 없는 성장통의 과정을 거치지 않고서 어떻게 아이가 어른이 되겠는가? 어른이 된다는 뜻은 '홀로'에 익숙해진다는 뜻이다. '홀로 선택, 홀로 작업, 홀로 놀기, 홀로 생각, 홀로 느낌, 홀로 생활' 등을 통해서 '홀로 정신'을 자신만의 방식으로 세우는 과정이다. 외롭지만 이 세상에 외롭지 않은 선택이 어디 있고, 외롭지 않은 삶이 어디 있는가? 그러니 아이들이 자기 방에 틀어박힐 권리를 최대한으로 확보해주어야 한다. 당장은 걱정되고 우려되고 소외감도 느끼고 자책감도 느낄지 모르지만, 아이들은 그 속에서 쑥쑥 자라고 있을 것이다.

자기 방에 틀어박힐 권리와 함께 나는 두 가지 기회를 아이들에게 보장하라고 권하고 싶다. 첫째는 아이들만이 온전하게 집 전체를 자유롭게 쓸 수 있는 시간을 주라는 것이다. 그러려면 부모는 가끔씩 집을 비울 필요가 있다. 친구들을 데려와 잠옷 파티를 하건, 자기들이 보고 싶던 영화를 실컷 보건, 온 집안을 어지럽히건 상관없다. 이런 기회를 통해 아이들은 자신의 방과 우리의 집 사이의 관계를 스스로 정의한다.

둘째는 아이들이 자기 방, 자기 공간을 스스로 바꾸도록 하라는 것이다. 아이들의 마음은 하루에 열두 번도 변한다. 실제 해보기까지는 아직 자기 아이디어에 확신을 가질 수 없다. 그러니 어릴 때부터 수없이 방을 바꿔보면서 시행착오를 하고 자신과 공간과의 관계를 정의해보는 훈련이 필요하다. 어릴 때부터 시작하는 것이 좋다. 부모들은 관전평을 할 권리는 있지만 되도록 스스로 억제할 필요가 있다. 아이들이 스스로 자기 방을 수없이 바꾸면서 자

신이 무엇을 원하는지 알게 되는 과정을 지켜보는 것은 아주 흐뭇한 체험이다.🏠

우리 문화는 정말 '방'을 좋아한다. '노래방, 만화방, 다방, 놀이방, 아이들방, 부부방' 등. 프라이버시 보호가 상대적으로 취약한 사회이기 때문에 프라이버시를 확보할 수 있는 방을 선호하는 것일까? 또는 '친밀함'이라는 개념이 '방'으로 나타나면서 공공으로 노출되기보다는 끼리끼리 통할 수 있는 방을 선호하는 것일까?

셰어하우스처럼
살아봐?

따로 또 같이

'셰어하우스share house'가 새로운 주거 형태로 떠올랐다. '게스트하우스guesthouse' 트렌드도 강세다. 셰어하우스는 가족이 아닌 남남이 모여서 사는 집이다. 게스트하우스는 업체가 경영하는 호텔이나 모텔이 아니라 집주인 자신의 집 일부 또는 전체를 숙박 공간으로 내어놓는 것이다.

　이런 새로운 형태의 집이 생기는 이유는 명백하다. 첫째는 싱글들이 늘어난다는 것, 둘째는 집값이 너무 비싸다는 것, 셋째는 사람들의 이동성이 높아졌다는 것. 혼자 사는 사람들이 전체 가구 수의 무려 30퍼센트를 넘나들고 앞으로도 더 늘 추세다. 싱글, 특히 젊은 싱글들이 감당하기에 집값은 너무도 비싸서 제 집은커녕 원룸조차 부담이 된다. 그러니 여럿이 한 집을 공유하는 셰어하우스가 안성맞춤이다. 게다가 자주 바뀌는 직장, 불안정한 취업 상황, 그리고 부쩍 늘어난 여행 트렌드가 솔로들의 이동성을 크게 높이고 있다.

이런 환경에서 셰어하우스는 경비 적게 들고 안전하고 필요한 기간만큼 살 수 있고 외롭지 않고 유사시에 동거인들이 서로 돌봐줄 수 있는 '사회적 가족' 역할을 할 수도 있으니 여러 모로 따져봐도 아주 괜찮은 옵션이다. 일찍이 싱글 라이프가 성행했던 서구 사회에서 학생이나 사회 초년생이 당연시 여기던 집 스타일이 우리 사회에도 자리 잡는 것이다.

이상하기는 하다. 우리 사회에서도 대학생이나 지방 유학생, 타지 근무자들이 꽤 많았는데 왜 진즉 셰어하우스가 대안으로 떠오르지 않았을까? 하숙, 기숙사, 원룸, 고시원은 있어도 셰어하우스는 최근에서야 생긴 형태이니 말이다. 서구 도시의 대학촌에는 '룸메이트'를 구하는 전단들이 학기가 바뀔 때면 어김없이 등장하고, 일반 부동산 시장에서도 셰어하우스 시장이 형성되어 있을 정도인데 말이다. 아마도 우리 문화에서는 '집이란 가족이 같이 사는 것'이라는 가족주의의 영향이 강하기 때문 아닐까?

우리 사회의 '가족주의'는 꽤 심한 편이다. 가부장제에, 남녀 구별에, 아래 위 수직적 위계에, 효의 개념이 강조되는가 하면 출세와 체면에 지나치게 구애받고, 아이들에게도 그런 가치관을 강요하고 기대하고 전폭으로 지원하고 또 실망하는 사이클을 반복한다. '가족은 족쇄이자 덫'이라는 이미지도 강고한 가족주의로 인해 생기기도 한다. 젊은이들의 비혼 선호, 젊은 커플의 아이 안 낳기 선호 현상도 이런 가족주의에 대한 반발에서 비롯되는 면이 있을 것이다. 떨어지려야 떨어질 수 없는 혈연관계, 그래서 '가족이 웬수'라는 말도 생기는 것이리라. 맹목적이고 일방적인 기대와 그에 부합지 못하면서 생기는 콤플렉스와 죄책감이라는 부담에서 벗어나고 싶은 것이다. 그래서 강고한 고정관념을 변화시키고 싶은 바람도 커지는 것이리라.

그래서 드는 생각인데, 아이들이 어느 정도 크고 나면 우리의 집을 셰어하우스라는 개념으로 바꾸는 게 어떨까? 그렇게 할 만하다. 각기의 방은 독립하되 마루와 부엌과 식당과 욕실, 세탁실을 공유하는 형태라면, 셰어하우스랑 똑같다. 가사 부담은 나눠서 하거나 돌아가면서 하고 경비 분담의 원칙도 확실히 한다. 일정한 시간, 예컨대 주말의 하루 저녁은 다 같이 보내는 시간으로 하고 파티를 곁들여도 좋다. 이렇게 산다면 남남이 사는 셰어하우스나 성인 자식들과 같이 사는 집이나 뭐 그리 다를 게 있을까?

오래 같이 산 남녀도 마찬가지다. 딱히 황혼이혼이나 별거,

졸혼(이혼을 하지 않되 결혼 동거 생활을 졸업하는 새로운 추세)을 거론하지 않더라도 셰어하우스라는 개념으로 살아간다면 불필요한 간섭이나 참견, 부딪힘은 훨씬 덜해지지 않을까? 성인이 되었지만 아직 독립하기에는 충분히 이르지 못한 아이들은 게스트하우스의 게스트처럼 대해도 괜찮을지 모른다. 밖에서 보내는 시간이 많고 집에서의 노동 부담을 지기 힘들어한다면 게스트하우스 개념으로 집을 공유하는 것도 좋지 않을까?

인생의 어느 시점에는 가족도 남남이 모여 사는 것처럼 되는 것이 자연스러울 수 있다. 부모와 자식도 마찬가지이고, 부부도 마찬가지다. 부부는 모쪼록 셰어하우스처럼 살고, 부모와 아이들은 모쪼록 게스트하우스처럼 산다는 원칙이 세워지면 가족 간의 많은 갈등이 줄어들지도 모른다. 공간을 쓰는 방법도 달라질 것이다. 남남이 같이 사는 것처럼 가족은 서로의 책임과 의무를 확실히 정의하고 지키려고 노력하게 될 것이다.

집이란 가족을 묶어주는 공간이지만, 그 가족의 개념은 확장될 수 있다. 피가 섞인 관계뿐 아니라 인연으로 만나는 '사회적 가족'이라는 개념으로 확장될 수 있는 것이다. 그리고 사회적 가족 개념에 우리 생각을 연다면, 가족이 모여 사는 집에 대해서도 훨씬 더 열린 자세로 새로운 가능성을 개척하게 되지 않을까?

평생 한 번도 솔로로 살아보지 못한 것이 은근히 한으로 남아 있는 나는 언젠가 셰어하우스, 게스트하우스에서 살고 싶다는 꿈을 꾼다. 솔로가 되더라도 가족의 존재감을 잃지 않고 싶은 나의 속셈이 드러나는 꿈이다. 새로운 '집 놀이'가 시작되리라 믿는다.

아이를 키우는 것은 인생 최고의 기쁨이지만, 평생토록 아이들에게 매일 필요는 없다. 남녀가 한 집에 사는 것은 인생의 축복 중 하나임은 분명하지만, 꼭 한 집에 살아야만 남녀관계가 유지되는 것도 아니다. 우리가 집으로 여기는 공간은 우리가 가족에 대해서, 남녀에 대해서, 아이에 대해서, 그리고 사회에 대해서 어떻게 정의하느냐에 따라서 무척 다양하게 펼쳐질 수 있다. 새로운 시대의 집은 인간관계에 대해서 훨씬 더 다채로울 것임에 분명하다.

작은 집에서 식구들이 부비고 살던 추억은
지나고 나니 아름답게 느껴지는 걸까?
아이들이 어려서 더욱이나 가족들이
애틋한 정을 나누던 시절이라 그랬던
걸까? 여유로운 넓은 공간에서 미처
살아보지 못해서 그랬던 걸까? 그렇기도
하지만 꼭 그렇지만도 않다. 작은 집을
작지 않게 사는 비결은 존재한다.

chapter
03

작은 집도 크게 사는 집

확장 심리

집이란 얼마나
작아도 괜찮을까?

"집이 얼마나 커야 좋을까?" 이 질문을 이제는 이렇게 바꿔야 할지도 모른다. "집이 얼마나 작아도 살 만할까?"로 말이다.

최근에 작은 아파트들이 인기가 높다는 뉴스가 자주 나온다. IMF 외환위기 후에 집을 줄이자는 바람이 불다가 이후 부동산 거품이 거세지면서 다시 큰 집 선호로 고무줄처럼 되돌아갔던 적이 있는데, 요즘의 집 줄이기 변화는 장기적인 추세로 자리 잡을 것 같다. 저성장 시대의 불황도 불황이려니와 부동산값이 오르는 만큼 쓸 돈은 줄어들고, 부모 세대는 조기 은퇴에 시달리고 자식 세대는 취업에 시달린다. 들어올 돈은 전망이 불투명하고 나갈 돈은 눈에 확연하니 어떻게든 생활비를 줄여야 할 판이다. 작은 집 궁리는 필수적인 선택이 된 것이다.

그러니 질문을 바꾸어야 할 때다. 얼마나 작아도 집답게 살 수 있을까? 얼마나 작은 집에 살아도 괜찮을까? 법적 기준으로는 1인당 최소 주거면적이 14제곱미터(약 4.2평)다. 부부와 아이 둘이라면 37제곱미터(약 11.2평)다. 그런데 이렇게 살아도 된다는 건가? 이 면적 기준은 그야말로 최소한이라, 국가가 짓는 임대주택 크기를 정할 때, 또한 적정 거주환경을 평가할 때 참고하는 기준이다. 공공임대주택을 짓는 LH공사의 기준을 보면 1인 주택의 전용면적을 40제곱미터(12.1평) 이하에서 50제곱미터(15.1평) 이하로 키웠고, 대학생을 위한 임대주택도 2인 이상은 전용면적 70제곱미터(21.2평), 3인 이상은 85제곱미터(25.7평) 이하로 키우고 있다. 공공주택에서도 나름대로 적정한 거주환경을 고민하고 있는 것이다.

그렇다면 우리가 사는 집은 얼마나 작아도 될까? 작은 집에 대해서 혹시 떠오르는 장면이 있는가? 내가 어릴 적에는 식구가 통틀어 열한 명이나 되었는데 1층 15평, 2층 10평으로 25평 남짓한 집에서 복닥복닥하면서 살았다. 그 작은 집에 방이 무려 여섯 개나 있었고 마루도 있었고 창고도 있었고 다락도 있었다. 사춘기 때까지 살았던 이 집에서 '내 방 갖기'는 나에게 제일 큰 소원이었다. 지금 돌아보면 그 콩나물시루 같은 집에서 어떻게 살았나 싶지만, 지금도 이 집이 꿈에 자주 등장하는 걸 보면 새록새록 재미있는 이야기가 많았던 집이다.

결혼 후 우리 가족이 살아온 집들을 추억하다 보면 빠지지 않는 집이 있다. 상가 건물의 옥탑인데 13평 남짓, 거실은커녕 마루도 없던 집이었다. 집을 옮기는 사이에 재정적인 여유가 없어서 월세로 1년 반 동안 살았던 집이다. 우리는 그 집의 추억을 자주 얘기한다. 하늘 꼭대기로 오르는 것 같은 좁고 가파른 계단, 4층 옥상에서 내려다뵈던 빽빽한 지붕들과 안테나들, 딱 내 키에 맞는 폭의 작은 방에서 아이들과 부비면서 놀던 장면, 비가 오면 여기저기 똑똑 떨어지는 빗방울을 받치던 냄비들이 내는 음악 소리 등 기억나는 장면들이 참 많다.

작은 집에서 식구들이 부비고 살던 추억은 지나고 나니 아름답게 느껴지는 걸까? 아이들이 어려서 더욱이나 가족들이 애틋한 정을 나누던 시절이라 그랬던 걸까? 여유로운 넓은 공간에서 미처 살아보지 못해서 그랬던 걸까? 그렇기도 하지만 꼭 그렇지만도 않다. 작은 집을 작지 않게 사는 비결은 존재한다.

그 첫째 비결은 집의 심리적 확장성이다. 이 점에서 아파트보다 일반 주택이 유리한 것은 확실하다. 아파트 13평과 일반주택 13평은 공간감에서 확연히 차이가 난다. 보트같이 커다란 아파트도 영 답답하게 느껴지는 것은 모든 공간이 딱 그 안에만 있기 때문이다. 일반 집은 실질적으로 작아도 심리적으로 확산되는 묘미가 있다. 작은 골목, 올라가는 계단, 뒤란 같은 공간까지도 집의 영역을 심리적으로 확산시키는 효과가 있는 것이다. 둘째 비결은 요모조모 구석들에 있을 것이다. 비밀을 안고 있는 구석들이다. 집이란 심리적인 공간이어서 얼마나 비밀을 품을 수 있느냐에 따라서 체험의 공간 크기가 달라지는 것이다. 숨을 수 있는 구석이 많을수록 집은 커진다.

이외에도 수많은 비결이 있다. 이것들은 그야말로 '비결'이라 부를 만하다. 선택이라기보다 일상에서 습관처럼 익히고 실천하면 사는 데 꽤나 도움이 되기 때문이다. 아직도 큰 집을 바라면서 어쩔 수 없이 작은 집에 살고 있건, 본인이 원해서 작은 집에 살고 있건 간에, 작은 집을 작지 않게 사는 비결을 익혀야 하는 시대다. ▪

오늘도
또 한 가지 버린다

버림의 미학

"오늘도 또 한 가지 내놨다우." 한의사 이유명호가 주말이 지나고 나면 SNS에 자주 올리는 메시지다. 어떤 물건은 재활용 센터에 보내고 어떤 물건은 길에 내놓아 이웃들이 가져갈 수 있도록 하고 어떤 물건에는 폐품 수거 딱지를 붙인단다. "집을 싹 비우는 게 목표야!" 몸 가볍게, 마음 비우고 살겠다는 의지의 표현이다. 친구들은 박수도 치고 격려도 해준다. 그리고 다들 자문한다. '나는 그렇게 할 수 있을까?'

쉽지 않다. 세속에 사는 우리들에게 '소비'란 나의 존재감을 확인하는 활동이고 '소유'란 나의 존재 가치를 입증하는 상태다. 그래서 우리는 집에 자꾸 들여놓기 바쁘다. 쓸모가 없어졌더라도 끼고 산다. 손 안 닿는 맨 위 선반에 올려놓건 장롱 깊은 속에 집어넣

어두건 뒤란에 세워놓건 일단 갖고 있으려 든다. 언젠가 꼭 쓰겠지 하는 막연한 생각 때문만은 아니다. 지지리도 못살던 시절에 버리지 못했던 습관 때문만도 아니다. 물건과 우리 사이에도 어떤 애착 관계가 형성된다. 그 물건에 묻은 이야기는 우리의 가슴에 호소한다. 그래서 버리기란 아주 힘들다. 이 옷은 이래서 못 버리고 저 가재도구는 저래서 못 버린다. '버리는 결단'이란 가장 힘든 행위다.

인정하자. 물건에 대한 애착이란 우리가 세속의 인간임을 입증하는 감정이다. '무소유'를 갈파하셨던 법정 스님은 존경스럽지만 세속의 우리는 그리 무소유할 수 없다. 다만 소유하고자 하는 그 무엇이 나를 집어삼키지 않을 정도의 분별력만 가진다면 '세속 인간으로서의 무소유 마인드'로서는 충분하지 않을까?

나는 그 공간 기준으로 50퍼센트-70퍼센트-90퍼센트 원칙을 권하곤 한다. 방바닥은 50퍼센트가 보일 것, 선반의 70퍼센트만 채울 것, 수납장의 90퍼센트만 채울 것. 이 이상이 되면 버릴 때가 되었다. 들여놓으려면 버릴 각오를 해야 한다. 안 그랬다가는 물건들이 어느덧 나를 집어삼킬지도 모른다. 신경을 건드리고, 정신을 산란하게 하고, 드디어 몸에까지 영향을 미치게 되는 것이다.

무소유 훈련을 하는 것도 아주 괜찮은 방법이다. 나는 가끔 나 자신에게 묻는다. "오늘 버릴 것을 하나만 선택한다면 무엇일까? 버리고 버려서 마지막으로 남는 것은 무엇일까? 내가 절대로 버리지 않을 것은 무엇일까?” 나의 현재 심리와 감정 상태를 가늠해보는 아주 좋은 방법이다. 아주 실용적인 관점으로 ‘여행 가방’이나 ‘등에 짊어질 배낭 하나를 꾸리는 습관’도 유용하다. 짐이 안될 것, 일상의 필수품, 비상품, 그러나 나의 감정을 다독여줄 그 무엇은 무엇일까? 가다가다 ‘대재앙을 대비해서 무엇을 챙겨놔야 할까?’ 같은 존재적 의문에까지 이를지도 모른다. 쳇바퀴처럼 도는 일상에서 뭔가 남다른 느낌을 가지게 되는 순간이다.

가족이 같이 앉아 집 안을 정리하다 보면 버리는 궁합을 알게 된다. 그 사람의 ‘가치관’을 완전히 파악할 수 있다. 나보고는 옷장 하나를 통째로 기부하라며 투덜대는 남편이 자신의 헤진 운동복은 여전히 한구석에 모셔놓는 걸 보면 이 남자의 속이 훤히 들여다보인다. 친정 엄마와 내가 앉아서 물건 정리를 하면 나는 나무로 만든 모든 물건은 다 살리고 엄마는 손때 묻은 건 다 치워버리셨다. 시간의 때와 함께 나이 드는 물건을 좋아하는 나에 비해 친정 엄마는 과거 청산형인 것을 보면서 그만큼 짠하고 고통스럽던 시대를 살아오셔서 그런 게 아닌가 싶다.

‘쓸모 가치’와 ‘정서 가치’ 사이에서 우리는 망설인다. 어느 쪽이 우세한가? 나로서는 정서 가치가 우세하다. 이를테면 내가 끼고 사는 것들은 고등학생 시절 청계천에서 값싸게 샀던 접시, 대학 시절 황학동 도깨비시장 길거리에서 샀던 운석 같은 것들이다. 아이들이 어릴 때 내가 만들어줬던 옷들 중 몇 가지는 손주들에게 입히겠다고 지금도 보관하는 지경이다. 그것을 샀던 순간, 만들었던 순간이 떠오르는 그 느낌이 좋아서 간직하는 것이다. 쓸모 가치는 없어질 수도 있고 나눠 가질 수도 있고 폐기할 수도 있지만 정서 가치만큼은 시간이 갈수록 소중해지고 나만의 것이라서 폐기할 수가 없는 것이다. 정서 가치에서 벗어나지 못하는 나는 어쩔 수 없는 세속의 인간이지만 쓸모 가치에 휘둘리는 것보다는 낫지 않을까?

작가 박경리 선생이 마지막으로 쓰신 시의 구절은 "버리고 갈 것만 남아서 홀가분하다."였다. 그 심경을 죽음을 앞둔 비움의 마음이라고 해석하지만, 나는 오히려 버리고 버려서 이제 나에게만 소중한 것들을 갖고 있다는 뜻으로 해석되었다. 나에게만 소중한 것을 지니게 되는 순간, 드디어 우리는 홀가분해지리라.

'애착'이란 집을 만드는 가장 중요한 감정일지도 모른다. 무엇에, 왜, 어떻게, 어느 정도로 감정을 느끼느냐? 익숙한 것, 친숙한 것, 아련해지는 것, 마음이 따뜻해지는 것, 가슴이 아픈 것, 손끝이 떨려오는 것, 날개 돋는 듯하게 만드는 것 등 그 느낌을 만드는 공간과 물건들. 우리의 애착심의 근원을 들어다보자.

비움의 작전과
나눔의 작전

구석구석

절대 못 이룰 꿈이겠지만, 머릿속에 그리는 나의 공간이 있다. '공간을 대각선 벽으로 나눠서 절반은 완전히 비우고 절반은 갖은 물건으로 채워놓으리라. 문 하나만 열면 또는 그 벽을 돌면 완벽히 채워진 공간에서 완벽히 비운 공간으로 들어간다.'

머릿속에서 이 공간을 상상하고 가끔은 스케치도 한다. 완전히 비운 공간에도 뭔가는 있겠지. 그게 뭘까? 의자 하나일까? 방석 하나일까? 옛 사랑방처럼 '서연書筵' 하나일까? 아니면 가녀린 선이 아름다운 '소반' 하나일까? 하늘은 보일까? 연두색 이파리에 눈부시게 부서지는 햇빛이 보일까? 살랑살랑 춤추는 바람도 보일까? 빗방울 소리도 들릴까?

왜 대각선을 생각할까? 그냥 직선 벽이면 재미가 덜할 테니까 그리 그려본다. 물론 길이가 길어지는 게 좋아서, 공간이 엇비스 듬해지면서 더 크게 느껴질 거라서, 모퉁이가 의외의 구석을 만들 터이니 그리 그려본다. 일상에서 덜 접하는 기하학적 선이 주는 놀라움이 유쾌할 것 같다.

완전히 채운 공간은 어떻게 생겼을까? 도서관 서가가 금방 떠오르지만 재미는 덜할 것 같다. 어릴 적 자주 들어가 놀던 다락의 이미지도 떠오르고, 숨바꼭질할 때 잘 숨던 연탄창고 이미지도 떠오른다. 벽이고 천장공간이고 바닥에까지 꼬박 물건들이 채워져 있을 것은 확실하고, 그 사이사이 이 구석 저 구석에 비집고 앉을 공간들도 있을 것이다. 어떤 물건들을 지니고 있을까? 책은 얼마나 있을까? 혹시 종이책은 더 이상 없을까? 모든 게 다 디지털화되어서 지닐 물건들조차 별로 없어지는 건 아닐까? 그럴수록 꼭 지니고 싶은 물건들은 더 많아지지 않을까?

나의 몽상은 시시때때로 찾아온다. 일상이 갑자기 어지럽고 번잡스럽고 지루해지고 복잡하게 느껴지는 때면 꿈에도 등장한다. 이 꿈이 나타날 때는 내 삶이 꽤 복잡해져 있을 때다. 비좁은 현실이 더 나를 죄어오는 것 같을 때, 내가 꼼짝없이 잡혀서 움직일 공간이 없다고 느낄 때, 꿈속에서나마 숨통을 트고 싶은 것이리라. 내가 가진 모든 것들을 잘 정리하고 마음을 온전히 비운 상태로 홀가

분해지고 싶은 것이다. 이 비움과 채움이라는 것은 참으로 이중적인 욕구다. 하지만 인간은 누구나 이런 이중성 속에서 산다. '완전히 비우고 싶다.'와 '빼곡하게 채우고 싶다.'라는 욕구 사이에서.

흥미롭게도 작은 공간을 크게 쓰는 작전은 바로 이 두 가지 방법 각각에서 나온다. 하나는 '비움의 작전'이다. 되도록 비우고 비워서 오직 공간만 느껴지게 하는 것이다. 오직 당신만 들어서서 당신의 존재로만 채워지는 공간이다. 다른 하나는 완전한 '채움의 작전'이다. '구석구석 작전'이라 해도 좋고 '나눔의 작전'이라 해도 좋다. 잘 채우려면 공간을 나누어서 여기저기 쓸모 있는 구석구석을 만들어야 한다. 그 구석 하나하나에 이야기가 숨어 있으니 마음이 차오르고, 구석들만 있을 뿐 전체 공간이 얼마나 작은지 연연할 필요가 없다. 나눔으로써 뭔가 더 있을 것 같은 공간으로 만드는 작전이다.

이 두 가지 작전에서 어떤 작전을 선택하느냐는 당신의 취향이다. 나는 다른 사람의 공간을 방문할 때 호기심으로 그 사람의 공간 작전을 간파해보고자 한다. 특히 크지 않은 원룸, 오피스텔, 작은 집, 작은 작업 공간을 볼 때면 더욱 호기심이 커진다. 확 트인 사람인가, 트고 싶은 사람인가, 열린 사람인가, 열고 싶은 사람인가, 비밀을 지닌 사람인가, 콤플렉스를 가진 사람인가, 이야기가 많은 사람인가, 추억이 많은 사람인가, 상상의 여지가 있는 사람인가, 적막을 느낄 줄 아는 사람인가?

그렇지만 완벽한 트임과 잘 짜인 구석은 동전의 양면이다. 내가 이런 꿈을 꾸는 것처럼 우리는 양면성을 가지고 산다는 것을 잊지 말자.🔲

비움과 채움은 우리 일상 공간의 곳곳에 있다. 한옥의 방, 특히 사랑방을 떠올려보라. 아무것도 놓지 않은 마당을 떠올려보라. 내 어릴 적 기억처럼 다락이나 연탄창고를 떠올리는 사람도 있겠지만, 작은 찻집을 떠올려도 좋다. 옛날식 다방이면 더 어울리겠다. 작은 공간 속에 다시 작은 구석들을 만들어놓음으로써 무한한 이야기를 품은 공간 말이다.

감추고 가리면
커지는 이치

궁금증

잡지뿐 아니라 TV의 집 소개 프로그램들도 꽤 다양해졌다. 우리 문화뿐 아니라 세계의 집 문화를 보여준다. 눈 호강을 시켜주는 프로도 있고 무척 실용적인 요령을 보여주는 프로도 있다. 신축도 있고 리모델링도 있고 DIY도 있다. 집짓기도 있고 여러 집을 비교하는 집 쇼핑도 있다. 근사한 건축 작품상을 받은 집들도 있고 그냥 이웃에 있을 것 같은 평범한 집들도 있다. 미국의 집들은 아무리 중산층의 집이라 해도 여간 큰 집이 아니라는 사실이 일단 거리감이 든다. 땅 걱정 별로 안하는 문화답게 집 공간이 큼직큼직하다. 유럽 남부 지역의 집들은 그 로맨틱한 분위기가 여간 부러운 게 아니지만 우리와 기후 자체가 다르니 눈요기만으로 그친다. 유럽 북부 지역의 집들은 좀 더 참조할 게 많아서 관심이 더 간다. 겨울이 춥고,

비와 눈도 많고, 사계절이 뚜렷하고, 밀도도 조밀한 편이라 우리의 집과 비슷한 점들이 꽤 많기 때문이다.

일본의 집을 보여주는 프로그램이 꽤 많은데 우리와 비슷한 기후에다가 밀도가 마찬가지로 조밀하고 도시든 농촌이든 풍경이 유사하고 문화적인 뿌리까지 많이 공유하고 있으니 참조할 게 많기 때문일 것이다. 일본 사회의 트렌드가 우리 사회의 트렌드보다 10여 년 앞서간다고 하는데, 일본의 경제구조나 소비문화, 또는 인구 구성 때문이기도 하겠으나, 혹시 우리의 상업 문화가 갖고 있는 편향된 모방 성향 때문이 아닐까 의심도 든다. 말하자면 '쉽게 베낄 수 있고, 상품화할 수 있는 것'에만 온통 관심이 가 있는 것이다.

그래서 그런지 '집' 자체에 대해서는 일본 집의 특징을 별로 참조하지 않는 것 같다. 일본 집들을 보면 두 가지 느낌이 강렬하다. 전통 집이나 현대 집이나 마찬가지다. 첫째 무척 작다. 또 한 가지는 무척 깔끔하다. 작으면서도 깔끔하기란 쉽지 않은 과제인데, '미니멀리즘(모든 장식을 배제한 단순하고 간결한 스타일)'을 거론하지 않더라도 일본 집들은 결벽증에 걸린 게 아닌가 싶을 정도다. 청소를 워낙 열심히 하는 건가, 정리정돈을 열심히 하는 건가, 살림살이란 게 별로 없는 건가? 이런 의문이 들 정도다.

일본의 청소 문화와 정리정돈 문화(또한 체면 문화와 공적 문화)

도 크게 작용하겠으나 그 바탕에는 '감추는 비결'이 작동하는 게 아닌가 싶다. 겹겹이 만들었다 없앴다 하는 문(주로 미세기문이다.), 널문을 열어 건물 안과 밖을 활짝 열어놓는 장치, 벽인가 싶은데 활짝 열리는 벽장, 천장 공간에 숨겨놓은 창고, 바닥을 들어 올린 사이에 만든 칸칸 서랍 등, 마치 마술처럼 공간을 분할하고 다시 잇고 붙이면서 사용하는 방식들이다. 일본 전통 집에서 즐겨 사용하던 방식들이 현대 집에서도 변용된 모습으로 즐겨 사용된다. 벽인가 싶으면 전체가 열리는 문, 복도인가 싶으면 마루가 되는 공간, 문을 열면 그 뒤에 차곡차곡 살림살이를 정리한 창고 등의 장면을 보다 보면, 이 사람들은 보이고 싶지 않은 건가, 비밀로 하고 싶은 건가 하는 생각이 든다.

현대의 일본 집을 탐방하는 프로그램들 중 「와타나베의 건물 탐방」은 '작은 집'들을 자주 찾아가서 더욱이나 흥미롭다. 자기 집에 대한 사랑으로 똘똘 뭉친 가족들이 겸손하지만 은근하게 자기 집을 이곳저곳 자랑하는 모습이 곧잘 나오는데, 여지없이 깔끔한 공간이 펼쳐진다. 그러다가 집을 안내하던 가족이 자신들이 숨겨놓은 비밀의 공간을 살짝 보여줄 때가 가장 재미있다. 손님은 절대로 모르는, 하지만 주인은 알고 있는 집의 속살을 살짝 엿볼 수 있는 순간이다.

감춰져 있으면 궁금증이 생긴다. 도대체 저 안에 뭐가 있을까? 도대체 저 뒤에서 무슨 일이 벌어지고 있는 거지? 저기를 넘어서면 무슨 세상이 더 있는 건 아닐까? 우리의 일상에서는 이런 감춤의 기술들이 필요하다. 다만 어지러움이나 지저분함을 감추는 건 아니다. 다만 사생활을 감추는 것만은 아니다. 다만 비밀을 감추는 것만도 아니다. 간직하고픈, 기대하고픈, 더 있다고 느끼고픈, 실제로 더 깊은 속을 갖고 있는 우리의 마음을 표현하는 것이다.

이렇게 그 무엇을 감추고 있는 집, 또는 그 무엇을 가리고 있는 집은 한마디로 '겹'이 있다. 사람도 겹이 많으면 매력적이듯이, 집 역시 겹을 가진 집이 매력적이다. 한 겹이 벗겨질 때 또 다른 '결'이 나타난다. 또 다른 매력이 나타나는 순간이다. 겹겹이 전개되는 산들의 신비로움까지는 아니라 할지라도, 그렇게 새로운 겹, 모르던 결을 발견하는 순간에 우리의 마음은 움직인다.

우리의 공간 전통 속에서도 감추고 숨기고 가리는 장치들이 꽤 발달되어 있다. 내향성이 강한 문화의 특징이기도 하지만 상대적으로 작은 공간을 활용하는 지혜가 표현된 장치들이기도 하다. 미세기문, 널문, 접이문, 창호지, 발 등. 그중에서도 내가 아주 신비롭게 생각하는 물건이 '병풍'이다. 요즘에야 기껏 차례를 지낼 때나 꺼내서 벽 앞에 세워두고 차례상 앞에 두고 절하는 장치 정도로 쓰이지만 병풍은 펼치는 순간, 다시 접는 순간 완벽하게 새로운 세계를 만들고 또 지우는 마술을 부린다. 병풍이 독립적으로 서 있는 공간의 긴장감은 이루 말할 수 없도록 신비롭다. 그 뒤에 무엇이 있을까, 어떤 다른 세계가 있는 것은 아닐까, 다른 세계로 인도하는 것은 아닐까 하는 생각이 들 정도다.

어렵게 생각할 필요가 없다. 작은 공간에서도 공간의 겹을 만드는 장치들을 고안할 수 있다. 산속의 오두막이나 작은 보트의 캐빈, 작은 캠핑카는 그 작은 공간에서 수많은 것들이 마술처럼 튀어나와서 깜짝깜짝 놀라게 만들지 않는가? 그렇게까지는 못하더라도, 작은 스크린 하나만으로도 공간을 순식간에 사라지게 하고 또 나타나게 할 수 있으니까.🏠

일본 집에서 우리가 별로 배우지 않는 것이 있다. 건물의 구조에 관한 것이다. 지진의 위험에 오랫동안 노출되었던 일본의 집들은 온갖 지혜를 짜냈다. 일단 대도시 외에는 고층 아파트를 잘 짓지 않는다. 무엇보다도 나무로 짓는 목구조 건물이 많다. 현대식에도 철골구조를 애용한다. 가벼운 조립 자재들을 많이 사용한다. 지진이 났을 때 조금이라도 더 안전하기 위한 방식들이다. 이런 방식들을 사용한 덕분에 체계적인 건축 시스템을 갖추게 되기도 했고, 단순함과 깔끔함이 돋보이는 일본 스타일을 만들어내기도 했다. 더이상 지진 안전지대가 아님을 알게 된 우리나라에서도 참조할 만한 사안이다. 일본에 대한 거부감과는 별개로 일본 문화로부터 배울 것은 많다.

살짝 보이면
뭔가 더 있을 것 같다

힌트

사춘기에 살던 집은 작은 이층집이었다. 이 2층 창문에서 하염없이 밖을 내다보는 것은 나의 일과 중 하나였다. 다닥다닥 붙은 지붕들과 창백한 벽들이 빼곡한 동네에서 몇 집 건너서 푸른 정원의 모습이 살짝 보였는데, 그게 나에겐 그렇게 신선했다. '집에 푸르른 나무가 있을 수 있구나!' 하는 깨달음 또는 부러움이었다고 할까? 기껏해야 담장 밑에 나팔꽃, 봉숭아, 과꽃만 심겨 있는 집들이 오밀조밀하게 붙어 있는 동네에 살아왔던 나에게 사사시철 푸른 사철나무와 향나무, 퍼걸러pergola 위를 기어올라 하늘하늘한 이파리를 날리는 등나무 덩굴이 신기하기만 했다.

창문 너머로 보이는 이 작은 푸르름이 나에게는 '드림하우스'의 한 조각 아니었을까? 언젠가는 이루고 싶은 그 작은 '꿈 조각'이다. 아마도 내가 『빨강머리 앤』과 같이 전원 속의 집들이 나오는 책에 빠졌던 것도 나의 꿈 조각들을 어떻게든 이어보려는 심경 때문이었을지도 모르겠다. "저 푸른 초원 위에 그림 같은 집을 짓고" 같은 꿈은 아니었지만, 그냥 이곳저곳 나무와 넝쿨과 꽃을 만날 수 있는 동네에서 집에 가는 길이 두근두근 설레면 좋겠다고 상상했었다.

감옥에서 하늘을 바라볼 수 있는 것과 아닌 것의 차이는 갇힌 사람의 심리에 엄청난 효과를 미친다고 한다. 사람은 쪽 창문을 통해 보이는 쪽 하늘에서도 온갖 자유를 상상할 수 있다는 것이다. 사방이 꽉 막혀 있을 때 '절망과 포기'만이 엄습하는 것과 달리, 작은 쪽 창문만 있더라도 '희망과 기대'를 품게 만든다. 인간의 능력은 아주 살짝 보이는 힌트만으로도 더 큰 무엇을 상상할 수 있다는 것이 너무도 신기하고 또 감사한 일이다. '뭔가 더 있을지도 몰라, 뭔가 좋은 일이 벌어질지도 몰라, 뭔가 새로운 발견을 할지도 몰라.' 같은 설렘을 자아내는 힌트들이 녹아 있는 공간이 필요한 이유이기도 하다.

꽤 넓은 아파트들이 많아졌지만 아직도 좁디좁다는 문제를 호소하는 집들이 많다. 다닥다닥 나눠진 원룸, 더 다닥다닥 쪼개진 고시원은 말할 것도 없고, 상대적으로 훨씬 낫다고 여겨지는 오피

'살짝 열려 있는 문',
'살짝 열려 있는 창문' 사이로는 무엇이 보일까?

스텔 공간 역시 갑갑한 느낌은 피할 길이 없다. 사실 넓디넓은 아파트조차 좁지는 않을지언정 갑갑하다는 느낌에서 자유롭기는 어렵다는 게 많은 아파트들의 숙명이기조차 하다.

도심 속의 작은 한옥이 좁기는 해도 갑갑하게 느껴지지 않는 가장 큰 이유는 가운데 있는 작은 마당 위로 푸른 하늘이 펼쳐지기 때문이다. 대각선으로 뻗은 기왓골 선을 따라 우리의 시선은 하늘로 확장된다. 한옥의 작디작은 단칸방이 그리 갑갑하게 느껴지지 않는 이유는 창문 밖에 걸린 처마에까지 시선이 확장되고, 방 앞의 작은 툇마루가 공간을 확장하고, 툇마루 밑의 그늘 속 공간이 우리의 심리적 공간감을 확장하는 덕분이다. 무언가 더 있을 것 같은, 눈에 보이는 것보다 더 큰 무엇이 존재한다는 기대감, 나의 공간이 확장되고 나의 세계가 더 펼쳐지리라는 기대감은 실제 공간의 크기 이상의 효과를 발휘하는 것이다.

갑갑함을 벗어나려면 살짝 보이는 힌트로 더 많은 것을 상상하는 인간의 심리를 이용하는 것이 최선이다. 가지각색의 이치를 상상해보자. '하늘' 한 조각은 어떻게든 보이게 한다. '푸르름' 한 조각은 어떻게든 보리라. '창밖의 풍경'을 엿볼 수 있게 한다. '거리의 풍경'을 볼 수 있다면 더할 나위 없이 좋다. '살짝 열려 있는 문, 살짝 열려 있는 창문' 사이로는 무엇이 보일까? 무심하게 혼자 서 있는 저 벽, 저 담장을 돌아서면 무엇이 있을까? 집의 한 구석에서 다른 구석이 보이지 않게 하는 것도 아주 좋은 방법이다. 공간이 크지 않다고 여기지 말고, 뭔가를 두어서 끝이 안 보이게 하면 우리 눈은 더 긴 시각을 상상하게 만든다. 우리의 상상력이 작동하는 방식은 기상천외하다.

　모든 공간, 모든 물체는 그냥 존재하는 것이 아니라 우리와의 관계에 의해서 존재감을 얻는다. 그 존재감은 이윽고 의미를 가지고 다가온다. '살짝 보이는 그 무엇'을 통해서 집은 우리의 상상력 속에서 크게 자란다. 얼마나 다행인가? ▮

꽤 큰 진돗개를 키운 적이 있다. 이름이 '울럼'이다. 옥상마당에 자주 올라가 놀았지만 대개 집 안에서 같이 살았다. 울럼이가 선호하던 자리는 내 작업대 의자 바로 뒤 창문 앞이었다. 바닥까지 내려온 창문 앞에서 하염없이 길거리를 내려다보고 앉아 있었다. "울럼아, 그렇게 갑갑했었니? 밖으로 나가고 싶은 마음을 그렇게라도 달랬던 거니? 자유가 그리 그리웠던 거니? 너는 무엇을 상상했던 거니?" 강아지도 갑갑함은 싫었던 게다.

'보이는 동선,
들리는 동선'의 효과

오감 동선

'동선動線', 움직이는 선이다. 집을 고르거나 지을 때 가장 자주 나오는 말인데, 그만큼 신경을 쓴다는 뜻이다. 큰 공간이라면 편한 동선을 만드는 구성에 신경 쓰고, 작은 공간이라면 빠른 또는 여유 있는 동선을 만드는 데 신경 쓴다. 사람과 공간과의 관계, 사람과 물건과의 관계, 사람과 행위들과의 관계를 잇는 선이 동선이다.

그런데 몸을 움직이는 것만 동선일까? 우리의 감각은 몸의 움직임을 초월하는 능력을 발휘한다. 바로 오감이다. 눈으로 움직이는 '시각 동선'이 있고, 들리는 소리로 가늠하는 '청각 동선'도 있다. 코로 흠흠대는 '후각 동선', 손과 발과 온몸으로 가늠하는 '촉각 동선'도 분명 있다. '미각 동선'은 성립될 수 없는 걸까?

시각 동선은 금방 이해가 갈 것이다. 앞의 꼭지들에서 시각 동선을 열었다 닫았다, 늘였다 줄였다, 드러냈다 감췄다 하면서 우리는 얼마나 많은 것을 상상할 수 있는지 누차 강조했으니 말이다. 청각 동선을 확인하는 것은 의외로 쉽다. 눈을 감아보면 더 확실하게 느낄 수 있다. 우리는 어느 문이 열리고 닫히는지 알며, 어느 공간이 더 소리 울림이 있는지 벌써 가늠하고 있다.

오감 동선의 작동을 확인하려면 다소의 실험이 필요하다. 일단 한밤중에 잠에서 깼을 때를 상상해보라. 몸은 둔해져서 비틀거리기 십상이고 눈으로 볼 수 있는 것도 별로 없다. 그러나 우리는 어떻게든 찾아낸다. 귀는 날카로워지고, 손에 닿는 것이나 발에 걸리는 것이 뭔지 더듬더듬 촉감으로 알아낸다. 물 냄새, 정확히는 습기의 느낌을 알아채고 불 냄새와 연기 냄새도 즉각 찾아낸다. 물론 동물 냄새, 사람 냄새도 찾아낸다.

수렵 시대만큼은 못하겠으나 우리의 후각 유전자, 청각 유전자, 촉각 유전자는 여전히 작동하고 있다. 시각에 전폭적으로 의존하도록 인간 사회는 진화해왔지만 우리 안의 본능은 그토록 강렬한 것이다. 우리의 오감 본능을 확인해보는 아주 좋은 실험이 있다. 가로등은커녕 달빛은커녕 별빛조차 잠든 깜깜한 밤에 대자연에 나가 온몸을 맡겨보는 것이다. 앞이 안 보여서 혼란스럽기 이를 데 없지만 어느덧 우리의 다른 감각들이 최대한 발동되는 것을 알게 된다.

미각 동선은 또 없을까? 일상생활에서 미각은 후각의 힘으로 나타나지만 또 모를 일이다. 헨젤과 그레텔을 매혹시킨 '온갖 달콤한 집'처럼, 미각으로 체험하는 집이 나타날지도 모른다. 왜 우리는 된장찌개에서 어떤 공간을 떠올리는 것일까? 왜 우리는 파스타에서 어떤 공간을 떠올리고, 전골에서 어떤 공간을 떠올리고, 햄버거에서 어떤 공간을 떠올리는 것일까? 미각은 공간과의 관계에서 강렬한 연상 작용을 일으키는 감각이다.

인간의 오감이란 그토록 강력한 것이다. 눈을 못 쓰는 사람, 귀가 안 들리는 사람, 눈과 귀를 다 못 쓰는 사람, 사지 중 어느 하나를 자유롭게 쓰지 못하는 사람도 자기만의 방식으로 세상과 관계 맺을 수 있다. 시각에 치우치고 동작에 제약이 없는 사람들은 평소에 미처 깨닫지 못하는 인간의 감각에 대한 감수성을 기를 필요가 있다. 눈을 활짝 뜨고 살지만 말고 때로는 눈을 감고 세상을 자신의 몸 전체로 느껴보는 시간이 필요한 이유이기도 하다.

좋은 집이란 기분 좋은 집이다. 기분 좋은 집이란 오감을 즐겁게 자극해주는 집이다. 큰 집이 좋은 집의 요건이 될 수는 없다. 기분 좋은 집은 우리의 시각 동선을 다채롭게 열어주며, 우리의 청각 동선을 흐르게 해주고, 우리의 촉각 동선을 매만져주고, 우리의 후각 동선을 자극해주며, 우리의 미각 동선을 상상하게 만든다.

쉽게 생각해보자. 소리가 쟁쟁 울리거나 둔중하면 얼마나 불쾌해지는지 모른다. 우리의 터치를 거부하는 듯 차갑게 느껴지면 얼마나 쓸쓸해지는지 모른다. 사람 사는 냄새를 맡을 수 없으면 어딘가 불안해진다. 먹고 싶은 생각이 들지 않는 공간은 살맛을 떨어뜨린다. 눈에 보이는 게 딱 이것뿐이다 싶어지면 사람의 마음은 자기도 모르게 작아진다. 새 집, 특히 새 아파트에 이사 갔을 때 느꼈던 감정을 떠올려보면 쉽게 상상이 될 것이다.

집은 작더라도 우리의 감성은 엄청나게 커질 수 있다. 인간이 가진 오감을 다양하게 자극해줄수록 그 감성은 더 커진다. 우리의 오감이 생생하게 작동하고 있음을 느끼는 순간, 우리는 인간이 일개 동물일 뿐이라는 것을 깨닫게 된다. 귀한 순간이다.

우리에게 오감만 있을까? 육감도 있다. 대체 어떻게 작동하는지 신기하지만 우리는 육감을 발동한다. 기척을 알아챈다. 그림자의 미묘한 움직임을 포착한다. 공기의 떨림을 포착한다. 평소엔 안 보이던 그 무엇을 본다. 아마도 인간은 이른바 '초능력'이라 불리는 능력의 일단을 가지고 있는지도 모른다. 아니면 동물들이 갖고 있는 초감각을 가끔씩 발휘하는 것인지도 모른다. 육감까지 발동하는 집은 어떤 집일까?

한 자의 쓸모,
세 치의 쓸모

폭과 길이

딱 한 자만 더 있다면 세계는 달라진다. 딱 세 치만 더 있으면 세계는 달라진다. 적어도 인간의 공간에서는 그렇다. 지금은 미터법이 완전 자리 잡았지만, 예전에 쓰던 척관법^{尺貫法}(자와 치로 구성되는 척도법)이나 미국에서 여전히 쓰이고 있는 피트-인치$^{feet-inch}$는 인간의 몸으로부터 시작된 척도인지라 '휴먼 스케일$^{human scale}$'을 느낄 수 있다. 한 자(척, 尺)는 엄지 끝에서 중지 끝까지의 길이에서 시작되었는데 우여곡절 끝에 30.303센티미터가 되었고, 피트는 성인 남자의 발 길이에서 시작됐는데 1피트의 수치가 30.48센티미터이다. 동아시아의 척도와 영미의 척도가 대체적으로 맞아떨어진다는 게 신기한 일이다.

집의 규모를 나타내는 '칸^{間}'은 대개 여덟 자×여덟 자 크기의 기둥 네 개로 만든 공간이다. 일곱 자 또는 아홉 자로도 쓰이지만 대체로 여덟 자가 보편적이다. 여덟 자라면 2.4미터 정도가 되니 한 쪽으로 가구를 벽에 붙여 배치하고도 사람이 누워 잘 수 있는 크기로 한 칸이 되기에 적당하다. 옛사람들의 지혜다. 기둥과 서까래의 목재 부재를 잘라 쓰기에도 큰 부담이 없고 사람이 쓰기에도 적당한 수치를 알아냈던 것이다.

우리 집 막내가 한 자가 짧아서 이모저모 쓰기에 제약이 있다고 알아챈 자기 방의 폭은 일곱 자, 2.1미터였다. 큰아이 방 폭은 여덟 자이니 다소 옹색하더라도 침대를 긴 쪽으로도 짧은 쪽으로도 돌려 쓸 수 있었지만 작은아이는 침대를 돌릴 수조차 없었다. 직각으로 놓으면 방이 두 쪽으로 쪼개지니 말이다. '아예 침대를 없애자' 제안했더니 그건 또 싫단다. 짧은 침대는 시중에 나온 게 없다. 여러 궁리를 했지만 결국 포기하고 막내의 침대는 항상 그 자리에 붙박이가 되어버렸다. 한 자의 위력을 알게 되기도 했고 기성품의 고정 수치에 굴복할 수밖에 없는 처지를 알게 되기도 했다.

우리는 많은 경우 시장에 나와 있는 기성품에 의해서 공간 사용을 재단당한다. 침대뿐인가, 책상의 폭과 길이, 싱크대의 폭과 길이. 의자의 폭과 길이, 소파의 폭과 길이에 의해 영향을 받는 것이다. 주문 제작을 하면 좋겠으나 그건 비용이 훨씬 더 든다는 문제가 있다. 우리가 물건을 만들었다고 생각했으나 물건이 다시 우리를 지배하는 게 현실인 것이다. 제품만 우리 삶을 재단하는 게 아니라 시장에 나와 있는 공간도 그 폭과 길이로 우리의 공간 사용을 재단한다. 척관법 대신에 미터법을 쓰고 난 이후로는 여섯 자, 여덟 자, 아홉 자보다도 훨씬 더 자유로운 치수를 사용하기 때문에 공간과 물건을 맞춰보느라 매번 재봐야 하는 일도 생긴다. 미국이 여전히 피트법을 쓰는 그 오만함이 가끔 괘씸하기도 하지만(온 세계가 척도를 거의 표준화했음에도 불구하고 미국은 '피트-인치-파운드-야드-에이커-110볼트'를 사용한다. 세계 척도 기준에 개의치 않을 정도로 자기네 시장이 크기 때문일 것이다.), 심플하면서도 다양한 쓰임새를 만든다는 점에서 바람직해 보이기도 한다. 미국의 제품 규격들을 보면, '2×2, 2×3, 3×3, 2×4, 3×6, 3×5, 4×8 …… 9×12, 12×12, 12×18' 하는 식으로 표준화와 다양화를 동시에 이루고 있으니 말이다.

시장이 재단해놓은 수치들에 너무 휩쓸리지 않고 살면 좋겠다. 요새는 제품들이 전체적으로 커지는 추세이기는 하지만 그중에서 가구들이 자꾸 커지는 것은 아주 못마땅한 현상이다. 신체 치수가 커진 젊은 세대나 체구가 큰 남자들은 좋아할지도 모르겠으나, '아담한' 체구의 보통 사람들에게 그리 큰 가구가 필요할까? 특히 소파 세트의 엄청난 크기에는 지레 질려버릴 정도다. 이것은 편안함이나 스타일의 문제가 아니라 허영심과 소비력 경쟁의 문제다. 소파에 깊숙이 등을 기대지 못하고 앞자락에만 달랑 얹힌 듯 앉아 있는 모습을 보면 안쓰러울 정도다.

시장이 만들어놓은 공간의 크기, 비율, 모양의 정형성에도 길들여지지 않으면 좋겠다. 사람들이 선호한다고 하는 이른바 '반듯한' 모양의 공간보다는 길쭉한 모양의 공간이 훨씬 더 쓸모가 많다는 게 내 경험이다. 더 거론해보자면, 반듯한 'ㅁ자' 모양의 공간보다도 'ㄱ자' 또는 'ㄹ자' 모양의 공간이 어떻게 쓰느냐에 따라 훨씬 더 쓸모가 있다. 공간 한가운데 기둥이 있는 것을 바람직하게 생각하지 않는 경향이 있지만 그런 공간도 이용 여하에 따라 완전히 새로운 공간으로 태어나기도 한다. 한마디로, 공간의 모양이나 수치에 너무 구애받을 필요가 없다는 말이다.

사물, 특히 가구들의 수치에 이르면 아직도 더 많은 다양성, 더 큰 유연성이 필요하다는 게 내 소신이다. 우리 가족이 불편을 겪었던 침대의 치수는 말할 것도 없고 소파, 러그, 책상, 식탁 등은 '자의 세계'가 아니라 '치의 세계'라 할 만큼 몇 치 차이로 엄청난 느낌의 차이를 만들기 때문이다. 대체 언제부터 식탁의 폭은 80센티미터가 표준이 되었을까? 세 치가 줄어들면 마주 앉은 사람과 눈 닿는 거리의 친밀감이 완전히 달라지고 세 치가 늘어나면 식탁 위의 구성이 얼마나 달라지는데 말이다.

책상의 폭을 세 치 줄이면 어떻게 될까? 세 치 늘이면 어떻게 될까? 책상의 길이를 한 자 늘이면 어떻게 될까? 두 자 늘이면 어떻게 될까? 끊임없이 상상해보라. 당신의 몸을 대보라. 무언극을 하듯 여러 동작을 해보라. 방 안을 거닐어보라. 몇 걸음이 가능한지, 걸을 수 있는 공간의 길이가 얼마나 되는지? 복도를 세 치 늘이면 어떻게 될까? 복도를 세 치 줄이면 어떻게 될까? 침대를 세 치 줄이면 어떻게 될까? 세 치를 늘이면 어떻게 될까? 분명 자신의 공간을 쓰는 방식이 다채로워질 것이다. 자신의 공간, 자신의 물건의 폭과 길이에 대해서 감이 생기고 줏대가 생길 것이다.

우리가 사는 기하학의 세계, 정확히 말하자면 사람이 만드는 기하학의 세계는 아직도 상당한 제약 속에 놓여 있다. 원형, 구형, 사선, 포물선, 비정형의 선, 벽이 없는 공간 등 네모난 상자를 벗어난 기하학을 표현하는 건물에 매혹되는 것도 사람들이 갖고 있는 아쉬움과 동경을 시사하는 신호일 것이다. 자연 속에서 나타나는, 인공적으로는 만들기 어려운, '뜻밖의 기하학'의 세계로까지 나아가려면 가야할 길이 멀다. '뜻밖의 기하학의 세계에서는 폭과 길이 같은 개념 자체가 소용없어질 텐데!' 가끔 우리는 이런 꿈을 꿀 자유가 있다. 현실을 옥죄는 폭과 길이의 제약으로부터 심리적으로 자유로워지기 위해서라도.

옥탑방의 드라마, '천국'

로맨싱

드라마에서는 왜 옥탑방이 자주 등장할까? 작가 홍자매의 「주군의 태양」에서 귀신 보는 태공실(공효진 분)은 고시원의 옥탑방에 산다. 구질구질하다고 타박하면서도 주중원(소지섭 분)은 이 옥탑방에 뻔질나게 드나든다. 김은숙 작가의 「시크릿 가든」에서 씩씩한 스턴트우먼 길라임(하지원 분)은 친구와 함께 옥탑방에 산다.

서숙향 작가의 「질투의 화신」에서 표나리(공효진 분)는 남동생과 함께 다가구주택 옥탑방에 산다. 하물며 질투심에 사로잡힌 이화신(조정석 분)은 바로 옆 다가구주택의 옥탑방으로 이사 들어온다. 남녀가 불과 2~3미터 사이에 두고 벌이는 옥상 토크는 불꽃이 튀었다.

누구나 자신의 인생에서 어떤 '드라마'가 일어나기를 꿈꾼다.

마법처럼 드라마틱한 사랑이 일어나기를 바란다면, 모든 싱글들은 옥탑방으로 이사 가야 할지도 모를 일이다. '사랑은 옥상에서 맺어졌다.'라고 할 정도로 드라마뿐 아니라 수많은 영화들이 옥탑방에서 그 마법의 순간을 그리니 말이다.

그런데 왜 옥탑방이 사랑의 무대가 될까? 첫째는 재미없게 표현하자면, 경제적인 이유다. 옥탑방은 가난한 젊은이들의 대안적 집이고, 사랑이란 젊은이의 구차한 삶을 구원해주는 축복이니 말이다. 반지하층에도 많이 들어가 살지만 옥탑방은 젊음에 적합하다. 4~5층을 오르내릴 수 있는 튼튼한 다리, 뜨거운 열사를 견딜 수 있는 체력, 혹독한 추위를 견딜 수 있는 신진대사, 젊은이들은 한 푼을 더 아끼려고 기꺼이 위로 올라간다.

둘째는 옥탑방의 개별적인 한 채 같은 공간 구성 때문이다. 물탱크 옆에 대충 붙였건 계단실 옆에 이어 붙였건 별채로 증축을 했건, 옥탑방은 대체로 대충 짓는다. 통념적인 집의 구조를 갖추기보다는 그냥 덩그마니 공간을 만드는 식이다. 그 공간을 이래저래 나눠 쓴다. 벽을 세우기보다는 칸막이를, 옷장이 아니라 선반을 쓰고, 정식 문이 아니라 커튼으로 대충 가리기도 한다. 이런 공간에서는 프라이버시가 은근히 드러나면서 로맨스의 단서가 된다.

셋째는 물론 옥탑방의 '하늘에 접한 성격, 말하자면 천국성'

때문이다. 말 그대로 하늘 아래 공간이다. 달이 뜨고 별이 쏟아진다. 늑대가 등장하는 보름달이 아니어도 좋다. 수줍은 초승달, 처연한 그믐달도 분위기를 만든다. 은하수가 선연히 보이지 않더라도 북극성을 바라보는 것만도 좋다.

사랑꾼 아폴론이 모는 마차가 하늘을 한 바퀴 돌면서 해는 하루 종일 다채로운 빛을 선사한다. 뉘엿뉘엿 지는 해가 만들어내는 석양은 신비로운 분위기를 만들고 '개와 늑대의 시간(개와 늑대를 분간하기 어려운 어둑어둑한 시간)'의 어스름이 내리면 우리의 영혼은 하늘을 떠돈다. 구름이 피어나 흘러가는 하늘은 모든 순간순간이 화폭이다.

여기에 비가 내리고 드디어 천둥과 번개가 치면 우리는 벼락을 맞듯 우리가 얼마나 작은 인간인지를 새삼 깨닫는다. 내 곁의 숨결, 내 곁의 체온을 찾고 싶어진다. 신들이 머무는 올림포스 신전이든 옥황상제가 사시는 복숭아나무 꽃동산이든 하늘 아래 옥상 공간은 천국이 될 수 있는 모든 속성을 갖고 있다.

옥탑방은 '펜트하우스penthouse'와는 완전 다르다. 펜트하우스는 건물의 최상층을 일컫는데 옥탑방은 옥상 위에 따로 지은 집이니 말이다. 게다가 초고층 건물의 최상층 펜트하우스는 집 같지 않은 집이 될 확률이 높다. 하늘을 찌를 듯하지만 정작 하늘과 직접 맞닿는 체험을 하지 못할 위험도 크다. 밖으로 쉽게 나갈 수 없는 펜트하우스는 이래저래 그림의 떡이다. 옥탑방은 근본적으로 쪽방이지만 하늘 밑 공간이다. 대개 엘리베이터가 설치되지 않는 4층의 옥상에 설치된다. 땅에서 기껏 20여 미터 올라온 공간이지만 완벽하게 다른 세상이 펼쳐진다.

내가 잠시 살았던 한 상가 건물의 옥탑방이 떠오른다. 그 곳에서 비록 마법 같은 사랑의 드라마는 없었지만 어린 딸들과 함께한 마법 같은 순간들이 수없이 있었다. 사랑의 마법은 젊은이에게 일어나고 삶의 마법은 가족에게 일어난다.

내가 살고 있는 4층 다세대주택에는 안타깝게도 옥탑방은 없지만 대신에 옥상마당이 있고 한편에 비를 막아주는 정자의 역할을 하는 공간이 있다. 우리 커플도 옥상마당에 즐겨 올라가지만 이 옥상마당은 이 집에 사는 모든 젊은이들의 서식처다. 딸들은 물론이고 이 집에 살았던 여러 조카들이 수시로 옥상에 드나들며 자기들의 이야기를 만들었다.

이 집을 떠났어도 조카들은 또다시 옥상마당으로 찾아온다. 새로운 추억을 만들러 오는 것이다. 이 동네로 데이트 나온 조카들이 여친, 남친을 데리고 온다. 떠들썩하게 친구들과 파티도 한다. 편의점에서 맥주 사들고, 피자와 치킨만 시키면 되니 싸게 먹히는

사랑의 마법은 젊은이에게 일어나고
삶의 마법은 가족에게 일어난다.

'치맥 파티'를 하기에 안성맞춤이다. 조카들은 나에게 입을 꼭 다물고 있지만, 분명 어떤 로맨틱한 순간들이 옥상에서 일어났을 것이다. 상상만으로도 설렌다. 🏠

우리 집 옥상마당에 올라가면 사방에 옥상들이 보인다. 그 옥상마다 갖은 이야기들이 만들어지고 있다. 고추, 조롱박, 호박이 주렁주렁 열리는 사이사이에 천막도 파라솔도 의자도 바비큐 기기도 보인다. 아예 사람들이 살고 있는 옥탑방들도 적지 않다. 여름밤이면 곧잘 시끌벅적해진다. 로맨틱해 보이는 장면도 자주 목격한다. 도시 한가운데에서 유일하게 하늘을 마음껏 품을 수 있는 공간에서 벌어지는 풍경을 보면서 삶의 에너지는 다시 차오른다.

'단칸방'과
'한 칸 집'의 차이

채

제주도에 가본 사람이라면 화가 이중섭이 제주도에서 살던 집에 한 번은 들러봤을 것이다. 서귀포시 한복판 꽤 번화한 동네에 있고 지금은 그 동네에 '이중섭거리'가 만들어져 있어 주말에 다채로운 예술문화 행사와 함께 벼룩시장도 열린다. 서귀포의 명물인 올레시장과도 가깝고 바다와도 멀지 않아서 제주도에 간 사람들이 즐겨 찾는 장소다.

그리고 놀랐을 것이다. 설마 이렇게 작은 공간에서 살았단 말인가? 제주 특유의 숭숭 바람 들어간 현무암으로 쌓고 초가로 이어 돌로 눌러놓은 본채 집의 한쪽 귀퉁이 작디작은 공간이다. 독립된 한 채도 아니다. 폭이 다섯 자 남짓, 길이는 열두 자 정도다. 이중섭 화백이 다리나 뻗고 잘 수 있었을까 싶을 정도로 좁다. 같이 기거했던 아내와 두 아들이 일본으로 떠난 후 이중섭은 이 공간에서 홀로 자고 먹고 그림 작업을 했다. 앞쪽에는 부엌 역할을 하는 토방이 있고, 안쪽 구석에는 마루로 들어 올린 방 비슷한 공간이 있는데 그냥 평상처럼 보인다. 토방과 방 사이에는 문도 안 달려 있다. 아주 작은 쪽창이 있을 뿐 문을 닫으면 온통 컴컴하다. 찢어지게 가난했던 시절을 살아낸 역사 인물들의 공간을 꽤 들러봤지만 이렇게 작은 공간은 처음 봤다.

그래도 이중섭 작가가 단칸방이라 부르기도 민망한 작은 공간을 견딜 수 있었던 것은 아마도 이 공간이 단칸방보다는 '한 채' 같은 느낌이기 때문 아닐까? 나는 그리 짐작해본다. 마당에 나와 밥을 끓였을지도 모르고, 자기 마당은 아니더라도 돌아다니는 개와 고양이와 친구를 했을지도 모르고, 텃밭 채소를 뜯었을지도 모르겠다. 제주라는 온건한 기후가 많이 도움이 되었을 게다.

이중섭 작가의 서귀포 셋방처럼 '코딱지'만 한 집에서 살아본 경험이 있는가? 요즘에는 이른바 '민달팽이'라 불리는 청년 세대들이 가장 공감할지도 모르겠다. 부모 집에 사는 '캥거루족'이라도 될 수 있다면 그나마 운수대통이다. 집 떠나 살아야 하고, 일자리 구해서 움직여야 하고, 내 집은커녕 전셋집은커녕 월셋집은커녕 월세방도 부담하기 어려운 시대이니 말이다. 가난에 내몰리는 노령세대의 사정도 매일반이나 노령세대는 그나마 집 한 채라도 지키고 있을 확률이 높으니 다행이라 해야 할까?

달동네, 벌집주택, 쪽방촌, 비닐하우스, 하숙집, 고시원, 원룸촌, 소형 오피스텔, 소형 임대아파트 등 이른바 코딱지만 한 집들을 드나들어보면서 얻은 깨달음이 있다. '단칸방'에 한정된 공간 보다는 '한 채' 느낌이 나는 집이 그나마 넉넉하게 느껴진다는 사실이다. 프라이버시를 중요하게 여기는 요즘 세태인지라 '자기 방'에 한정된 공간에 관심을 많이 쏟지만, 조금 다른 시각으로 볼 필요가 있음을 지적하고 싶다.

'한 채' 같은 집이라면? 자기가 쓸 수 있는 바깥 공간이 있다. 그것이 마당이건 발코니이건 들어가는 골목길이나 복도이건 상관 없다. 여유 '감'을 주는 공간이 있다는 것이 '집'의 '감'을 높여주는 것이다. 이왕이면 여럿이 같이 쓸 수 있는 공용 공간이 있으면 좋다는 것은 두말할 나위가 없다. 그것이 뒷마당이건, 부엌이건, 식당이건, 세탁실이건, 넉넉한 현관 공간이건, 복도 끝 작은 공간이건, 바깥으로 트인 계단이건 간에 어떤 공간도 '공유의 폭이 확장되는 느낌'을 줄 수 있다.

'단칸방'을 찾고 있다면 '한 채' 같은 집을 물망에 올려보라. 단칸방으로 이루어진 임대 공간을 고려하는 사람들이라면 이왕이면

'한 채'로 느껴지는 구성이 어떤 것일까를 고민해보라는 뜻이다. 계단실을 나가면, 엘리베이터를 나가면, 또는 현관문을 열고 나가면 긴 복도에 양쪽으로 문만 잔뜩 달려 있는 모습을 피하라는 뜻이다. 그런 공간 구성은 어쩌다 머무는 호텔이나 모텔로 충분하다. 훨씬 더 긴 시간을 보내는 집에는 좀 더 '한 채' 같은 분위기가 필요하다. '내 공간'을 확장하기 위한 비결이다.

영화 「레옹」에서 프로페셔널 킬러인 레옹은 화분 하나를 들고 다녔다. 어디에도 안주하지 못하고 어디에서도 길게 살지 못하는 운명의 킬러조차 뭔가 마음 붙일 데가 필요한 것이다. 레옹은 그 화분을 창문 밖에 걸린 화분대에 거는 것으로 새 집에 자기 영역을 만든다. 바깥 공간을 정 만들 여유가 없다면 이렇게 창문 밖 화분대라도 만들어야 하지 않을까? 옹색하고 조밀하게 살 수 밖에 없는 도시의 삶 속에서 궁리해야 할 것은 너무도 많다. 🏠

건축에 대한 또한 집에 대한 나의 소신 중 하나라면 모든 집, 모든 방은 '단칸방'보다는 '한 채'의 느낌을 만드는 데 전력을 다해야 한다는 것이다. 집뿐이 아니라 모든 건물이 이렇게 된다면 우리는 꽤 인간적인 건축 환경에서 살 수 있을 것이다. 또 하나의 소신을 꼽는다면, '겉으로는 커 보이지 않는 집, 안에서는 의외로 작지 않다는 느낌을 주는 집이 최고'라는 소신이다. 이런 집, 이런 건물이 되려면 디자인 측면에서 무척 면밀한 노력이 필요하다.

나의 집은
백만 평

동네

『건축가는 어떤 집에서 살까』라는 책을 기획한 적이 있다. 십수 명의 실무 건축가들에게 글을 의뢰하고 그들의 집 사진을 찍어서 출간했던 책이다.

'집에 대한 고해성사'라 할 만큼 하나하나 글이 다 흥미로웠지만 그중에서도 건축가 정기용의 글이 아주 인상적이었다. 「나의 집은 백만 평」이라는 제목의 글에 정기용의 철학이 고스란히 드러나 있다. 정녕코 '사는 모습은 바로 그 사람'이다.

정기용이 사는 곳은 혜화동의 이름 없는 다세대주택이다. 건축가라면 자기가 지은 멋진 집에서 살 거라는 고정관념을 통쾌하게 깨뜨린다. 자기 집도 아니고 전셋집이다. 건축가라면 부자일 것이고 적어도 자기 집은 있을 것이라는 선입관을 유쾌하게 깨뜨린다. 리모델링을 하지도 않았다. 장판지 깔리고 도배지 바른 방을 고대로 쓴다. 건축가라면 벽도 털어내고 책장도 짜고 페인팅도 다시 하면서 평범하지 않은 집에 살 거라는 고정관념에서 완벽하게 벗어난 것이다. 그가 쓰는 책상은 평상이다. 보료처럼 두꺼운 방석과 두툼한 쿠션이 그의 의자다. 건축가라면 넓은 작업대와 인간공학적으로 디자인된 세련된 블랙 의자를 쓸 거라는 고정관념을 파격적으로 깨뜨린 것이다.

이 원고를 받아봤을 때 나도 놀랐다. 평소 알고 지내는 사람이라 하더라도 그들의 집까지 낱낱이 아는 것은 아니다. 사생활의 영역인지라 대개 서로 묻지 않고 지낸다. 그런데, 그 사람이 어떤 집에서 어떻게 사는지도 모르면서 어떻게 그 사람의 진면목을 다 알았다 하겠는가? 정기용의 글을 읽었을 때 '나는 그를 알았지만 그를 알지 못했었구나!' 하는 생각이 들었다.

정기용은 한발 더 나간다. "나의 집은 백만 평"이라는 제목에 나타나 있다. 작은 집에 사는 그가 혜화동, 명륜동으로 동네 산책을 나가면 성균관을 만난다. 지금은 성균관대학교 안에 포함되어 있지만, 성균관의 공간은 고대로 남아 있다. 너른 마당, 마사토로 잘 다져진 공간에 아름드리 은행나무가 있다. 그 은행나무 밑에 앉은 정기용은 내가 본 그의 다른 어떤 모습보다 멋졌다. 마치 우주의 비밀을 안고 있는 것 같은 은행나무, 천년의 지혜를 안고 있는 듯한 은행나무, 그 아래 앉아서 떨어지는 은행잎을 바라보자면 이 세상의 아름다움과 허무함이 온통 사무칠 것 같다.

정기용은 몇 년 전 세상을 떴다. 떠날 때까지도 이 세상을 사랑했던 그의 영혼은 여전히 성균관의 은행나무를 찾아 혜화동과 명륜동을 산책하고 있을 것만 같다.

백만 평이나 되는 동네 산책을 마치고는 오래된 동네 설렁탕 집의 개구멍 같은 문을 열고 들어서서 주인과 걸쭉한 농담을 나누면서 설렁탕 한 그릇을 비우고, 이름 없는 다세대주택의 그 방, 그 평상 앞으로 가서 책을 읽고 글을 쓰고 상상의 그림을 그리리라. 비록 사는 집은 작은 다세대주택의 한 칸이었지만 그의 집은 어엿한 백만 평이었다.

누구도 이런 야망을 가져볼 만하다. 지금 사는 집이 원룸이면 어떠하랴, 반지하면 어떠하랴, 옥탑방이면 어떠하랴, 고시원이면 어떠하랴? 당신의 옹색한 집을 나서면 온 동네가 당신의 마당으로 기다리고 있다.

산책으로 이어지는 뒷산이 당신의 텃밭으로 기다린다. 동네 카페가 당신의 서재로 기다린다. 동네 거리가 당신의 갤러리로 기다리고 있다. 그렇게 동네 산책을 하면서 당신의 외로움을 즐기고,

당신의 옹색한 집을 나서면 온 동네가
당신의 마당으로 기다리고 있다.

언제 어디서 떠오를지 모를 인연을 기대하고, 집보다 훨씬 더 큰 세상을 자신의 집으로 여기면서 살 수 있을지도 모른다. 🏠

건축가 정기용은 2012년에 고인이 되셨다. 여러 작업들이 있지만 그중에서도 봉하마을에 지은 '노무현 전 대통령 사저'가 특히 유명하다. 이제는 기념관으로 바뀌어서 내부에 들어가 볼 수도 있게 된 집이다. 개인적으로 들은 그와 노무현의 만남이 흥미로웠다. 비서진이 몇 건축가들을 추천해 대통령과 만나서 일종의 인터뷰를 했는데 얘기가 잘 통했던 모양이다. 건축주와의 대화에 능한 정기용이 자기 생각과 느낌에 솔직한 노무현이라는 건축주를 만났으니 궁합이 잘 맞았을 듯싶다. 1년여간 여러 대화를 나눈 뒤에야 집 설계가 마무리 되었단다. 고향 마을에 돌아가 사는 집이니 '불편한 집'이 좋겠다는 개념에 서로 동의하였다는 것이다. 안채와 사랑채와 바깥채로 나누어져 있고, 가운데 마당과 뒷마당과 앞마당 등 다양한 마당이 생겼고, 봉하마을의 지형지세에 쏙 들어가 앉아서 항상 거기에 있었던 것 같은 집이 되었다. 집주인은 떠났어도 집주인이 살던 모습은 지금도 남아 있다.

노마드의 집을
위하여

집 없는 집

어디 한번, '집은 꼭 필요한가?'라는 질문을 던져보자. 아주 당연시
하는 집, '내 집 마련'의 소원은 자연스러운 것일까, 인간의 본능에
부합하는 것일까? 인류 역사와 미래의 대서사시와도 같은 책, 유발
하라리의 『사피엔스』를 보면 끄덕끄덕하게 되는 대목이 많다. 그중
한 대목이, 인류 역사의 큰 획이라고 하는 농업혁명이 한 줌도 안 되
는 종류의 곡식과 가축을 키우느라 인간을 노예로 만들었다는 대
목이다. 수렵채집 인생을 포기한 인류는 노동은 훨씬 더 많이 하
고, 영양은 훨씬 빈곤해졌고, 병은 더 많이 생겼다. 더 많이 번식하
지만 더 많이 죽고 게다가 잉여 농작물이 생기면서 인간들 사이의
착취까지 발생하게 되었으니 재앙이 아닐 수 없다. 이렇게 발상을
바꾸어보니 새삼 인간이 '여우 같은 곰'으로 보인다.

집은 바로 이 농업혁명 속에서 등장했다. 안전한 보호처이자 안정된 서식처로 보이지만 집이라는 게 생기면서 인류는 땅에 발목을 잡히고 집에 자신의 세계관이 묶여버린다. 무서운 자연으로부터 안전해진 것 같지만 더 무서운 인공 환경으로부터 자신을 지키려는 성이 되기도 한다. 가진 게 많아진 만큼 지킬 것도 많아지고, 지킬 게 많아지는 만큼 집은 다만 실체가 아니라 상징이 되었고 그래서 부담은 더 커졌다. 너무도 당연하고 너무도 획기적인 발명인 것 같은 집을 이런 발상으로 보니 참 그럴 듯해 보이지 않은가? 집 한 칸 마련하느라 그 고생해야 하는 것도 웃기고, 집 한 칸 마련하느라 돈 빌리고 이자 내느라 일생을 바친다는 게 어이없고, 내 집이 없다는 고달픈 박탈감에 왜 시달리고 사느냐 자문하게 되고, 좋은 집을 갖고서도 여전히 더 좋은 집을 바라는 이 끝없는 욕망을 한탄해야 할까 하는 의문도 생긴다.

지금까지 집이라는 작은 공간에서 여자와 남자가 그나마 덜 싸우고 이왕이면 재미있게 사는 방법들을 고민해봤지만, 이런 고민 자체를 한 큐에 날려버리려면, 집에 갇히지 않고 살면 되는 것 아닐까? 이런 생각이 자연스럽게 솟아오르지 않는가?

진화생물학, 뇌과학, 거시적인 인류 통사에 의하면 인간은 농업혁명 이전의 수렵채집 시대에 완성된 유전자를 고대로 갖고 있다고 한다. 그렇다면 수렵 채집시대로 돌아가는 제 더 유전자에 적합한 삶일지도 모른다. 어느 한곳에 묶이지 않고, 세상 어디에 유용한 것이 있는지 소상하게 파악하고, 그걸 찾으러 부단히 움직이지만 매일 정해진 시간에 묶여 일할 필요는 없고, 오직 살아 있는 지식과 모든 감각을 작동해서 세상을 탐험하고, 온몸을 쓰며 위기에 대응하면서 자연스럽고 모험적이고 새로운 길을 개척하는 노마드 nomad로 사는 삶 말이다.

그러니 집에서 아웅다웅, 시시콜콜, 티격태격하다가 지치면, 상상해보라. 집을 훌훌 털어버리고 나면 완전히 새롭고도 멋진 세계가 펼쳐질지도 모른다는 것을! 집을 벗어난 노마드, 온 세상을 자신의 집으로 삼을 수 있는 노마드, 발상을 바꾼 사람들은 또 다른 집을 상상할 수 있으리라!▲

내 꿈 중 하나는, 2년에 한 번씩 지방 도시를 바꾸어가며 사는 것이다. 이루기 어렵겠지만 그래서 계속 꿈꾼다. 지방 도시마다 특이한 스타일의 집이 꼭 있다. 전주 한옥에서, 광주의 솟을지붕 집에서, 부산의 달동네 집에서, 제주의 돌집에서 돌아가며 산다면 우리나라 전체를 집으로 여기고 살게 되는 것 아닐까? 인생은 여행이다. 잠시 잠깐 이곳에 머물다 가는 우리들은 집에 마음을 닫아두고 떠나는 것일 게다

꼭 집 모습이 전체적으로 생각나는 것은
아니다. 삶의 어떤 순간, 그 순간의 어떤
느낌이 떠오르는데 그 느낌의 배경으로
어떤 공간, 어떤 물건이 떠오르는 것이다.
마치 영화 장면처럼 말이다. '집같이
느껴지는 집'은 자주 떠오르는 장면 속에
담긴 느낌이 그립기 때문일 것이다.
그 느낌을 더듬어보자.

chapter
04

'집갈이' 사는 집

이야기

왜 그 집은
자꾸 생각날까?

"이제 집이 좀 집 같아요." 언제쯤 되면 이 말이 나올까? 최소한의 기준은 있을 것이다. 이제 박스가 더 이상 쌓여 있지 않고, 살림이 제자리를 찾은 것 같으면? 새 집의 스위치 위치에 익숙해져서 더 이상 이 불 저 불 켜지 않게 되면? 길에서 올라오는 소리, 이웃에서 들려오는 소리 때문에 더 이상 잠을 설치지 않게 되면? 퇴근할 때 '집에 간다'고 확실하게 느껴지면?

　　좀 더 생활적인 기준도 있을 것이다. 더 이상 빗자루와 걸레를 종일 들고 다니지 않게 되면? 외식이나 배달 음식 횟수가 줄어들게 되면? 집에서 밥 해 먹는 게 자연스러워지면? 더 이상 쇼핑 리스트를 들고 다니지 않게 되면? 인터넷 주문 건수가 점차 줄어들면? 주말 외출이 당연해지기 시작하면?

좀 더 분위기적인 기준도 있을 것이다. 책장의 책들이 찾기 쉬운 방식으로 꽂히게 되면? 사진이나 그림이 더 이상 벽에 기대 서 있지 않게 되면? 화분 속 식물들이 자기들이 원하는 햇볕과 바람을 잘 맞을 수 있도록 자리 잡으면? 강아지가 더 이상 서성대지 않고 이상한 곳을 바라보고 멍멍 짖지 않게 되면? 고양이가 돌돌 말고 잘 자게 되면? 집들이 손님맞이를 해볼까 생각하게 되면?

그러나 집은 결코 완성되지 않는다. 사계절을 사는 우리들은 여전히 철마다 옷장을 바꿔야 하고(옷장을 뒤집을 필요가 없을 정도로 긴 옷장이 있다면 좋겠지만 그것은 대부분 우리들에겐 실현 불가능한 꿈이다.), 계절에 맞게 생활 소품들을 바꾼다. 기분 전환을 위해서 배치를 이리저리 바꿀지도 모른다. 분위기를 바꿔보려고 뭔가 새로운 시도를 해볼지도 모른다.

'내 집 같은 집'을 이루는 게 뭘까, 대체? "아직도 내 집 같지가 않아요."라는 말은 왜 나올까? 소유하는 집이 아니라 전세라서? 월세라서? 기껏 2년 살고는 집을 바꾸게 되어서? 그런데 소유 여부나 짧은 거주 기간이 꼭 변수가 되는 것만은 아닌 것 같다. 내게 자주 생각나는 집들은 상가 건물 옥탑방, 나이가 무려 80세가 넘었던 일제강점기 시절에 지은 집, 그리고 미국 유학 시절에 살았던 아파트인데 전셋집 또는 월셋집이었고 2년을 채 넘기지 않은 집도 있다.

'집같이 느껴지는 집은 어떤 집일까?'라는 의문에 대해서 가장 좋은 질문은, '왜 그 집은 자꾸 생각날까?'일지도 모른다. 꼭 집 모습이 전체적으로 생각나는 것은 아니다. 삶의 어떤 순간, 그 순간의 어떤 느낌이 떠오르는데 그 느낌의 배경으로 어떤 공간, 어떤 물건이 떠오르는 것이다. 마치 영화 장면처럼 말이다. '집같이 느껴지는 집'은 자주 떠오르는 장면 속에 담긴 느낌이 그립기 때문일 것이다. 그 느낌을 더듬어보자. 그 느낌을 자아내는 순간이 어떤 것인지 더듬어보자. 가슴이 흔들린 순간에 어떤 이야기가 만들어졌을까? 🏠

살아본 집, 살고 있는 집, 살고 싶은 집

세 가지 집

모든 사람에게는 세 가지 집이 있다. 살아본 집, 살고 있는 집, 살고 싶은 집. 이 세 가지 집은 서로 서로 영향을 미친다.

살아본 집은 마음속 깊은 추억으로서뿐 아니라 몸 곳곳의 기억으로 녹아 있다. 아무리 평소에 의식하지 않더라도 바탕에 깔려 있는 것이다. 편한 것, 아늑한 것, 불편한 것, 익숙한 것, 좋아하는 것, 싫어하는 것, 피하고 싶은 것, 무서워하는 것 등의 감정은 마음뿐 아니라 몸에도 각인된다. 시각만이 아니라 미각과 후각, 그리고 청각과 촉각에 이르기까지 오감으로 남아 있는 몸의 기억은 강렬하다. 다 잊은 줄 알았는데 불현듯 다시 찾아오기도 한다.

살고 있는 집에 대해서 사람들은 대개 극과 극을 달린다. 한편으로는 불만이 가득하거나 덤덤하거나 무감각한 경우가 있고 다른 한편으로는 살고 싶은 집으로 가는 징검다리로 여기는 경우도 있다. 살고 있는 집이 살아본 집의 연장선이거나 또는 그 반작용이 되기도 한다. 어릴 적 살던 그 느낌을 다시 재현하고 싶거나 아예 지겨운 옛날의 기억으로부터 벗어나서 살고 싶어 하는 것이다. 지금 살고 있는 집을 꼭 살고 싶은 집으로 여기는 사람은 거의 없겠지만, 적어도 살고 싶은 집의 소망 한 조각을 담고 있다면 최상의 상태가 아닐까?

살고 싶은 집에는 살아본 집에 대한 기억과 살고 있는 집에 대한 아쉬움이 버무려져 있을 뿐 아니라 전혀 겪어보지 않은 삶, 살아보고 싶은 삶에 대한 꿈과 로망이 녹아든다. 절대로 이루지 못할 꿈일지도 모르지만 여전히 살고 싶은 집을 꿈꾸고 있는 것만으로도 행복은 찾아온다. 왜 나는 이런 꿈을 꾸는가를 알면 자신을 온전히 알게 된다.

살아본 집, 살고 있는 집, 살고 싶은 집에 담겨 있는 과거와 현재와 미래는 끊임없이 서로 교류해야 건강한 상태다. 의식하건 의식하지 않건 우리는 과거와 현재와 미래를 끊임없이 서로 비교하며 대조하고, 같은 것을 찾거나 다른 것을 추구하고, 새로움을 발견하거나 익숙함을 확인하면서 새로운 관계를 만들어간다. 때로는 갈등하지만 나름의 화해를 찾아내는 것이 사람의 놀라운 능력이기도 하다.

여자와 남자가 같이 산다는 것은 살아본 집, 살고 싶은 집, 살고 있는 집의 관계에 대한 고차방정식을 같이 푼다는 뜻이다. 훨씬 더 복잡하고 난해한 문제이자 훨씬 더 흥미진진한 과제다. 남녀는 서로 다른 과거를 가지고 서로 같은 미래에 대한 가능성을 꿈꾸면서 이 집에서 지금 같이 살고 있는 것이기 때문이다.

그래서 남자와 여자가 집에 대한 궁합을 맞춰보는 것은 절대적으로 필요하다. 살아봤던 집에 대한 감정을 나누고 살고 있는 집에 대한 느낌을 나누고 살고 싶은 집에 대한 꿈을 맞춰보는 것이다. 무엇이 그렇게 좋았던지, 나빴던지, 아쉬웠던지, 해보고 싶었던지, 못 해본 게 무엇인지, 꼭 해보고 싶은 건 무엇인지, 버릴 수 없는 것은 무엇인지, 홀홀 털어버리고 싶은 것은 무엇인지, 꼭 지니고 있어야 하는 것은 무엇인지 등 대화의 목록은 수도 없이 많다. 공유하지 못했던 삶의 순간에서 공감을 찾아내는 것은 경이로운 기쁨이다.

꼭 비슷한 집이어야 궁합이 맞는 것은 아니다. 한 사람과 한 사람이 만나서 같이 산다는 것은 비슷함을 확인하는 공감뿐 아니라 다름의 신선함을 맛보며 느낌의 폭을 넓히는 의미도 크기 때문이다.

"왼쪽에서 자요? 오른쪽에서 자요?" 침대를 쓰는 요즘 남녀들이 궁합을 맞춰보는 말이라고 한다. 같아서 맞건 달라서 맞건 궁합이란 묘하게 작동한다. 당신은 어떤 습관, 어떤 삶의 순간, 어떤 소망으로 궁합을 맞춰보겠는가? ▮

살아본 집, 살고 있는 집, 살고 싶은 집의 상관관계를 파악해보는 좋은 방법 중 하나는 살아봤던 집들을 찾아보는 일이다. 옛날 살던 집을 찾아가서 기억을 더듬어보라. 동네를 거닐어보라. 아직도 남아 있는 집이 있다면 당신은 너무 행운이다. 집이 사라져버렸다면 당신의 마음속에서 다시 그려보라. 미래를 같이 해볼까 하는 남녀는 서로의 집을 찾아다니는 역사기행을 같이 해보는 것도 좋다. 아주 근사한 데이트 방식이 될 것이다. 서로의 이야기를 더 잘 알게 되고, 의식에서뿐 아니라 무의식에 남아 있는 간절함, 한, 바람을 더 잘 알게 될 터이니.

'오래 산 것 같아요!' 소리를
들어야 집이다

시간의 힘

새 집은 아직 집이 아니다. 새 집이란 진짜 집이 되기 위한 준비 상태일 뿐이다. 사람이 살아야 집은 집이 되기 시작한다. 자잘한 일상, 때론 지루하고 때론 피곤하지만 사람의 몸짓들이 쌓이면서 집은 기를 얻고 혼을 갖게 된다. 사람의 힘이자 쌓이는 시간의 힘이다. 오래된 집에 사는 것은 이 점에서 무척 유리하다. 벽이 목격한 수많은 삶, 기둥이 버텨온 삶의 무게, 문으로 드나든 수없는 만남들, 눈에 보이지 않는 공간에 녹아 있는 삶의 순간들, 그 웃음소리와 눈물, 한숨과 미소, 나른함과 바쁨의 에너지들이 신비하게 나의 지금에 후광을 둘러주기 때문이다.

우리 사회에서는 새 집을 지나칠 정도로 좋아한다. 신기할 정도다. "오래된 집은 싫어요!"라고 아예 부르짖는 사람도 있다. 헐었다, 낡았다, 불편하다 같은 기능적인 이유를 들지만, 그 속에는 슬픈 역사, 돌아보기 싫은 과거에 대한 거부 반응이 섞여 있는 게 아닐까 싶기도 하다. 부동산 가치 때문에 새 집을 선호하는 것이야 이해한다 치더라도 심리적으로 건강한지는 의문이다.

다행인 점은 오래된 집의 가치를 새삼 발견하는 사례들이 꽤 늘고 있는 현상이다. 한옥의 부활은 물론이거니와 오래된 농가주택을 고쳐서 살거나 단독주택, 다세대주택을 리모델링하는 현상이 그것이다. 리모델링이 신축보다 훨씬 더 흥미로운 것은, 원래 집에 스며들어 있는 오래된 시간이 지금의 시간과 만나 아주 흥미로운 관계를 맺을 수 있기 때문이다.

영화 「건축학개론」은 첫사랑으로부터 집 설계를 의뢰받은 건축가가 거치는 감정의 단계를 설득력 있게 그려낸다. 여자의 아버지가 살던 제주도 집터에 처음에는 집을 헐고 완전 첨단적이고 미래적인 집을 지을 것을 제안한다. 그러다 같이 그 집에 가보고 여자의 추억을 듣고 난 후에는 집을 살리고 리모델링을 하게 된다. 다 고친 집 안에는 여자가 자랄 때 키 재기를 했던 벽도 남아 있고, 아빠가 만든 '수챗간(지금은 거의 안 쓰이는 말로 펌프나 수도를 놓고 바깥에서 물을 쓰는 공간을 일컫는다.)'에 찍혔던 고사리 같은 발자욱도 남아 있다. 오래된 시간과 사랑의 기억이 포개진다.

오래된 시간은 왜 좋은가? 돈으로 절대 살 수 없는 가치를 느끼면서 여유로워지기 때문이다. 마치 자신이 오래 살아온 듯한 느낌도 가질 수 있다. 깊은 안정감이 들고 왠지 품격이 높아지는 듯한 느낌도 든다. 마치 항상 거기에 있었던 듯한, 항상 거기에 있을 듯한 영원의 느낌도 좋다. 어떻게 오래된 시간을 집으로 끌어들일까? 마음만 먹으면 무척 쉽다. 가족의 역사는 그중 으뜸 원천이다. 친정과 본가에서 오래된 물건 하나쯤은 꼭 챙기자. 엄마 아빠가 쓰던 것, 할머니 할아버지가 쓰던 것 하나쯤 있다면 이미 기본은 갖춘 것이다. 새것 좋아하는 요즘 아이들도 충분히 고마워할 것을 물려주리라 생각하면 가구 고르는 마음도 달라질 것이다. 골동품, 진품 명품이 품은 시간 앞에서 마음을 가다듬게 되는 것이다.

싱글 친구가 드디어 마련한 아파트에 놀러가 보니 엄마가 쓰셨다던 전통 그릇장, 옷장을 잘 고쳐 쓴다며 자랑한다. 아파트라는 무색무취의 공간에 기품 있는 분위기를 드리워주는 유품이다. 엄마가 돌아가신 후 아버지를 오래 모신 덕분에 가구를 고대로 물려받을 수 있었단다.

가족의 역사를 보여주는 사진은 가장 손쉬운 자원이다. 아무리 영상 파일이 많이 있으면 뭐 하나, 프린트로 내 앞에 걸려 있어야 그 의미가 귀해진다. 사진관에 가서 거금을 주고 찍는 가족사진보다는 삶의 순간이 생생하게 포착된 일상의 사진이 더욱 뜻깊다. 우리의 기억을 자극하며 일상의 시간 폭을 넓혀주기 때문이다.

시간의 가치로서 각별히 귀하게 여기는 물건을 갖는 것도 좋은 방법이다. 나는 황학동 시장에서 산 작은 운석을 곧잘 손에 굴리면서 우주의 시간을 헤아려보곤 한다. 지구의 시간이 새겨진 돌과 화석으로 만든 목걸이를 걸며 지구의 시간을 헤아리기도 한다. 내가 못 살아본 시간에 대한 그리움이다. 소멸된 수많은 것들을 헤아리는 순간이자 언젠가 맞을 나의 소멸을 상기하는 시간이기도 하다.

"아주 오래 산 것 같아요!"라는 말은 집에 대한 최고의 찬사다. 이 말은 '아주 근사하게 살고 있다'는 평의 다른 표현이다. 아늑하고 분위기 있고 모든 게 제자리에 있고 사는 사람의 에너지가 느껴진다는 뜻이기 때문이다. 거기에 시간의 힘이 있다. ◼

사람이 쓰는 물건에 그리움과 한과 염원이 새겨지면 불멸의 도깨비가 된다고 한다. 왜 이런 설화가 생겨났을까? "주인이 누구인지 모르는 물건을 집에 들이는 게 아니야!" 이 말은 골동품을 이것저것 집에 들이는 나에게 엄마가 하던 말이기도 했다. 왜 그러셨을까? 우리의 장례 문화에는 사람이 죽고 나면 그 사람이 쓰던 물건을 다 태우는 의례를 치르기도 했다. 물건에 애착을 갖지 말고 '무無'로 돌아가서 이승에 머물지 말라는 뜻이었을까?

손으로 만든 것 하나쯤은
있어야 집이다

손길

연말연시에 방문했던 미국 사는 언니 집에 큰딸네도 모였다. 헌 집을 사서 리모델링을 막 마친 두 커플은 집 고치며 치러야 했던 갖은 모험을 이야기하느라 바쁘다. 무려 30년 차이가 나지만 죽이 잘 맞는다.

공통적인 불만은, 미국의 인부들이 한국과는 달라서 일하는 둥 마는 둥 영 느림보에다가 마무리가 시원찮아서 속이 터졌다는 것이었다. 공통적인 자랑은, 결국 자기네들이 나서서 손수 대부분의 작업을 해냈다는 것이었다. 페인팅, 도배, 마루 깔기, 타일 붙이기, 커튼 만들기, 부엌 장 조립해 설치하기, 급기야는 싱크대 상판짜 넣기까지. 잘했다 잘했어!

아직 내공이 약한 큰딸은 이모네 집의 자작 장식들에 감탄 또 감탄이다. 어디 하나 공장 냄새가 안 난다. 장삿속도 안 보인다. 대부분은 어디 벼룩시장에서 들고 온 거 같은 물건들이거나 직접 만든 물건들이다. 주인장들의 솜씨와 취향이 드러나고 그들의 사람 냄새가 폴폴 난다. 커튼은 제각각이고, 그림 액자 틀도 제각각이고, 문 손잡이도 제각각이다. 그릇들은 짝이 안 맞고 의자들은 하나하나가 다르고 이불과 쿠션들은 같은 문양, 같은 색깔이 하나도 없다. 한마디로 '세트'가 없는 것이다. 그래도 다 잘 어울려 보이니 이게 웬일이랴.

이른바 상품 시대, 공장 제작 시대, 서비스 시대의 문제는 모든 것들이 완벽하고 기능적이고 반짝거리며 빈틈없는 세트라는 점이다. 그런데 주문 맞춤 서비스를 한 경우라 하더라도 주문자보다 제작자의 냄새가 더 나는 것을 피하기 어렵다. 그러니 사람 냄새가 안 나고 손맛이 없다. 어딘가 아쉽다. 수공예 시대로 돌아갈 수야 없겠지만 역시 손맛이 나야 사람 사는 집 같다.

19세기 말에 이른바 공장 생산 물건들이 모든 집을 점령하기 시작할 때 디자이너들이 일으킨 운동이 '아트앤크래프트 운동Art & Craft Movement'이다. 영국에서 시작한 이 운동은 유럽 전역을 휩쓸며 아르누보Arts Nouveau(새로운 예술) 운동으로 발전되며 대량생산으로 만들어진 제품에 사람 냄새를 불어넣으려는 노력을 했다. 그것은 디자이너들이 펼친 운동이었다. 지금도 디자이너들은 끊임없이 공장 제작 과정에 디자인의 옷을 입히며 색깔이 있는 브랜드를 만들려 노력한다. DIY로 유명한 이케아 브랜드가 상륙하면서 한국의 가구 산업이 가구뿐 아니라 소품 디자인으로 대거 시장을 넓힌 것도 그 일환이다.

디자인 소품을 사는 것도 나쁘진 않겠지만 집에는 직접 손으로 만든 물건 하나쯤은 있어야 집맛이 난다. 우리 자신이 디자이너, 제작자가 되는 것이다. 여자에게는 상대적으로 쉬운 일이다. 천이나 실로 만들 수 있는 것들이 꽤 되기 때문이다. 뜨개질과 바느질, 특히 손바느질은 이 첨단 시대를 사는 여자들의 인생을 근사하게 만들 수 있는 기술이다. 재봉틀까지 사용할 수 있으면 더할 나위 없이 좋겠지만 손만으로도 할 수 있는 게 다양하다. 자작 장식뿐 아니라 아이들이 자랑스러워 할 패션을 창조하기도 좋고 만들면서 마음 다스리기도 좋다.

10여 년 전 친정 엄마가 돌아가셨을 때 나는 엄마가 장 속 깊은 곳에 고이 모셔놓았던 '모시 베 보따리'를 들고 왔다. 그 안에는 옷감도 있고 베잠방이며 모시 바지저고리, 적삼 등이 있었다. 나는 모시와 베를 이용한 조각보 만들기를 시작했다. 손에 들 때마다 엄마가 생각난다. 마음을 다스리기도 좋다. 한여름에 너무도 시원한 조각보 이불을 만들어 딸에게도 언니에게도 동생에게도 준다. 할수 있다면 가까운 친구들에게도 하나씩 주고 싶다. 손으로 한 땀 한 땀 만든 정성만으로도 이 조각보 이불은 귀한 분위기를 만든다. 오래갈 것이다. 그 정성 때문에 쉽게 내버리지 못할 것이다. 오랜 시간 동안 들인 정성이 주는 힘이다. 마치 내가 엄마에게서 받은 마음의 유산을 다시 주변과 나누는 것 같이 기분이 좋아진다.

남자에게는 조금 더 어려운 일이 될 수도 있다. 바느질과 재봉질까지 해내는 남자들은 아직 귀하니 말이다. 대신 딱딱한 재료들을 다루면 새 가능성이 열린다. 바로 목공이다. 남녀 모두 목공의 매력에 빠지는 요즘 시대지만 특히 남자가 나무를 다루기 시작하면 완전히 다른 세상이 열린다. 게다가 목공은 자르기, 조립하기뿐 아니라 갈기, 칠하기 같은 소프트한 작업까지 곁들여지니 남자 여자가 협동하기에 딱이다. 궁합 맞춰보기 좋고 서로 칭찬하고 고마워하고 자랑스러워할 일도 늘어난다.

제 손으로 만든 그 무엇으로 마음이 뿌듯해질 때까지 아직 집은 완성되지 않았다고 여겨보자. 진짜 집주인이 될 길은 아직 많이 남아 있다고 여겨보자. 내 손으로 만든 그 무엇이 있어서 이 집은 내 집이라고 여겨보자.

어차피 우리 사회도 인건비가 자꾸 올라가서 사람 손을 못

사고 직접 자신의 손을 쓰는 집주인이 되는 것은 주어진 운명이다. 기왕이면 스스로 나서서 손을 쓰는 집주인이 되어 집 같은 집을 만드는 것은 스스로 개척해가는 운명이다. 🔊

우리 집에 본격적인 DIY가 등장한 것은 채 3년 남짓이다. 목재로 하는 DIY다. 평생토록 하고 싶어 했지만 여유가 나질 않아서 가끔 시늉만 내며 살았었다. 그러다가 작정하고 목재 절단기, 샌더기, 잘 드는 톱, 전동 드라이버, 드릴 등을 장만했다. 봄이 오면 작업 분위기가 무르익는다. 첫 시즌에는 작업 요령이 없어서 힘도 많이 들었고 실수도 많이 하면서 두 아마추어가 낑낑대며 작업을 했다. 두 번째 시즌에는 제법 요령이 붙었다. 세 번째 시즌에는 꽤 어려운 작업도 해냈다. 디자인하기, 자재 주문하기, 제작도 만들기, 나르기, 자르기, 조립하기, 곱게 갈기, 페인팅하기 등 하나하나 과정이 신기하고도 재미있다. 왜 진즉 이 재미닌 짓을 못 하고 살았을까?

비밀이 없는
사람은 없다

비밀

가끔 검찰의 압수수색, 특히 '자택 압수수색' 뉴스가 나오면 나는 궁금해진다. 어디서 찾았을까? 안방, 서재, 거실, 화장실, 지하실, 다락방, 장롱, 책상 서랍, 책장, 선반장, 싱크장, 마당, 나무 밑, 사설 금고? 무엇을 찾았을까? 현금 다발, 서류, 봉투, 수첩, 편지, 일기장, 통장, 도장, 유언장, 계약서, 비밀번호, 핸드폰, 약, 주사, 보석, 열쇠, 녹음 테이프, 디스크, 유에스비? 상상해보라. 자기 집이 압수수색 된다면 어디에서 무엇이 나올까? 비밀로 부쳐두었던 우리의 내밀한 생활이 고스란히 드러나게 될 것이다.

압수수색을 해도 아무것도 안 나오는 집이라면 도덕적이고 정직하고 진실한 집일까? 글쎄다. 검찰이 관심 가질 만한 것을 숨긴 집이라면 모르겠지만 숨긴 게 아무것도 없는 집이라면 그게 오히려 이상한 집 아닐까? 드러나지 않은 비밀을 품고 있지 않은 사람은 없다는 게 정상 아닐까?

비밀이 없는 사람은 없다. 숨기고 싶은 것이 없는 사람은 없다. 자기만 알고 자기만 지니고 싶은 그 무엇이 없는 사람은 없다. 아이들은 부모에게 비밀로 한다. 아이들 사이에도 비밀이 있다. 아내는 남편에게 비밀로 한다. 남편은 아내에게 비밀로 한다. 그것이 무엇이든 말이다. 첫사랑, 못 잊은 사랑, 불륜, 연애, 몰래 쇼핑, 유언, 가계비, 통장, 성적표, 편지, 빚, 명예퇴직, 실업, 거짓말, 범죄? 이보다 더한 비밀을 가진 사람이라면 국정원 직원, 스파이, 외계인, 귀신? 이렇게까지 상상을 비약하지는 말자.

비밀을 가장 잘 숨길 수 있는 곳이 집이다. 남들이 쉽게 들어오지 못하는 곳, 나랑 가까운 곳, 언제나 열어보고 언제나 닫을 수 있는 곳, 비밀을 감출 구석이 가장 많은 곳, 그곳이 집이다. 집은 비밀의 창고다. 가진 것, 못 가진 것뿐 아니라 아쉬움, 부끄러움, 질투심, 분노, 싫음, 두려움, 그리움, 불안 등 남에게 내색하지 않으려 드는 감정이 담긴 비밀들을 누구나 안고 있다.

비밀을 숨긴다는 측면에서 가족과 함께 산다는 것은 치명적인 방해물이다. 가족 사이엔 비밀이 없어야 한다는 일종의 도덕률도 있다. '부부 사이에 비밀은 없어야 한다, 아이들은 부모에게 감

추지 않는다, 부모는 아이들의 모든 것을 알 권리와 책임이 있다.'
같은 고정관념이다. 그래서 부모는 아이의 방문을 불쑥불쑥 열고,
부부는 서로의 프라이버시를 수시로 침범한다. 이렇게 된다면 잠
금의 권리를 확실히 인정받는 화장실만이 유일하게 홀로 있을 수
있는 공간이 될지도 모른다.

아이들은 머리가 크면서 부모가 자기 방에 들어오는 것을 반
기지 않는다. 방문을 꼭 잠글 뿐 아니라 아예 나가 있을 때도 잠그
려 드는 아이도 있다. 부부 사이는 또 어떨까? 여자, 남자 사이는 좀
더 까다롭다. 방을 같이 쓰니 안방, 사랑방으로 영역이 명확히 구분
되는 것도 아니다. 여자가 남자의 옷 정리를 하는 경우라면 장롱도
그리 안전하지 않다. 여자가 책상을 정리정돈해주기를 바란다면
그곳도 비밀 공간은 아니다. 은퇴한 남자가 집에서 시간을 많이 보
낼수록 그 존재가 집 안의 공간 여기저기를 파고들어 어색한 긴장
이 생긴다고 불만을 토로하는 중년 여자도 적지 않다.

내가 아는 한 30대 여성은 남자의 문 잠금 때문에 이혼했단
다. 작곡가인 남편이 밤이면 홀로 자기 작업실에 들어가 작업을 하
는 것까지는 당연하게 생각했는데 꼭 문을 잠가버려서 쫓겨난 것
같은 그 기분이 너무도 싫다고 했다. 사실은 쫓겨남의 문제가 아니
라 자신을 믿지 못하는 불신에 대한 실망 때문 아니었을까? 한 집

같이 사는 가족의 비밀을 존중해주자.
나의 비밀이 감추어지기를 원하듯
너의 비밀도 알려 들지 말자.

에서 서로의 프라이버시와 비밀을 어디까지 존중해줘야 하느냐는 결코 가벼운 문제가 아니다.

가장 중요한 것은 각기 자신만의 비밀 공간을 마련할 수 있도록 배려해주는 것이다. 자신만의 비밀을 감추는 공간이 없으면 자아의식도 안정감도 신뢰감도 생기기 어렵기 때문이다. 나는 여덟 살 무렵 처음 가졌던 비밀의 구석을 선명하게 기억한다. 아이들이 우글거리는 집에서 나만의 공간은 어디에도 없던 시절이다. 나만의 책상이나 서랍도 없던 시절이다. 이때 내가 발견한 것이 장롱 뒤편의 비밀 구석이었다. 앞은 선반장인데 그것을 180도 돌리면 아무도 쓰지 않는 그 뒤에 어두운 구석이 있었다. 이 구석에 나는 여러 가지를 숨겼다. 남들에게는 아무 가치가 없는 것이었겠지만 다 '내 것'이었다. 무엇보다도 '나만의 비밀 공간을 갖고 있다'는 그 자체가 나에게 알지 못할 심리적인 깊이를 주었다. 그때 나는 훌쩍 자랐을 것임에 틀림없다.

같이 사는 가족의 비밀을 존중해주자. 나의 비밀이 감추어지기를 원하듯 너의 비밀도 알려 들지 말자. 그것이 아무것도 아니라 할지라도 그 사람이 감추고 싶어 하니까. 비밀을 감출 공간을 허락해주자, 마련해주자. 어릴 적의 '보물상자'든, 열쇠로 잠그는 서랍이든 박스든 말이다. 그렇게 자신만의 비밀을 쌓아가면서 영혼의 깊이가 깊어지는 것이다. 비밀이 없는 사람은 매력이 없다.

요즘의 비밀은 모두 핸드폰과 컴퓨터 안에 있을까? 그럴 리는 없다. 아무리 디지털 시대라 할지라도 우리의 비밀은 아날로그 속에 더 숨어 있을 가능성이 높다. 그것들이 숨어 있는 곳이 집이다. 🔔

오랫동안 감춰왔던 가족의 비밀이 드러나면서 일상의 평온이 깨지는 상황을 영화나 문학에서 많이 그린다. 유품을 정리하면서 나오는 일기장, 다락방을 정리하다가 나온 편지, 오래 묵힌 박스를 정리하다가 나온 수상한 열쇠, 서랍 밑바닥에서 나온 못 보던 손수건, 마당을 다시 가꾸다가 나온 해골 등. 그리고 그 비밀을 찾아가면서 인생의 새로운 장면이 펼쳐진다. 정말 우리는 얼마나 많은 것을 비밀로 하면서 살고 있는 깃일까?

사람이 안 보이는
집 사진은 가짜다

사람

과장해서 말하자면, 사진에 찍힌 모든 집은 가짜다. 그 집의 진짜 모습을 알 수 없다는 점에서 그러하다. 몇 가지 이유. 첫째, 사람이 안 나온다. 둘째, 시간이 정지돼 있다. 셋째, 소리도 안 들리고 냄새도 안 나고 만져볼 수도 없다. 넷째, 이차원이다.

　우리는 공간을 삼차원으로 파악하며, 시간은 언제나 흐르고, 느낌이란 눈뿐 아니라 소리와 냄새와 감촉의 종합으로 완성되며, 무엇보다도 그 안에 사람이 움직여야 공간의 진면모를 알 수 있다. 그림과 건축이 다른 것은 '창'과 '문'이 있다는 것, 즉 사람이 살고 활동하고 오가고 모이고 앉고 서고 눕는 공간이라는 점이 다른 것이다.

　이런 면에서 잡지나 그림책에 나오는 사진 속의 집은 다 리얼하지 않다. 패션 화보와 그리 다르지 않다. 치우고 닦고 쓸고 정리하고 잘 꾸민 모습이 그 집의 일상 모습일 리는 없다. 사진 속의 그런 모습이 그 집의 일상적인 순간의 모습이라면 오히려 이상할 것 같지 않은가? 일상이란 혼잡과 번잡함과 어지러움의 연속이니 말이다.

특히 새 집의 사진은 진짜가 아닐 확률이 농후하다. 아직 사람 사는 흔적이 충분히 배어들지 않았기 때문이다. 그나마 영상으로 보는 집 소개는 정지된 사진보다는 조금 낫다. 하지만 영상 속에서도 집주인들이 일상에서 사는 모습이 있는 그대로 나오는 것은 아니다. 집주인들이 대놓고 나오는 장면도 대개는 연출한 장면이기 십상이다.

집 사진 중에서도 가장 어색해 보이는 사진이 침실 사진이다. 덩그마니 큰 침대, 막 체크인한 호텔방 같은 모습은 정말 리얼하지가 않다. 침실의 진면모는 이불이 흐트러져 있을 때, 여기저기 벗은 옷이 던져져 있을 때 나오지 않는가? 하지만 그런 사진은 결코 찍히지 않는다. 그러니 사진이 영 재미가 없는 것이다.

삶의 모습이 중심이 되는 드라마나 영화 속의 집 모습이 좀 더 진짜에 가깝기는 하다. 화면발이 잘 받도록 꾸며놓긴 했지만 어디까지나 배경으로서의 역할을 충실히 한다는 점에서 꽤 리얼하다. 물론 '세트'는 빼고 하는 말이다. 우리가 사는 삶의 모습은 드라마보다 훨씬 더 드라마틱하니, 세트가 우리 삶을 다 담을 수는 없다.

그러니 절대로 사진으로 집을 쇼핑하지 말라고 권하고 싶다. 사진으로 모든 것을 판단하는 것도 금물이다. 물론 우리에게는 사진 속에 사람과 삶의 순간들을 대입해볼 수 있는 상상력이 있다. 하지만 많은 경우, 이런 상상력이 작동하기 전에 사진에 나타난 형태에 속기 십상이다. 어련히 알면서도 속아 넘어가는 광고들처럼 말이다.

포토제닉한 사람이 있듯이 포토제닉한 집이 있게 마련이다. 포토제닉한 사람이라 해서 인간적인 매력이 없으리라는 법은 없지만, 포토제닉한 집이 정말 매력적인 집인지, 새록새록 펼쳐지는 삶을 담아낼 수 있는 집인지 한번 의심해볼 필요는 있다. 포토제닉한 집이 곧 살기 좋은 집은 아닌 건 분명하기 때문이다.

많은 경우에 사진발이 좋은 집은 스토리가 약하기 십상이다. 포토제닉한 스타나 모델인 경우 그 사람 내면의 스토리가 잘 안 보이는 이치와 비슷하다. 억울하겠지만 그런 심리적 작용이 있음을 인정할 수밖에 없다.

부디 포토제닉한 집에 속지 말라. 집이 속 빈 강정이나 빛 좋은 개살구가 되어서는 곤란하다. 정말 좋은 집은 가족이 들어가 있을 때 진가를 발휘한다. 어질러져 있을 때 스토리가 나온다. 집은 드레스리허설을 하는 곳도 아니고 패션쇼 하는 곳도 아니다. 드라마의 세트도 아니고 영화의 세트도 아니다. 빛나고 아름다운 스토리뿐 아니라 구질구질하고 허접하기조차 한 삶의 스토리를 담는 곳이 집이다.🏠

우리가 살면서 딱히 집 사진을 일부러 찍는 경우는 거의 없다. 핸드폰으로 아무 때나 사진을 찍을 수 있게 되어도 집이나 공간만 따로 사진 찍는 경우는, 집 잘 찾아오라고 할 때나 행사를 준비해야 할 때 찍는 정도다. 대신 우리는 가족들을 끊임없이 찍어댄다. 당연하다. 재미있기 때문이고 그 사람들 하나하나 흥미롭기 때문이다. 내가 권하는 사진 찍기 팁은 딱 하나다. 모여서 일부러 포즈 취하고 찍는 사진만 찍지 말고 삶의 순간을 캐주얼하게 스냅사진으로 찍으라는 것이다. 그렇게 찍으면 배경이 되는 공간도 집도 자연스럽게 잡힌다. 이런 사진들을 보면 우리가 집을 어떻게 사용하고 있는지, 편한지 자연스러운지 어디가 모자란지 어색한지 어떤 분위기인지 감이 잡힌다. 사람이 쓰는 공간의 모습에 대한 감이 저절로 생긴다. 스마트폰 시대에 '스냅사진으로 노는 집 놀이'라고나 할까?

집은
호텔이 아니다

365일

"호텔처럼 편해요." "집이 꼭 호텔 같아요." 집을 칭찬하는 말로 쓰이는 말이다. 아예 "호텔 같은 집이 좋아요!"라고 부르짖는 사람마저 있다. 정말일까? '집이 호텔같이 편하다.'라는 말은 완전 거짓말이다. 왜? 매일 방 청소 해주는 서비스도 없고, 매일 시트와 수건을 갈아주는 서비스도 없고, 전화 한 통이면 식사를 준비해주는 룸서비스도 없다. 우편물을 챙겨주지도 않고 휴지통이 저절로 비워지지도 않으며 화장지도 저절로 바뀌지 않는다.

'집이 꼭 호텔 같아요.' 이 말은 성립된다. 물론 외모를 두고하는 말이다. 주름 없이 완벽하게 정돈된 침대, TV 외에는 아무것도 놓이지 않은 테이블, 반짝반짝 빛나는 가구들, 로코코풍의 고풍스런 또는 모던한 의자들, 손자국 하나 없는 거울, 갤러리문으로 가려진 옷장, 대리석으로 치장된 욕실 등이 떠오른다. 사람들이 연상하는 호텔은 주로 '관광호텔'이다. 고시원처럼 비좁은 비즈니스호텔이나, 펜션 같은 레지던스호텔(장기체류할 수 있는 호텔)을 연상하지는 않는다. 관광호텔에 갈 때는 그나마 여유가 있을 때다. 시간적 여유, 재정적 여유, 그리고 기분 내고 싶은 욕망이 생길 때 관광호텔을 이용하는 여행을 떠나는 것이다.

'호텔 같은 집이 좋아요!'라고 할 때의 심리는 어떤 것일까? 관광호텔처럼 생긴 집이 좋다는 걸까? 일을 전혀 안 해도 되는 집이 좋다는 걸까? 아니면 호텔에 머물렀던 그 여유롭고 찬란했던 순간을 그리워한다는 뜻일까? 아니면 호텔이라는 일상 아닌 공간이 암시하는 특별한 판타지가 일상에서도 이루어지길 바란다는 뜻일까?

호텔처럼 꾸민, 이른바 마스터 베드룸이라 이름 붙인 부부 침실을 보면 나는 웃음이 나온다. 호텔에 갔던 그 시절의 로맨틱한 분위기를 재현하려는 몸부림이 드러나기 때문이다. 공간이 비슷하면 분위기도 따라올까? 가능성은 제로다. 사실인즉슨 이런 현상은 이른바 업자들의 마케팅이 너무도 성공한 탓이다. 아파트 업체, 인테리어 업체, 가구 업체 등. 그렇게 만들어야 아파트는 프리미엄이 붙고, 맞춤 가구를 세트로 팔 수 있고, 리모델링의 수요도 자꾸 생기게 마련이니 말이다. 그래서 호텔을 집의 모델로 등장시킨다. 부부 침실은 호텔 객실 같고, 부속실과 드레스룸과 욕실 딸린 부부 침실 존은 호텔 스위트룸 같고, 거실은 호텔 로비나 갤러리 같고, 식당은 호텔 레스토랑 같아지는 것이다.

그 판타지와는 달리, 호텔은 절대로 집이 될 수 없다. 왜? 호텔은 365일 쓰는 공간이 아니기 때문이다. 집은 절대로 호텔처럼 될 수 없다. 왜? 집이란 365일 쓰는 공간이기 때문이다. 365일이라는 의미는 결코 만만하지 않다. 24시간, 일주일, 열두 달, 365일. 우리는 세 끼를 먹고 하루 여섯 번 이상 화장실에 가고, 하루 두 번은 세수를 하고, 하루 두세 번은 옷을 갈아입고, 매일 집을 나섰다가 다시 돌아오고, 하루 몇 번은 창문을 여닫고, 수없이 방문을 여닫는다. 가만 생각하면 집이 어떻게 이 수많은 활동들을 담아내는지, 집에 인격이 있다면 참 피곤해할 듯도 싶다.

호텔이 비일상이라면 집은 일상이다. 호텔이 의전이라면 집은 생활이다. 호텔이 서비스라면 집은 셀프서비스다. 호텔이 싱글 용도라면 집은 멀티 용도다. 호텔이 폼을 잡는 공간이라면 집은 폼잡을 필요가 없는 공간이다. 호텔이 좋다고 느껴지는 것은 어쩌다 특별한 경우에 가기 때문이다. 커플여행이 아니라 하더라도 호텔을 이용하게 되는 여행 자체가 사람을 들뜨게 만들기 때문이다.

커플이여, 가끔씩 호텔에 가는 것은 좋다. 그 시절의 분위기를 복원하기 위해서라도 가끔씩은 여러 종류의 숙박을 시도하라. 전형적인 관광호텔이 아니라 작은 지역 호텔도, 모텔도 펜션도 민박도 게스트하우스도 또는 에어비앤비 서비스 같은 집을 여행 숙박지로 이용해보라. 하지만 집은 호텔처럼 꾸미지 말라. 또는 호텔처럼 생긴 집은 절대 조심하라. 금방 싫증이 나니 말이다. 판타지를 일상에 도입하면 쓸데없는 판타지 속에 살게 마련이니 말이다.

요즘엔 호텔 같은 집뿐만 아니라 오피스텔 같은 집들도 꽤 많다. '주상복합아파트'가 많아지면서 영향을 준 것이 아닐까 싶다. 전체적으로 모던한 분위기의 인테리어가 유행하는 것과도 통한다. 본인의 선택이라면 오케이다. 아예 집에서 일하는 재택근무도 많으니 안성맞춤일지도 모르겠다. 다만 오피스와 집이 어떻게 다른지에 대해서 고민할 필요는 있다. ▰

마스터 베드룸은 차라리 아이들에게 주라고 나는 가까운 사람들에게는 추천하곤 한다. 이른바 한실韓室과 양실洋室이 미세기문으로 이어지고, 독립된 욕실이 있고 드레스룸까지 있는 공간은 아이들, 특히 자매 또는 형제에게는 기막힌 공간이 된다. 부모에게서 떨어져 자기들만의 자유로운 공간을 가진 듯한 느낌, 방을 따로 쓰면서도 항상 연결된 듯한 느낌이 자매애, 형제애를 키운다. 특히 사춘기 아이들이라면 안성맞춤의 공간이 될 것이다,

드라마 속의
집

드라마

남의 집에 가보는 일이 점점 줄어든다. 집에서 손님 치르기를 주저하는 추세에다가 밖에서 쉽게 만날 수 있는 공간들이 늘어나니 굳이 집을 공개할 이유가 없는 것이다. 아이들은 학원 다니느라 바빠서 친구 집에 놀러가는 일이 부쩍 줄어들었다. 섭섭하기도 한 일이다. 남의 집에 가보는 게 얼마나 흥미로운 경험인가? 더 친해지고 더 가깝게 다가서는 기회, 사람 사는 모습의 다름과 같음을 발견하는 소중한 기회를 놓치는 게 아쉽다. '다른 사람들은 어떻게 사나?'를 알고 싶은 건 인지상정이다. '나는 어떻게 살고 있나?'를 확인하고픈 욕구의 다른 표현이다.

이 체험을 대신해주는 게 요즘은 영화와 드라마다. 그중에서도 드라마는 시시콜콜한 '일상'을 다루는 경우가 많고 연애사, 결혼사, 이혼사 등의 이야기들이 펼쳐지면서 여러 집들이 등장해서 더 흥미진진하다. 물론 드라마는 영화와 달리 대부분 세트에서 이루어진다. 하지만 세트라 하더라도 그 시대의 집 모습을 담기에 적격이다. 한 시대상을 보여주는 데 드라마만큼 적당한 매체도 없을 것이다. 전설의 드라마인 「사랑이 뭐길래」, 「서울의 달」뿐 아니라 최근 드라마 「응답하라」 시리즈는 80년대, 90년대의 그 시절 그 집들을 보여주며 우리의 향수를 자극하였다.

드라마를 보다 보면 '집은 곧 그 사람'이라는 설에 고개가 끄덕여진다. '내가 사는 공간은 바로 나, 바로 나라는 캐릭터'인 것이다. "아, 그 사람은 정말 그런 집에서 살 거 같애!"라는 생각이 들거니와, 공간과 사람과 스토리가 잘 매치되는 게 신기하기조차 하다. 드라마 세트디자이너들의 뛰어난 감각 덕분이기도 하겠지만 우리 마음속에 그 어떤 '집 이미지'가 형성되어 있기 때문이기도 할 것이다.

어떤 특징들이 보일까? 이른바 '국민 드라마'라 불릴 정도로 인기를 몰았던 드라마들에는 꼭 나오는 집 공간들이 있다. 첫째는 '마당', 둘째는 '밥상'이다. 왜 마당과 밥상이 나올까? 마당이라는 공간은 수많은 사람들이 스치며 온갖 만남이 이루어지는 공간이고, 밥상은 '팔꿈치 거리' 안에서 일상의 감정, 갈등, 말다툼, 화해,

화합 등 온갖 소통이 일어나는 공간이다. 마당과 밥상이 없다면 국민 드라마는 못 만들어질 정도다. 사람은 스쳐야 이야기가 생기며, 같이 먹어야 이야기가 만들어지는 것이다.

이른바 '막장 드라마'라 불리는 드라마에 꼭 나오는 집 배경이라면? 어김없이 푸른 잔디밭이 잘 가꿔진 호화로운 저택이 등장하고, 공간이 널찍널찍하고 소파는 하도 커서 맞은 편 사람 표정이 잘 읽히지 않을 정도고, 곧잘 온갖 명품 브랜드가 PPL로 등장하는 공간들이다. 공간의 거리가 멀어질수록 사람들의 마음에도 거리감이 생기고, 그 멀어진 거리감 사이에 돈이 끼어들고 허영과 허세와 탐욕과 질투가 끼어든다. 집이 삶의 공간이 아니라 계급 차별과 재산 다툼과 상속 싸움의 권력투쟁 공간이 되어버리는 스토리가 등장하는 것이 '막장 드라마'의 운명이다.

요즘 시대는 '국민 드라마 시대'보다는 '취향 저격 드라마 시대'라 해도 좋겠다. 대한민국이라는 드라마 왕국 역시 진화하고 있는 것이다. 다양한 세대, 라이프스타일, 취향을 짚으면서 벌어지는 스토리들이 재미있기도 하거니와 그야말로 다양한 취향을 저격할 만한 집 공간들이 등장해서 눈도 즐겁다. 게다가 요즘엔 드라마에서도 세트뿐 아니라 영화처럼 실제 공간이 나와서 더 리얼하게 느껴지는 경우도 많다.

노희경 작가의 드라마 「괜찮아, 사랑이야」에서 '돌싱' 정신과 의사와 커리어우먼 정신과 의사와 틱 증상을 보이는 자폐증 청년 셋이 사는 공간에 자신이 조현병을 겪고 있음을 모르는 추리소설 작가가 들어와 같이 살게 되는데, 같이 사는 그 집이 아주 흥미롭다. 아마도 단독주택으로 지었다가 이리저리 필요에 따라 리모델링을 한 모양이다. 이 집에는 여러 개의 출입구가 있다. 집 잔디밭으로 올라가는 계단, 정신과 의사의 사무실로 들어가는 출입구, 거리로 면한 1층 커피숍(아마도 건축허가상 지하층일지도 모르겠다.). 집 1층은 공용 공간이고 2층은 네 싱글들의 방이다. 말하자면 꽤 여유로운 셰어하우스이자, 소규모의 주상복합 기능을 하는 '근생주택(근린생활주택)'이다.

'저렇게만 살면 싱글로 사는 것도 아주 괜찮겠다!'라는 마음을 들게 만드니, 이 시대 취향의 드라마임은 확실한 것 같다. 각기 독립적인 방을 자기 취향대로 꾸미고(거기엔 꽤 괴이한 취향도 있다.), 아침밥 돌아가며 당번하고, 주말이면 마당에서 선탠도 같이하고, 친구들 불러서 축구게임 시청 파티도 하면서 그들 사이에 온갖 이야기들이 만들어진다.

노희경 작가의 또 다른 드라마, 「디어 마이 프렌즈」에서는 노신사, 노숙녀들이 사는 집들이 어찌 그렇게 각기의 삶을 보여주는지, 게다가 젊은 주인공 박완(고현정 분)의 원룸 아파트가 어찌나 주인공의 심성을 닮았는지, 머나먼 동유럽의 아름다운 도시 두브로브니크에서 사는 서연하(조인성 분)의 아파트가 어찌 그렇게 그의 상처 깊은 스토리를 잘 보여주는지, 흥미롭게 관찰했다. 그저 그런 아파트에서 아내 구박하는 재미, 남편 타박하는 재미로 사는 김석균(신구 분), 문정아(나문희 분) 커플의 모습, 전원에서 카페를 운영하며 도자기 작품 놀이하듯 남자 후배들을 거두며 사는 오충남(윤여정 분), 홀로 살 수 있다고 외치며 오래된 단독주택에서 치매로 무너지는 조희자(김혜자 분), 어릴 적 짝사랑을 여태껏 사모하는 홀아비 이성재(주현 분)의 모던한 아파트, '웬수야, 웬수야!'를 입에 달고 살면서도 농사짓는 노부모를 돌보러 시골집에 자주 가는 장난희(고두심 분), 브랜드란 브랜드는 다 갖추고 살면서 속 깊은 상처를 숨기고 사는 여배우 이영원(박원숙 분) 등. 이 배우들이 현실에서 어떤 집에 사는지는 모르겠지만, 드라마 속 캐릭터가 사는 그 집들은 정말 각기 그들다웠다.

이 드라마에서 참다 참다 못해 결국 이혼하겠다고 집을 뛰쳐나온 문정아가 없는 돈으로 겨우 장만한 달동네의 집이 인상적이었다. 산꼭대기를 허덕허덕 올라야 하는 집이지만 세상을 다 가진 집이다. 변변한 가재도구도 없이 이 집에 이사오자마자 문정아는 잠에 곯아떨어진다. 마음대로 잠을 잘 수 있는 자유를 주는 집, 그것이 세상을 다 가진 집의 의미다. 아무것도 없는 이 집 마당에 꽃을 심는 문정아, 그것이 '나의 집을 만들고 싶다'는 신호이리라.

정말 집이란 그 안에 사는 사람들의 캐릭터를 좌우할 만큼 강력한 걸까? 정말로 집의 공간 구성이란 사람들의 관계에 그렇게 영향을 주는 걸까? 정말 집의 장식과 소품들이란 사람들의 취향뿐 아니라 말투까지도 만들어내는 걸까? 정말 그런 집에 살면 그런 사람이 되는 걸까? 드라마 속의 집은 대개 진짜 집은 아니고 세트다. 그런데 그 세트 속에서 이 시대 우리들이 사는 모습이 그럼직하게 드러난다면, 우리의 삶도 드라마일까? 드라마여, 영원하라! 🏠

드라마가 흥미로운 점은 현실의 집 모습을 보여주기도 하지만 현실 속에 없는 또는 없을 것 같은 집도 그려낸다는 점이다. 최근 드라마에서는 원래 집으로 만든 게 아닌 집에 사는 모습도 많이 나온다. 김은숙 작가의 「시크릿 가든」에 나온 현빈의 집은 실제는 갤러리 공간인데 집으로 그려졌다. 판타지 분위기를 만들기 위해서라면 그런 공간이 필요할지도 모르겠다. 선풍적인 인기를 끌었던 드라마 「도깨비」에서 도깨비와 저승사자가 같이 사는 집도 그런 판타지를 자극한다. 실제 있는 '운현궁 양관'을 모델로 하여 상상 속의 집을 만들어낸 것인데, 집같이 생기지 않은 집에서 사는 드라마들이 집에 대한 우리의 상상을 넓히는 데 한 역할을 하고 있는지도 모르겠다.

'포트럭 파티'가 열려야
집이다

파티

바야흐로 파티의 시대다. '손님 치르기'가 사라지는 시대에 다시 등장한 것이 '파티'다. 젊은이들만 파티하는 것도 아니고, 친구나 동료들끼리 모여야만 파티인 것도 아니고, 레스토랑이나 호텔에서 열려야만 파티인 것도 아니다. 남녀노소 모두 모이면 파티다. 가족들도 모이면 그게 파티이고 밖에서가 아니라 집에서 모이는 것도 파티다.

사실 집에서 열리는 것이 진짜 파티다. 밖에서 여는 파티는 물리적으로 밖에서 열 수밖에 없어서거나 공식적인 자리이거나 또는 허영심이 작용하는 행사이기 십상이다. 집이라는 사적 공간의 친밀함을 여럿이 모이는 공적 상황에서 확인하는 것. 그것이 집에서 열리는 파티의 묘미다. 공과 사의 미묘한 경계에서 사람 사이에 오가는 미묘한 정감의 파도를 타는 것이 집 파티의 역할이다.

물론 집에서 손님 치르기란 질색이다. 여자도 남자도 마찬가지다. 손님 치르고 난 후에 한동안 가는 가지각색의 후유증을 견디랴, 여자 남자의 피곤을 서로 달래랴, 각기의 유세를 참아주랴, 여자도 남자도 손님 치르기는 스트레스는 만만치 않다. 준비하는 수고는 물론이고, '살림의 달인'이나 '사교의 달인'으로 평가받지 못하면 어쩌지 하는 심리적 부담까지 가중된다. 집에서 하는 손님치레가 줄어드는 이유다.

이럴 때 유용하게 등장할 수 있는 것이 바로 '포트럭 파티 potluck party'다. 서구 문화에서 내가 기꺼이 고개를 끄덕이는 이벤트 방식이다. 아주 민주적이고, 아주 협동적이고, 아주 공동체적이고, 아주 참여적이고, 아주 쉽고, 아주 다양하고, 아주 맛있다. 단어 그대로 번역하자면, '솥 하나씩 들고 와서 나눠 먹으며 노는 파티'다. 이 말을 처음 들었을 때 왜 접시가 아니라 솥일까 궁금했었다. 서구 요리 문화가 원래 냄비 중심이었나, 오븐에서 꺼내려면 냄비가 유용했나? 무쇠냄비를 사용하던 시절부터 이런 파티를 했었나? '포트럭'이라는 말 대신 우리는 '한 접시 들고 와라.' 또는 '요리 하나씩!'으로 바꿔 쓴다.

포트럭 파티는 젊은 세대뿐 아니라 나이 들어가는 세대에게도 요긴하다. 힘도 떨어지고 돈도 떨어지는데 어떻게 다 준비할 건가? 체면치레하다가 건강 해치고 저축 깨뜨릴 이유가 뭐 있는가? 포트럭 파티를 하면 주인장의 손이 덜어지고 남녀 싸움이 줄어들고 비용 아끼고 시간 아끼고 여러 맛을 한꺼번에 즐기고 그릇 수 줄어들고 치우기 간편해지니 '일석다조'다. 부디 함께 즐기는 파티에 마음을 열어보라.

파티가 열려야 집은 더 집 같아진다. 집은 은밀한 가족 공간이지만 자칫 매너리즘에 빠진다. 너무 잘 아는 사람들끼리 부대끼다 보면 똑같은 일상이 지루해지는 것이다. 파티는 집을 새롭게 만들고 손님들은 색다른 기운을 집에 몰고 온다. 1년에 두 번은 파티, 설날과 추석까지 합하면 1년에 네 번은 파티하는 집이 될 수 있다. 포트럭 파티를 하는 집을 만들어보라.

파티를 즐기는 집에서는 공간과 물건에 대한 궁리가 달라진다. 화려한 변신을 할 수 있는 꾀를 내는 것이다. 네모난 교자상일까, 둘러앉는 원탁일까? 식탁에 테이블을 붙여볼까? 높이 차이는 어떻게 할까? 접이식 서빙테이블, 간편한 접이식 의자가 등장할지도 모른다. 방석도 등장할 것이고 방석처럼 쓸 수 있는 쿠션이 요긴하다는 것을 알게 될지도 모른다. TV는 저만치 물러갈 수 있다. 마루는 '딴스홀'이 되고 방구석은 은밀한 연애상담코너가 될지도 모르고 발코니에서는 어떤 사랑이 다시 피어날지도 모른다. 요래조래 변신을 하는 집, 포트럭 파티로 집도 파티룩^{party look}을 입는 것이다. 파티가 끝난 후 다시 우리에게로 돌아온 집은 또 집 같은 집이 되고 더 소중해진다.🥄

우리의 전통문화인 제례 행사 역시 파티 분위기가 될 수 있다. 요즘 친척들이 평소에 모일 수 있는 계제가 얼마나 되는가? 하물며 동기들도 전화와 SNS로 안부를 전하는 지경이니 말이다. 그러니 제사를 허례허식이 아닌 진짜 파티로 만들어보자. 1년에 적어도 기본 세 차례는 모일 수 있다. 설날, 추석 그리고 부모 기일이다. 서로 부담을 나누면 더 즐거운 파티가 된다. 우리 집에선 아예 원칙을 만들었다. 제사 경우에는 음식별로 나누어 만들어 온다. 모여서 음식 같이 하면서 스트레스 받을 일이 없다. 너는 장국, 너는 전 요리, 너는 볶음 요리, 너는 냄비 요리 등 나누어 맡으니까 우애가 좋아진다. 조카들은 기꺼이 상 차리고 음식 서빙하고 설거지까지 도맡아한다. 모두들 완전 파티 프로들이 되었다.

'책'은 최고의
인테리어다

책

"집 어디를 가도 책이 있어서 좋아요!" 오지탐험가 한비야가 우리 집에서 하룻밤 자고 나서 했던 말이다. 그 눈이 반짝반짝한다. 책 읽는 기쁨을 온몸으로 아는 사람의 눈빛이다. 그의 말대로 우리 집 곳곳에는 책이 있다. 책상 위에는 물론, 소파 곁에, 베갯머리에, 테이블 위에 그리고 화장실 선반에도. 꽂혀도 있고 누워도 있고 펼쳐져도 있고 쌓여도 있다. 그 공간에 가면 그 책의 세계가 펼쳐진다.

단언컨대, 책은 최고의 인테리어 아이템이다. 근사하게 분위기를 살리고 싶다면 값비싼 물건들에 공연히 돈 버리지 말고 책에 투자하라. 물론 보이는 책뿐이 아니라 읽는 책이라는 분위기를 풍겨야 성공한다. 장정이 화려한 책들만 꽂혀 있으면 외려 싸구려로 보인다. 문학이든 동화책이든 전집류가 좌르르 꽂혀 있으면 수상쩍

게 보인다.

물론 서재 인테리어를 얘기하는 것은 아니다. 나는 솔직히 서재라는 말 자체가 별로다. '사랑방'처럼 남성화된 공간의 이미지라서 그런가? 서재라는 방을 들여다보는 기회가 꽤 있었는데 대개는 남자의 방이었다. 자신의 공간을 가진 여성들은 흥미롭게도 서재보다는 '작업실'이라는 말을 선호한다. 남자가 서재로 도망치는 심리와 여자가 작업실로 숨어드는 심리는 꽤 다를지도 모른다.

요즘엔 서재를 마련할 만한 공간의 여유가 있는 집이 별로 많지 않다. 차라리 다행이다. 할 수 없어서라도 책은 방에서 나와야 한다. 책은 골방 샌님, 공붓벌레, 지식인 같은 상투적 이미지에서 드디어 벗어나게 되었다. 책은 곳곳에 있을 수 있다. 마루 한 켠에도, 복도의 벽을 따라서, 계단을 따라서, 부엌 선반 위에도, 방문 위에도, 화장실 벽에도, 창문 아래에도, 현관에도. 만약 아이들 방에만 책이 빽빽이 꽂혀 있는 집이라면 그 아이들이 잘 크고 있는지 의문해봐야 할지도 모른다.

책이 기막힌 인테리어 아이템이라고 해서 집을 서재처럼 만드는 건 또 별로다. 그렇다면 '북카페' 이미지는 어떨까? 6미터짜리 높은 서가와 책 정리용 사다리의 위용이 아니더라도, 바닥부터 천장까지 꽉 채우지 않아도, 북카페는 어쩐지 숨통이 트이고 향기가

요즘엔 서재를 마련할 만한 공간의 여유가 있는 집이
별로 많지 않다. 차라리 다행이다.
할 수 없어서라도 책은 방에서 나와야 한다.

나는 느낌 아닌가? 책 읽으라고 강요하는 것도 아니고 쉬는 것처럼 노는 것처럼 연애하는 것처럼 책을 읽을 수 있을 것 같다.

책은 양성兩性적이다. 남자도 여자도 책이라면 통한다.『책 읽는 여자는 위험하다』(슈테판 볼만)라고 하는 시대도 아니거니와, 책은 TV처럼 리모컨 다툼을 할 이유도 없다. 남녀가 각기 좋아하는 이 색깔 저 색깔의 책들이 어우러져도 무방하다. 책에 대한 책 중에서도 참으로 유쾌했던『서재 결혼 시키기』(앤 패디먼)는 책을 좋아하는 남녀의 결합과 다툼과 화해와 즐거움을 아주 흥미롭게 그려낸다. 로맨틱 드라마에서는 왜 그리 책이 사랑의 매개체로 자주 등장할까? 그 빛깔, 그 의미, 그 소리는 특별하게 통하는 것이다. 책에는 영혼이 담겨 있으므로.

책은 부모와 아이를 엮어준다. 내가 각별히 행복하게 느꼈던 순간 중 하나가 어릴 적 두 딸과 남편이 마루에 둘러앉아 만화 시리즈를 잔뜩 펼쳐놓고 각기 몰입해서 읽던 시간의 분위기다. 추석, 성탄절 같은 뭔가 푸근한 선물의 향취가 났다. 소리가 없이도 행복한 소리가 막 들릴 것 같은 분위기였다. 만화책이면 어떠랴, 책으로 어른과 아이가 통할 수만 있다면.

책은 남녀를 엮어준다. 내게 행복하게 느끼는 순간 중의 하나가 잠들기 전 침대에서 책을 읽는 시간이다. 비록 마주보지 않더라도 엉덩이를 붙이고 등을 붙이고, 각기 자기가 보는 책 세계로 여행을 떠나면서 이 순간에 같이하고 있다는 그 느낌이 좋다. 불후의 영화「남과 여」에서와 같은 멋진 장면은 우리도 책만 있으면 만들 수 있는 것이다. 우리가 비록 그들처럼 눈부시게 잘생기진 않았더라도 느낌만은 못지않게 눈부실 수 있다.

책이 집 곳곳에 있는 집을 상상해보라. 아빠 서가, 엄마 서가, 아이 서가가 섞이고 다채로운 장정의 책들이 색깔을 불어넣고, 깊고도 넓은 책의 세계가 후광을 두르는 집에서 당신은 행복감을 느끼지 않을 수 없다.▪

사람마다 특별히 여기는 소품이 있게 마련이다. 왜 그 물건에 이끌리게 되었는지 사연은 가지각색이지만, 그냥 마음이 가는 것이다. 어떤 사람은 개구리 모양의 모든 것, 어떤 사람은 올빼미 모양의 모든 것, 어떤 사람은 벼루와 묵에 대한 모든 것, 어떤 사람은 촛대에 대한 모든 것, 어떤 사람은 잔에 대한 모든 것 등. 꼭 수집가일 이유도 없다. 여행을 다니다가, 그 나라의 수공예품을 보다가, 시장을 다니다가, 작은 가게에 들렀다가, 벼룩시장을 거닐다가 눈에 걸려든 것이면 충분하다. 그 물건들이 모이게 되면 우리는 그들에게 공간을 할애해준다. 그들을 바라보고 손에 쥘 때마다 우리는 추억에 잠기고 상상의 날개를 펼친다. 집에 더 큰 스토리가 담긴다.

집 안에
'밖'을 끌어들여라!

천지조화

"남자 1은 풀조차 무서워해서⋯⋯." 언론인 김선주 선배가 시골에 집을 마련하지 못하는 이유를 고백했다. 도시라는 정글에는 익숙해도 시골이라는 자연은 두려워한다는 것이다. 다행스럽게도 이런 경우는 희귀한 편이다. 대부분 여자보다는 남자들이 시골을 선호하니 말이다. 집이란 기본적으로 '안'이다. 집 안은 안전하다, 포근하다, 편안하다, 무엇보다도 손이 덜 간다. 집을 가장 안으로 만든 공간이 아파트다. 여자가 아파트를 더 선호하는 이유 중 하나일 것이다. 그런데 이 집 '안'에서 남자는 마치 우리에 갇힌 동물처럼 서성대다가, 어디에도 제자리를 못 찾아서 할 수 없이 동굴 속으로 들어가거나, 그중 가장 안전해 보이는 TV 앞 소파에 파묻히는 건지도 모른다. 집 안에 들어가기를 차라리 회피하려고 갖은 핑계를 만들어 정글 같은 밖을 헤매고 다닐지도 모른다. 남자들이 집 안을 그리 편해하지 않을지도 모른다는 생각을 해본 적이 있는가?

수렵 인간의 유전자가 여전히 작동하는 남자들을 위해서 밖을 집 안으로 끌어들여보라. 귀농이나 귀향은 차마 못하겠고 전원주택이나 단독주택은 언감생심이라면 어떻게 해야 할까? 밖의 속성을 생각해보라. '밖이란 모험이다, 자유롭다, 열려 있다, 새롭다, 사건이 일어난다, 무엇인가 발견할 수 있다, 힘을 써야 한다, 몸을 움직이게 만든다' 같은 이미지가 떠오른다. 물론 밖은 위험하다. 그렇다면 너무 지나친 위험은 빼고 밖의 다른 모든 속성을 들여놓도록 궁리해보자.

밖을 이루는 것들은? 간단하다. '생명체들, 지구, 그리고 우주'다. 꼭 철학적으로 표현하지 않더라도 쉽게 말하자면 '식물, 동물, 흙, 그리고 하늘'이다. 이들이 만들어내는 조화를 집 안으로 끌어들여보라. 흙이 없는 집은 집이 아니다. 식물이 자라는 집에서 생명은 건강해진다. 동물이 뛰어노는 집에서는 생명력이 피어오른다. 하늘이 보이지 않는 집은 빗소리도 들리지 않는 집이다. 밤하늘을 올려다보지 않게 하는 집은 사람을 왜소하게 만든다.

밖을 집 안에 끌어들이는 것은 물론 남자만을 위해서는 아니다. 그것은 우리가 자연의 한 부분임을 느끼게 해주고, 우주 속의 쉽게 말하자면 '식물, 동물, 흙, 그리고 하늘'이다.
이들이 만들어내는 조화를
집 안으로 끌어들여보라.

티끌일 뿐이지만 바로 이 순간에 존재하는 나의 뜻을 찾게 해주고, 우리도 '별에서 온 그대'일지도 모른다고 상상하게 해준다. 하늘의 존재는 갇히지 않았음을 일러주고, 흙의 존재는 땅을 발로 밟던 추억을 떠올리게 만들고, 식물과 동물을 보살피면 태어나고 자라고 스러지는 순환의 이치 속에 나의 존재를 자리매김하게 된다.

집 안에서 남자에게 흙을 만질 권리를 주라. 영화 속 킬러 레옹처럼 식물을 지켜줄 책임을 부여하라. 동물을 보살피며 몸을 끊임없이 움직이게 하라. 창밖을 내다보고 올려다 보며 자유와 모험을 꿈 꿀 공간과 시간을 허락하라. 그 남자를 위한 발코니와 있을 데 있는 창문들과 큼직한 화분들과 그리고 그를 그윽하게 바라보는 반려동물들에게 축복 있으라! 그리고 이를 헤아리는 여자에게 축복 있으라! 남자에게도 진짜 집이 필요하다. 총질만 무성한 도시에서 쏘다니다가 도망 오는 집이 아니라 활 쏘며 산과 숲을 누비던 그 시절의 활력을 되찾게 해주는 집 말이다. 모쪼록 안팎이 있어야 비로소 집은 완성된다. ◾

집을 이야기하는 이 책에서 끊임없이 바깥을 이야기하고 있다. 우리는 집 '안'에 대해서 무척 신경을 쓰고 있지만 정작 우리가 지금 사는 집에서 가장 빠져 있는 것이 '바깥'이다. 바깥이 집으로 들어오면 많은 문제들이 저절로 치유된다. 그런데, 그게 그렇게도 어렵다. 하지만 포기할 수는 없다.

불빛으로
다시 태어나는 집

어둠

집으로 가는 길에 어떤 이미지가 떠오르는가? 나에게는 단연 '알전구의 빛'이다. 해가 중천에 떠 있을 때보다 밤에 집에 들어가는 경우가 더 많아서 그런가? 밤의 쓸쓸한 분위기가 집의 따뜻한 분위기를 더 그립게 만들어서 그런가? 타박타박 골목길을 걸어가며 낯익은 가로등 불빛에 안심이 되다가 드디어 대문간의 알전구가 드리우는 동그란 불빛에 마음이 푸근해진다.

알전구의 추억은 곳곳에 있다. 구멍가게 알전구, 만화 가게 알전구는 호기심 가득한 공간을 만들었고, 시골집 마루 위에 흔들리던 알전구는 할머니 옛이야기와 함께 귀신과 도깨비가 나올 것만 같던 분위기를 만들었다. 이제는 추억에만 남아 있는 알전구다. 이제 백열전구는 더 이상 생산하지 않으니 말이다.

그럼에도 알전구의 빛은 나에게 아련한 추억이다. 알전구는 공간 전체를 밝히지 않고 마치 촛불이나 등잔처럼 중심과 주변이 있는 불꽃을 갖고 있다. 밝음과 어스름이 같이 존재하고 빛과 그림자를 같이 만든다. 빛은 그림자 때문에 더 밝게 느껴지고 그림자는 빛 때문에 더 어둡게 느껴진다. 어디서든 형광등과 LED등이 낮이나 밤이나 24시간 밝기만 한 이 시대에 한층 더 그리워지는 빛이다.

빛이 공간에 부리는 마술은 놀랍다. 따뜻하게, 춥게, 푸근하게, 서럽게, 대담하게, 간절하게, 유쾌하게, 우울하게, 이야기하고 싶게, 털어놓고 싶게, 책을 읽고 싶게, 눕고 싶게, 안기고 싶게, 안아주고 싶게, 팔베개를 하고 싶게, 다리를 뻗고 싶게, 먹고 싶게, 요리하고 싶게 등 다양한 욕구를 자아낸다. 그 시간의 분위기를 만드는 데 절대적이다. 우리 몸의 호르몬이 빛에 대해서 어떻게 반응을 하기에 이렇게 우리의 무드가 달라지는지 놀라울 정도다.

이 '알전구의 추억'을 빌려 딱 한 가지만 추천하고 싶다. 집에 현란한 조명 계획을 세우지 않아도 좋다. 다만 천장에 달린 방 전체를 밝히는 전등 외에 꼭 부분조명을 하나 이상은 놓기를 바란다. 밝음과 어두움이 뚜렷하고 그림자를 드리우는 조명으로 말이다. 공부 잘하라고 꼭 설치하는 책상 스탠드 외에도 우리 집 안에는 곳곳에 그런 불빛이 필요하다. 책 읽고 싶게 만드는 불빛은 소파 옆에 침대 옆에 필요하다. 불빛의 방향을 어떻게 조절하느냐에 따라 대화 모드로 저절로 바뀔 수 있다.

요리를 집중 조명하는 식탁등을 설치하는 게 당연하게 된 것처럼, 부엌 싱크대와 작업대 위에도 집중 조명이 있으면 요리 분위기가 달라진다. 그것만 켜고 있으면 오직 나만을 위한 요리 또는 당신을 위한 요리 공간이 될지도 모른다.

지방 여행을 다니다 보면 펜션이나 게스트하우스에 많이 묵게 되는데, 내가 불만인 것이 딱 하나 있다. 작은 스탠드 조명이 있는 곳이 희귀하다는 것이다. 잠들기 전의 분위기를 영 잡을 수가 없다. 책을 읽기 어렵고 천장등을 켜놓고 읽다 보면 그림자가 신경 쓰이고 잠이 잘 들지 않고 잘 깨고 그러다가 불을 끄려 스위치를 찾느라 피곤해진다. 값싸고 편리한 펜션과 게스트하우스에 스탠드 하나만 투자하면 훨씬 더 분위기 있는 공간이 될 텐데 말이다. 혹시 나만의 불만일까?

물론 빛에 대해서도 취향이 있다. 딸이 우리 집에 오면 어둡다고 천장등을 켜대는가 하면 내가 딸 집에 가면 천장등을 끄느라 바쁘다. 집 어딘가에 어두움이 없으면 아늑하게 느껴지지 않는 나와 집 전체가 밝아야 활동적이 된다는 딸은 세대적으로 다를지도 모르겠다. '알전구 세대'와 '24시간 LED 세대'의 차이처럼 말이다.

그러나 이것 한 가지에는 서로 동의한다. 불빛에 따라 집은 마술처럼 새로운 공간으로 태어난다는 사실 말이다. '밤의 집'은 '낮의 집'보다 훨씬 더 많은 마술을 필요로 한다. 어둠이 있어야 빛이 살아난다. ▪

'밤의 집'에 필요한 빛과 어둠의 마술을 얘기했지만, '낮의 집'에 햇빛의 조화가 부리는 마술 역시 놀랍다. 현대의 집은 눈부시게 많은 햇빛을 집 안에 들이는 데에는 성공했지만 그 결과 우리 대부분의 집은 전면의 넓은 창문으로 환해지기만 해졌다. 동트는 새벽부터 따뜻한 오전 햇살, 눈부신 정오의 햇볕, 서서히 색깔을 바꾸어가는 오후 햇빛, 그리고 석양의 어스름과 '개와 늑대의 시간'의 어둑어둑함까지. 그 다채로운 변화의 강약이 부리는 '햇빛의 마술'을 집에 끌어들이는 방법을 궁리해보자.

대문 없는 집은
집이 아니다

이름

'알전구의 추억'에서 내 기억에 선명하게 남아 있는 이미지는 한옥 대문에 드리워진 불빛이었다. 고래등 같은 한옥도 아닌 작디작은 도시형 한옥이었고 솟을대문도 아닌 소박한 대문이었지만, 국화 장식을 박고 문고리가 달린 전형적인 한옥 대문이었다. '노르짱'하 게 반들반들 기름 먹은 나무 문에는 긁힌 자국, 발로 찬 자국, 담뱃 불 자국, 강아지가 긁은 자국까지 온갖 역사의 흔적들이 남아 있었 다. '집에 왔다'는 푸근한 느낌이 시작되는 공간이 바로 대문이었다.

대문은 어떤 대문이든 어떤 '기대감'을 준다. 한옥 대문이 특 별히 더 기대감을 자아내는 것은 안이 잘 보이지 않기 때문일 것이 다. 문이 열리면 어떤 세계가 펼쳐질지 가늠이 안 되어서 오히려 기 대감을 준다. 문틈으로 안을 훔쳐보는 재미까지도 있다. 그러다가 강아지가 왕왕 짖으면 불청객은 물러설 때다.

이 시대에 대문 있는 집에서 사는 사람들은 희귀하다. 단독 주택에 사는 사람들이 삼분지 일이 안 되고 그 대문들마저 형무소 문과 다를 게 없는 철문이 대부분이고, 다세대주택, 다가구주택, 빌라는 대문인 듯 대문 아닌 유리 대문이 있고, 아파트에 사는 60퍼센트의 사람들은 단지 입구를 대문으로 봐야 할지, 아파트 동의 유리 출입문을 대문으로 봐야 할지, 자기 아파트로 들어가는 방화문을 대문으로 봐야 할지 헷갈려 한다. 한마디로 대문 실종의 시대가 되어버렸다. 그래서 더 '집에 왔다'는 푸근한 느낌이 줄어드는 것 아닐까?

아파트 문이라 해서 대문이 되지 말라는 법은 없다. 알려지다시피 싱가포르는 우리보다 훨씬 더 공동주택이 발달한 나라다. 아파트에 사는 인구도 우리보다 더 많다. 주로 고층아파트다. 홍콩보다는 밀도가 낮고 나름 공원과 녹지가 많은 계획도시이지만 고층아파트가 도시 풍경을 압도한다는 점에서는 우리 도시와 비슷하다. '아파트 리모델링'을 공부하러 갔다가 내게 강한 인상을 남겼던 것은 전통 디자인으로 꾸며진 아파트 문이었다. 이 기본 장식 위에 아파트 주민들은 부적도 붙이고 화분과 꽃으로 꾸미기도 하고 제각각의 페인트칠로 개성을 표현한다. 더운 나라라 그런지 열려 있는 문이 많고 오색 발이 드리워져 있다. 전체 분위기가 우리 아파트와 달리 무채색이 아니라 따뜻한 자연색이 많고 사람의 흔적이 보인다는 것이 요점이다

우리 아파트라고 해서 이렇게 못할 이유가 없다. 제발 아파트 문부터 색깔을 입히자! 아파트 업체가 칠해준 그 무채색 문을 그대로 남겨두지 말자. 이것 한 가지만 해도 아파트는 집 같아질 것임에 틀림없다. 아파트에 손님으로 찾아갔을 때 받는 '누구의 집인지 모르는' 그 흐릿한 인상을 깨어보자.

한옥 대문이 '집 같은 집'의 분위기를 자아내는 이유에는 두 가지가 더 있다. 한 가지는 '대문간ᴹᴹ'이 있다는 것. 다른 한 가지는 '문패'가 있다는 것. 대문간의 추억은 한옥에 살아본 사람이라면 각별할 것이다. 행랑채 형식이 도시 내 한옥에 들어오면서 만들어진 공간이다. 커봤자 한 평 남짓한 공간에 온갖 재미난 물건들이 가득하고, 문간방 손님 구경하고, 사랑방 토크 얻어듣고, 술래잡기하고 공깃돌 놀이하고 가위바위보 놀이에 '감자가 싹이 났다 잎이 났다 묵찌빠' 놀이를 하던 추억이 삼삼하다. 그야말로 아이들의 천국이다. '대문간 문화'는 절대적으로 부활해야 한다. 마치 카페가 출입문 디자인으로 분위기를 띄우듯 집도 마찬가지로 대문간으로 분위기를 띄울 수 있다.

문패는 이제 거의 없어졌고 다시 살아날 리도 만무하다. 누가 사는지 공개해야 할 이유도 없거니와 호주 이름만 쓰는 짓을 할 수도 없으니 요새 같은 '방범의 시대'에는 지나간 문화가 되었다. 하지만 대신 살려낼 만한 것은 '집 이름'이다. 뜻이 녹아든 한문 이름이든, 순수 우리말 이름이든 우리 집의 이름을 지어볼 때가 되지 않았을까? 우리가 꾸미는 우리의 집에 우리만의 이름을! 대문이 없는 집은 집이 아니다. 대문의 상징을 부활시키자. 일단 칠부터 내 색깔로 하자. 이름을 붙이자. 그리고 대문간에서 놀자. 🔳

내가 사는 다세대주택에도 이름을 하나 붙였다. 처음 집 지을 때 우리 집, 부모님 집, 고모 댁, 세 가족이 살아서 붙인 '세가족집'이라는 평범한 이름이다. 별로 입 밖에 안 내지만 우리 집 이름이다. 우리 집 대문간 앞에서 지나가는 사람들이 앉아서 노는 모습을 자주 목격한다. 좋은 걸까, 안 좋은 걸까? 뭘 더 갖다놔야 할까? 뭘 치워야 할까? 여하튼 우리 집에 온 기분은 난다. 한옥 대문은 아니지만 대문간은 대문간이다.

건축가는
어떤 집에서 살까?

집주인

내가 사는 집에 와본 사람은 세 번 놀란다고 말하곤 한다. "소박해서 놀란다. 청소 안 해서 놀란다. 마음 편해서 놀란다." 이런 말들을 하는 것은 내가 이른바 건축가이기 때문이다. '건축가는 어떤 집에서 살까?' 하는 궁금증이 발동하는 것이다. 대개는 잡지나 영화 속에 나올 것 같은 집, 그중에서도 세련되고 초현대적이고 마치 SF 영화 속에 나오는 집을 상상하는 게 아닐까 싶다. 블랙 앤 화이트 일색이거나, 미니멀리즘 스타일(장식 없이 말끔한 캔버스 같은 스타일)이거나, 희귀한 골동품들이 곳곳에 있거나, 먼지 한 톨 없는 집이라거나, 높은 천장에 입체적인 공간이 펼쳐지는 집 등 여하간 보통 집들과는 뭔가 다르리라는 기대일 것이다.

건축가의 집으로 소개되는 집들이 꽤 색다른 경우가 있지만 그런 집들만 골라서 보여주기 때문일 것이다. 나의 직접 체험으로는 건축가들의 집이라 해서 그리 다르지 않다. 남자 건축가들인 경우에는 집에 대해서 아내에게 전권을 주기 때문이고 여자 건축가들은 티내지 않고 살고 싶은 남자의 성향을 살피려 들기 때문일지도 모른다. 집이란 개인의 것이 아니라 가족의 것이니 말이다.

나 역시 내가 사는 집에서는 건축가가 아니라 그냥 집주인으로서 산다. 그것도 '아내 없는 여자 주인'으로 말이다. 주부이자 아내이자 엄마인 것은 물론이다.

아무리 남자가 도와주고 아무리 아이들이 스스로 일을 해도, 집이란 여자에게 훨씬 더 많은 에너지를 쓸 것을 줄기차게 요구하게 마련이다. 그러니 나에게 최고의 집이란 어떻게든 에너지를 적게 요하는 집이다. 청소를 덜해도 괜찮게 보이는 집, 호스로 뿌리는 물청소로 싹 씻어내는 옥외가 있는 집, 남자나 아이나 편하게 일하고 싶어지는 집을 선호하는 이유이기도 하다.

소박하게 되는 것은 나 역시 항상 비용에 시달리기 때문이다. 적은 비용으로 집을 꾸미는 것은 누구에게나 지상의 과제가 되는 것이다. 물론 취향도 있다. 나의 취향 자체가 비싼 것을 가까이 두기 별로 좋아하지 않는다. 부담스러운 것은 질색이다. 깨질까 봐, 망가뜨릴까 봐, 모양이 달라질까 봐, 흠집이 생길까 봐 조심하게 되는 것이 별로다. 사람들이 소박하다고 얘기하는 가장 큰 이유를 생각해 보면, 우리 집에는 '세트'로 보이는 게 거의 없어서 아닐까 싶다. 하다못해 나는 그릇도 세트로 갖추기 싫어하는 성향이니 말이다.

마음 편한 집이라는 평은 아주 기분 좋은 찬사다. 선뜻 들어서도 괜찮은 집, 그냥 앉게 되는 집, 무엇을 집어 들어도 괜찮은 집, 뭔가 조심조심하지 않아도 되는 집, 뭔가 느낌이 좋은 집이라니, 기분이 좋다. 집이란 맘 편해야 최고다. 나에게도, 가족에게도, 그리고 가끔씩 오는 손님들에게도 마찬가지다.

내가 사는 집에 대해서 가장 뿌듯해하는 점은, 아이들이 좋아하는 집이라는 점이다. 아이들이 오면 너무도 잘 논다. 젊은이들도 좋아한다. 파티 장소로 곧잘 빌려달라고 하는 것을 보면 그들의 마음이 헤아려진다. 젊은 마음을 지닌 또는 젊게 살고 싶은 중년들도 썩 괜찮아한다. 무슨 이유일까? 자유롭기 때문일 것이라 나는 생각한다. 무슨 짓이든 해도 괜찮다, 무슨 짓이든 하고 싶다는 그 자유로움 말이다.

건축가의 집의 특징을 딱 하나만 꼽으라면, 자기 소신이 꽤 뚜렷하다는 것 아닐까? 세상의 많은 것을 봤고 많은 것을 만들어봤지만 내가 원하는 것은 이거야, 내가 가진 것은 이런 느낌이야, 내가 만든 것은 이런 뜻이야 하는 소신일 것이다. 그게 아마도 색깔로서 자연스럽게 배어 나오는 게 아닐까?

누구나 자기 집에 대해서는 오롯한 건축가다. 오롯한 건축가여야 한다. 자기의 스타일, 자기의 취향, 자기의 소신, 자기의 목소리, 자기의 냄새, 자기의 색깔이 어딘지 모르게 배어 나오는 집을 만드는 건축가로서 말이다. 어디서 본 듯한 집, 무엇무엇과 닮은 집, 어디에서 나오는 집이 아니라 바로 내 집, 우리 집 말이다. 당신이 건축가인 당신의 집, 그 색깔은 어떤 걸까? 궁금하다. ▲

'자신의 집에 대해서는 누구나 건축가다.'라는 말은 참 뿌듯하지 않은가. '눈에 안 보이는 것을 눈에 보이는 것으로' 만드는 작업, '사람 사이에 일어나는 눈에 안 보이는 선'을 이어주는 작업으로서의 건축은 인간의 상상 본능을 깊숙이 건드려주고 무엇을 만들고 싶다는 인간의 욕구를 충족시켜준다. 자신의 집에서 이 본능을 발동하고 이 욕구를 충족시켜보자.

'집 놀이' 하는 사람을
만나는 기쁨

놀이 친구

의자는 그대로 의자다.

사람이 앉아 있지 않더라도.

하지만 의자는 집이 아니다.

집은 '집'이 아니다.

거기에 당신을 꼭 안아줄 사람이 없다면.

A chair is still a chair.

Even though there's no one sitting there.

But a chair is not a house.

And a house is not a home,

when there's no one there to hold you tight.

「A House is not a Home」이라는 노래의 가사다. 흑인 가수, 엘라 피츠제럴드가 부른 불후의 팝송이다. 나는 최근 우연하게 이 노래를 발견했는데, 곡도 곡이려니와 가사가 그렇게 깊숙한 느낌으로 다가왔다. 왜 그렇게 다가왔을까? 한 음절 한 음절에 영혼이 녹아 있는 것 같은 옛 창법 덕분에 각별한 의미로 다가왔던 것 같다. 가장 큰 이유는 "집은 '집'이 아니다."라는 대목 때문이다.

이 노래에서처럼, 영어권에서는 하우스house 와 홈home 을 구분한다. 하우스는 물리적인 실체로서의 집이고, 홈이란 사람들의 삶을 담은 집, 말하자면 가족과 함께 이룬 집을 함께 아우른다.(나는 '홈'을 '가정'이라고 하고 싶지 않다. 일본어에서 유래된 한자어가 그리 반갑지 않거니와, '가정'이 들어간 단어들, 예컨대 가정주부, 가정부 같은 단어들이 그리 유쾌한 의미는 아니기 때문이기도 하다.) 그런데 우리말에서는 하우스도 집이고, 홈도 집이다. 뭉뚱그린 표현이라 볼 수도 있지만 한 수 위의 개념 아닐까? 집은 모쪼록 '집'이 되어야 한다.

영어권에서 '홈'을 주제로 한 수많은 노래들이 있듯이 우리 문화에도 '집'을 주제로 한 수많은 노래들이 있다. 노래뿐인가, 시와 소설 그리고 에세이까지 있다. 대체 집이 무엇이기에 그리 우리의 감성을 끌어내는 걸까?

흥미롭게도 집이라는 단어는 다른 단어와 함께 쓰일 때 더욱 위력을 발휘한다. 「집으로」, 「집으로 가는 길」, 「내 친구의 집은 어디인가」라는 영화 제목들이 건드리는 감성 코드는 대단하다. 그냥 '집' 할 때와는 다른 느낌이다. 더 그립고 더 정겹고 더 설렌다. 집으로 가는 길에는 그리움과 정겨움과 설렘뿐만이 아니라 한숨과 땀과 눈물도 같이 느껴져서 더욱 간절해진다. 달려가고 싶어진다. 우리말에서 가장 아름다운 한 글자 단어인 '집'과 '길'을 합쳐서 이런 감성을 자아낼 수 있으니 더없이 좋다.

'집밥'은 또 어떠한가? '집'과 '밥'이 합쳐져서 아주 독특한 냄새가 난다. 보글보글 된장찌개, 곰삭은 김치, 모락모락 김 나는 밥이 떠오르며 배가 고파지고 마음도 고파진다. '고향집'의 느낌은 또 얼마나 좋은가. 추석이나 명절에 집에 간다고 할 때 우리는 금방 '고향집'을 연상한다. 혹자에게는 명절 스트레스를 연상시키는 말일지도 모르지만, 고향집이란 마음 깊은 곳에서 오래된 곳, 떠나온 곳, 남아 있는 것, 남겨두고 온 것, 돌아가고픈 곳에 대한 복잡한 감정을 자극한다. 집이란 오묘한 감정의 총화인 것이다.

하지만 지금 이 순간 매일매일 살고 있는 집이란 '집으로 가는 길'이나 '집밥'이나 '고향집'에 담긴 정서와는 동떨어져 있는 것이 우리의 비극이다. 집은 자칫 '부동산'에 불과할 뿐이거나, 살 집 한 칸 없는 것이 서럽게 만들고, 이사를 거듭해야 하는 삶이 피곤하고, 그런가 하면 가진 집은 이래저래 애물단지로 여겨지기 일쑤다.

우리의 집은 언제부터인지 '하우스' 자체로 여겨지는 경향이 심해졌다. '집값이 오를까, 내릴까' 하는 부동산으로서의 집이 더 관심 사항이 된 것은 물론이다. 하물며 살고 싶은 집, 살기 좋은 집을 소개하는 잡지나 방송의 코너들도 주로 '하우스'에 집중하여 소개한다. '몇 평 아파트, 브랜드 단지, 브랜드 타운하우스, 브랜드 빌라, 명품이 있는 집, 디자인이 특이한 집, 가구가 멋진 집' 등과 같이 하우스가 주인공이 되어버리는 것이다.

이것은 본질적으로 '시장'의 문제기는 하다. 시장이 지배하는 사회에서 집이라는 물체는 어쩔 수 없이 하나의 상품으로서 홍보의 주역이 되고 광고의 소재가 된다. 사람들의 허영, 호기심, 선망을 자극하려는 것이 마케팅의 속성이고 보면 팔 수 있는 하우스와 그 안에 들여놓을 수 있는 온갖 상품들을 조명하는 것은 어쩔 수 없는 현상이다. 하지만 어디까지나 홍보는 홍보고 광고는 광고다. 그 안에 아무리 삶의 냄새를 불어넣으려 하더라도 삶보다는 집이 주역이 되어버리고 만다. 이 마케팅의 시대에 마케팅의 소재로 상품화되어버린 집, 씁쓸하지만 인정하지 않을 수 없는 현실이다.

전문가로서의 나는 이런 세태에 속수무책이다. 그런 마케팅 현상이 없다면 시장이 돌아가지 않을 테니 인정하지 않으려야 않을 수 없다. 하지만 마케팅이 대세가 되며 생기는 문화 현상은 영

마땅찮다. "어디가 오를까요? 집값이 어떻게 될까요? 아파트 살까요, 말까요, 팔까요, 말까요?" 같은 '부동산적' 질문들은 그러려니 한다. 나름대로 훈련된 부동산 감각을 총동원해서 자문을 해주기도 한다. 그런데 "어떤 브랜드가 좋아요? 호텔보다 더 멋지지 않아요? 광고에 나오던데요."라는 말을 대수롭지 않게 하는 사람을 만나면 말문이 막혀버린다. 상품화된 집 이야기를 하는 것은 괴롭다. 은근히 모욕감을 느끼기도 한다. 아직도 지키고 싶고 귀하게 여기고 싶은 그 무엇이 깨져버리는 듯한 느낌이 괴로운 것이다.

그러다가 진지하게 '집 고민'을 털어놓는 사람들을 만나면 반갑기 짝이 없다. 진지하다는 것은 자신의 삶의 구석구석을 세심하게 살펴보는 태도가 느껴진다는 뜻이다. 그 고민을 '돈 문제'로 결론 내지 않는 사람이라는 공통점도 있다. 돈에 구애받지 않아서가 아니라 돈으로 문제를 해결하려고 들지 않는 사람이라는 뜻이다. 자기의 느낌에 민감하고 솔직하다는 특징도 있다. '느끼는 만큼 더 산다'는 진리를 확인하면서 그 사람의 매력에 끌린다.

자신이 선택한 방법과 그를 적용해본 후 생긴 변화에 대해 얘기하는 사람을 만나면 더욱 반갑다. 요리조리 집 안 구성을 바꿔보기도 하고, 이래저래 공간을 다양하게 사용해보기도 하면서 문 하나 달거나 없애는 것으로 아이들이 달라지더라, 천장을 낮추니 이런 감각이 생기더라, 천장을 높이니 이런 느낌이 생기더라 하는 등, 시행착오를 겪으면서도 새로운 시도를 해보는 사람을 만나면, 한마디로, 기쁘다. 사람의 상상력, 사람의 창의력, 사람의 의지를 긍정하게 되는 순간이다. '집 놀이'의 기쁨을 나누는 순간이다.

집 놀이를 하는 데 가장 필요한 것은? 돈? 물론 도움이 된다. 땅도 살 수 있고 집도 지을 수 있고 집을 리모델링할 수 있으니 말이다. 시간? 물론 크게 도움이 된다. 시간 여유란 놀이를 상상하게 하는 역할을 톡톡히 해준다. 그런데 돈이나 시간이란 충분조건일 뿐 필수조건은 아니다. 가장 핵심적인 필수조건은 무엇일까? 두 가지일 것이다. 하나는 '놀이 친구' 또 하나는 '놀이하고픈 마음'. 같이 사는 사람을 놀이 친구로 생각하고 있다면 인생 최고의 상황이다. '놀이하고픈 마음'이 샘물처럼 솟구친다면 그야말로 당신 인생 최고의 순간이다. ▪

'놀잇감'을 찾고 '놀이 친구'를 찾는 것은 인생 최고의 과제일지도 모르겠다. 일을 안 하는 삶이 있을 수 없는 것과 마찬가지로 놀이가 없는 삶이란 있을 수 없다. '일 친구'의 존재는 일의 부담을 줄여주지만, '놀이 친구'의 존재는 놀이의 기쁨을 배가해준다. 놀이 친구를 찾아서, 놀잇감을 찾아서 우리는 인생 내내 헤매는 것이 아닐까?

그래서
그 여자 그 남자는
그 집에서 오래오래 행복하게 살았대

동화는 대개 이렇게 끝난다. "그래서 그들은 오래오래 행복하게 살았대!And they lived happily ever after" 어릴 적에 나는 이 대목이 영 못마땅했었다. '그래서 어떻게 됐는데? 두 사람이 사랑하면 다 되는 거야? 그럼 행복해지는 거야? 세상은 그리 행복해 보이지는 않는데?' 속으로 중얼대곤 했다. 어린 내 눈에 비친 것은 반복되는 평범한 일상, 근사한 사건이 별로 없는 일상, 두근두근하기는커녕 지루하기만 한 일상, 아찔한 순간은커녕 답답하고 갑갑한 순간 같은 것들이었다.

산전수전 다 살아낸 지금의 나는? 그렇게 못마땅해했던 동화의 결말도 이제는 좀 너그럽게 받아들인다. 동화 속에 숨은 이야기, 숨은 상징을 찾아내기도 한다. 하지만 여전히 엔딩 후 그들이 살아가는 일상 이야기가 궁금해진다. 그래서 결론은 이렇게 났으면 좋겠다. "그래서 그 여자 그 남자는 그 집에서 행복하게 오래오래 살았대!" 집에 대한 이야기는 모쪼록 이렇게 끝나야 해피엔딩이 되겠다 싶다.

하지만 인생에는 '엔딩'이 없다. 한 인간의 소멸을 생각하면 당연히 엔딩이 있겠으나, 천만다행으로 우리는 엔딩이 언제 올지 모르고 산다. 인생은 그래서 살아가는 일상의 과정이다. 그 일상을 근사하게 살아내는 힘, 의외로 멋진 순간을 찾아내는 힘은 온전히 우리 속에서 나올 뿐이다.

어릴 때의 내 불만과 지금의 내 달관(?)의 근거는 '일상'이다. '동화는 왜 일상을 이야기하지 않는가?'라는 질문이 이제는 '일상에 숨어 있는 다채로운 의미의 발견'이라는 경지(?)에 오른듯싶기도 하다. '일상이란 일상이 아닌 것을 이기는 힘'이라고 생각하는 것이다.

아쉽게도 우리의 인생은 해피엔딩만은 아니다. 로맨틱 코미디도 아니고 스릴과 서스펜스가 넘치는 추리소설도 아니다. 때로는 아픈 이별 이야기가 있으며 때로는 고통스런 갈등 이야기도 있다. 수없는 전투를 치르며 때로는 재앙으로 가는 전쟁을 치르기도 한다. 더욱이나 우리의 인생은 대부분 그리 드라마틱하지도 않다. 영화 같은 순간, 드라마 같은 순간, 소설 같은 순간이 있다면, 아주 짧을 뿐이다. 그 짧은 순간은 지나가지만 일상은 여전히 남는다. 하지만 우리는 살아 있음으로 해서, 같이함으로 해서, 하루하루 존재함으로 해서 예기치 못한 찬란한 순간들을 만날 가능성을 안고 산다.

'집 놀이'란 그 일상을 빛나게 만드는 놀이다. 여자 남자가 같이 할 수 있는 놀이다. 아이들과 함께할 수 있는 놀이다. 혼자서 할 수 있는 놀이이기도 하다. 만약 우리가 어린 시절에 마음 가는 대로 몸이 내키는 대로 했던 놀이의 기억을 다시 떠올릴 수만 있다면 더 재미있고 더 신선하게 집 놀이를 즐길 수 있는 방법이 무한할 것이다.

당신은 이상하지 않다. 당신이 사는 방식은 결코 이상하지 않다. 당신의 일상은 당신에게 가장 중요하다. 내키는 대로 살아라! 집 놀이를 즐기면서, 집 놀이를 하면서. 여자 남자가 싸워가며 또는 지혜롭게 덜 싸워가며 같이하는 것은 기본이고, 아이들과 새록새록 감탄이 나오는 순간을 만들고, 물론 혼자서도 제멋에 겨워하면서 잘하라! '집 놀이'는 죽을 때까지 할 수 있는 놀이이다. 때로 우리 인생을 뿌리째 흔드는 비일상의 사건들을 이겨내는 힘을 우리의 일상의 힘으로 길러보자.

"그래서 그 여자 그 남자는 그 집에서 오래오래 행복하게 살았대!" 행복한, 결말 아닌 결말이 될 수 있겠다. ●

집 놀이, 그 여자 그 남자의

1판 1쇄 펴냄 2018년 2월 19일
1판 3쇄 펴냄 2018년 9월 24일

지은이 김진애
펴낸이 박상준
펴낸곳 반비

출판등록 1997. 3. 24.(제16-1444호)
(우)06027 서울특별시 강남구 도산대로1길 62
대표전화 515-2000, 팩시밀리 515-2007

글 ⓒ 김진애, 2018. Printed in Korea.

ISBN 978-89-8371-807-5 (03800)

반비는 민음사출판그룹의 인문·교양 브랜드입니다.